爱在暹罗（简体字版）

LOVE IN THAILAND (A NOVEL IN SIMPLIFIED CHINESE CHARACTERS)

B杜

British Library Cataloguing-in-Publication Data. A CIP catalogue record for this book is available from the British Library.

ISBN 978-1-913080-21-1 (ebook)
ISBN 978-1-913080-20-4 (print)

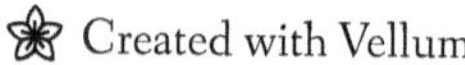 Created with Vellum

For my Family

第一章/泰国之行

飞机一抵达素万那普机场，一股热浪便迎面袭来，我正想着该不该把一身臃肿给卸了？耳中传来"沙瓦迪卡"的招呼声。我转过头去，那是个约14岁的少年，有清亮的眼睛及黝黑的皮肤，衬托出一口洁白的牙齿。

"沙瓦迪卡。"我也学他双手合十，这是来泰国之前事先学好的打招呼方式。

在印度支那半岛上，这个由"暹国"和"罗斛国"组成的国家，被古代中国称为"暹罗"，主体民族为泰人，信奉上座部佛教。自开国以来，它先后经历了素可泰、阿瑜陀耶、吞武里、曼谷四个时代，而我……正在这个充满异域情调的国家里。

"言言小姐，玛妮太太要我过来接妳。"少年说得很慢，腔调有些怪，但我听懂了。

看来一路上的提心吊胆终于可以放下，我笑着请他带路，顺便问他是怎么认出我来的？

他扬了扬手中的照片，说是玛妮太太给他的。

我探头一望，那是毕业服装展时，我以设计师的名义压轴出场的照片，两旁跟着前突后翘、临时被抓来当模特儿的学妹。

"你好眼光，一眼就能在人群中找到我。"我说。

少年答不是他好眼光，而是我唇边的痣泄了密，让他找到要找的人。

哎～真不知该说什么好？那颗痣是我的心头痛，就长在嘴角边，还黑不溜丢的，经常被误会是芝麻或巧克力渣，我也顺理成章成了"吃相难看"的人。

" 我叫巴颂·宗拉维蒙，妳可以叫我巴颂先生。"他边走边自我介绍。

"好的，巴颂。"我心不在焉。

" 不是巴颂，是巴颂先生。"他纠正我。

呵！一个十来岁少年也配得上称呼"先生"？！果真是"非我族类，其心必异"呀！

也罢，既来之则安之，还是"入乡随俗"要紧，我遂问巴颂"先生"，郑玛妮女士的家远吗？

他答不远，睡个觉就到了。

我，季言言，二十三岁，毕业于中国某个牛逼大学的服装科系，学的是设计。相较于走在时代尖端的创意型同学，我的路线无疑是端庄、典雅的，这是比较保守的说法，讲得难听点儿，就是不思进取地照本宣科（这是我的指导教授给出的评语）。可想而知，我的大学生活过得有多惨淡，若不是对服装设计还保有热情，我早早打包回乡下做保育员了。

~

我灰头土脸地回到后台，心情坏到不行。当一个个模特儿踩着猫步在伸展台上搔首弄姿时，我躲在帘幕后偷看，除了几张打着哈欠的大嘴巴外，我还看到前排教授们的面无表情，这还不算太糟，毕竟看不出好坏，但我的指导教授"适时"地接了电话，然后很自然地离场，那才叫个心塞，原来我的作品这么不值，还抵不过一通电话。

"季大师，怎么了？"安卓走过来，"我的模特儿可没得罪妳，她们一个个都像维秘天使般地走秀。"

安卓是我们这所牛逼大学的高材生，学的是理工，爱的是时尚，他自告奋勇地担任此次毕业服装展的模特儿经理，不仅指导走台步还拉来广告赞助商，所得捐助弱势团体，算是对社会雪中送炭也替学校锦上添花。

"她们没得罪我，是我不好，再怎么努力还是个大草包！"我感到悲伤，眼看就要泪流成河。

"拜托啊！我的小祖宗，千万别哭，"安卓赶紧将我的下巴抬高，我不得不盯住天花板，"最后一个模特儿就要上场，眼看就该妳了，一场好看的秀不能败在妳手上，忍住，千万得忍住，来，深呼吸。"

他放开我的下巴，自己先深呼吸一口气再吐气，并且示意我跟着做，我听话地依样画葫芦。

"太好了，妳是我看过做深呼吸做得最棒的一个，"他看了一眼陆续上场的模特儿，语气转为急促，"快，跟着琪琪和小雨上台。"

安卓在我身后用力一推，两个高大的学妹便押着我上台，一左一右，仿佛左右护法，这才有了巴颂手上的那张照片。

~

郑雇主的家在湄南河边，如同巴颂所说，离机场并不远，但坏在此时处于交通高峰期，车子一驶进市区便动弹不得。

"真的不远，再过五个十字路口就到了。"巴颂给我希望。

没想到过一个十字路口花了十几分钟，长到足够让出租车司机翻两页报纸。既然闲着也是闲着，我问巴颂他的普通话跟谁学的？

"学校。"他从副驾驶座上转过头来，"虽然我妈是第二代台山人，但只会说一点儿粤语和普通话。由于玛妮太太不会说泰语，我妈在家工作偶尔需要人翻译，加上现在是中文热，所以我选它当第二语言。"

"在家工作？"

"我们住在拔达逢家，我妈是厨子，她的中餐和泰餐都做得好，西餐也行。"他答。

拔达逢家？我以为我的雇主嫁给华侨。

巴颂解释泰国女性结婚后一律冠夫姓，外国新娘也一样，所以玛妮太太的全名是玛妮·拔达逢，还反问我中国不这样吗？

我告诉他当代中国女子早已不冠夫姓，也许少数台港的豪门还有。

"其实冠不冠夫姓差别不大，通常我们直呼其名，不太记姓氏。"他说。

难怪他称我言言小姐而不是季小姐，且以玛妮太太替代郑女士或拔达逢太太。

"中泰联姻的现象多吗？"我想起我的雇主嫁的正是泰国人。

他答是有一些，但不多，还说乍仑先生很疼老婆，玛妮太太是第四个。

"天啊！我不知道雇主老公是回教徒，可以娶四个老婆。"

"不，不，不，"那孩子赶紧否认，"乍仑先生是佛教徒，他很可怜，前面的三个老婆全死了。"

这么惨！一连死了三个老婆？

"他本人大概也老态龙钟了吧？！可惜了郑女士这朵美人花。"我无限感慨地说。

"不，不，不，"那孩子又否认了，"乍仑先生只有一点点儿老，样子还是很好看的。"

一点点儿老？那是什么意思？是齿摇发落还是行动迟缓？不管怎样，运气这么背的男人还真不多见，难怪他疼老婆，因为"得来不易"啊！

"快到了，"巴颂指着前方约一百米处的现代豪宅，"乳黄色那一栋。"

" &@#%*£……"出租车司机顺着巴颂手指的方向望去，感叹一句。

我问巴颂，司机说了什么？

"他说那是女明星帕特里夏的房子。"他翻译。

我想司机肯定是热昏头了，这是我未来雇主的家，不是什么女明星的家。

没想到巴颂却说是帕特里夏的房子没错，她是乍仑先生的第三任太太。

我不是泰国的戏剧控，所以不知帕特里夏究竟为何方神圣，但能拥有那么一栋价格不菲的豪宅，肯定是位成功的演艺人员。

那孩子答我猜对了，她不仅演技好，人也长得漂亮，是很多男人的梦中情人呢！

这下子我更好奇了，乍仑先生的第一任、第二任太太是谁尚未知，但根据后两位的长相，她们都是倾国倾城之姿，这乍仑先生简直是美女的吸铁石。

"乍仑先生是位绅士，还是个大慈善家，他给贫困儿童发放生活费，还开了好几处养老院，免费照顾孤寡老人。"巴颂像赞美神一样地赞美那位神秘男人。

一点点儿老、长相好看、绅士、心善、死了三个老婆……这就是目前对乍仑先生的描述。

然而正是这样一位貌似正常，甚至值得为他掬一把同情泪的男人，让自己的老婆飘洋过海到中国找私人的服饰搭配师，只因她穿不出一身品味？

怎么说都说不通。

"玛妮太太很美，就是太容易忧郁，我经常看见她哭。"巴颂继续报料。

我正想问为什么哭？巴颂忽然要我待在车内别动，他自己则跳下车对着豪宅的对讲机说话。

当白色电动大门慢慢打开，我也跟着下车，把巴颂交待的事抛在脑后。

第二章/走马上任

"巴颂~"

我一跨进前院便喊那孩子的名，没想到他因此受惊，手上的绳子一松脱，一只土黄色的大狗便像出了闸的猛兽般，眼露凶光地向我奔来。我下意识往回跑，但已太迟，它的利齿死死咬住我的左脚踝，我还能听到"嗑呲"一声，疼痛迅速爬上全身，我能感受到从微痛到巨痛的整个过程。

" Dui,Dui,......"巴颂大喊，并且随手扳断树枝赶来击打大狗的头部。

这是非常危险的动作，因为狗被激怒了，现在它的攻击目标转为巴颂，从狗鼻发出的气息判断，那孩子就要大难临头了......

还好千钧一发之际，一位风韵犹存的中年妇女适时赶到，她将手上咯咯咯叫个不停的鸡投向无人的空地，大狗迅速飞奔过去，一口咬住鸡头，当场血流如注。

我还在为英勇救人的鸡哀悼，踏踏踏的脚步声从屋内赶来，几名壮汉联手将狗制伏，而那只可怜的鸡只留下一地惨烈的鸡毛。

"妳还好吧？言言小姐。"巴颂关心地问。

"不好，脚很痛。"我答，泪水已爬满脸庞。

"她的腿吾好……医院……针打先。"那妇人对巴颂说。

还好出租车司机尚未开走，我搭上原车离去。躲过交通高峰期，车子不到十分钟就抵达医院，靠着巴颂居中当翻译，医生很快帮我清洗伤口、上药及打狂犬疫苗。

"妳应该去拜四面佛，祂会保佑妳平安。"巴颂看着我的伤腿说。

我告诉他自己不信教，今天的事纯属意外。

"随便妳，前些日子家里来了个马来工人，不小心把腿给砸伤了，我建议他去拜四面佛，他说他信奉真主阿拉，没多久他就去见阿拉了。"

我花了几秒钟才弄明白巴颂的意思，嗯……来到异国还是得拜一下地头蛇才行，我可不想年纪轻轻就去见上帝。

"好吧！等我的腿好了，请你带路，OK？"我说。

巴颂听了很开心，大概因为我认同他们的神。

这是一栋拥有五间卧室的别墅，由木头和水泥混合建造，既有西方的现代化设备，也有传统的泰式风情。全屋采用抛光木地板，墙壁贴上无纺布壁纸，四面采光，听巴颂说二楼家庭房甚至开了天窗，大概夜晚也能数星星。

还有还有，庭院花木扶疏，草坪上到处是表情各异的红瓦泥雕像，池塘边甚至有个尖塔造型的亭阁可供乘凉。

我的房间被安排在楼下，它原本是个书房，现在加了张单人床及椰木做的衣柜。

"动作好快呀！我什么事都不用做。"我拄着拐杖进入，很是欣喜。

瞧！行李箱已被搁在床架下，衣服全进了衣柜。

"我妈的动作是很快，她有强迫症，东西不摆放整齐不安心。"那孩子说。

我问他的母亲在哪里？来了还没跟她打招呼呢！

"其实妳已经见过她了。"

"难不成是把鸡奉送给恶犬的那一位？"

"正是，她现在忙着做午餐，玛妮太太大概快起床了。"

已近中午，我问玛妮太太都是这个时候起床吗？

"嗯！她吃完午饭又接着睡，然后准下午五点醒来梳妆打扮，因为乍仑先生快回家了。"

这么说待会儿吃饭就能看到郑女士，隔了半年再见，不知她的容貌变了没？

～

毕业服装展总共展出二十多位设计师的作品，所以整个过程几乎全是急就章，上一位设计师的作品刚一结束，紧接着换下一位，中间没有休息，若想将作品和人对上号，除非有过目不忘的本领。

换衣间也一团乱，模特儿下台后马上扒掉衣服，一时春光无限、惹人遐思。如果把她们想成海边着比基尼泳装的女人倒也没什么，只是难为了安卓，必须有纹风不动的过人定力才行。

"错，"那人马上否认，"一个女人轻解罗衫，男人的内心可能还会波动，但当一群女人都光着身子时就没胃口了，跟吊在屠宰场上的牲畜没什么两样。"

太可恶了！竟然把学妹比喻成牲畜，我问他是否忘了当初是怎么涎着脸请人上台，否则就要切腹自杀了。

"妳真没幽默感，难怪设计出来的衣服毫无新意，一件件仿佛是民国时期的作品，激不起热情的浪花。"他说。

这是第一次我从非专业者的口中知道自己作品的好坏，不禁泄了气。原来我一点儿天份也无（不是我以为的"怀才不遇"），当初就不该选择这个专业，既劳民又伤财。

安卓安慰我，甲之蜜糖，乙之砒霜，也许有人就喜欢我这个调调儿。

我正想问有谁会喜欢，琪琪走了过来："言言学姐，魏教授找妳。"

找我？完了，肯定又是一顿批评，我硬着头皮走出去……

"言言，快过来，给妳介绍个贵宾。这位是郑女士，我告诉她，妳是我的得意门生，她可喜欢妳的作品了。"

得意门生？喜欢？我用力眨一下眼，想确定这不是梦境。

"那个……我是季言言，季—言—言—"怕魏教授张冠李戴，我赶紧报上名来。

"呵呵！"他略显尴尬，"瞧我这个学生，还以为我没记住她的名字。"

相较于魏教授的多话，来者倒像座冰山。

"妳叫季言言？"郑女士开口问。

我答是。

她又问我泼墨画的图案设计是不是我的原生构想？

"嗯！我喜欢古代服饰，它有一种含蓄之美，就想将古今结合在一起，换种穿法试试。"

不久前，我的创意刚在魏教授那里吃了闭门羹，他说我是封建时代的产物，脑子食古不化，既得不到传统的精华也赶不上时代的脚步，真不知我是怎么上了这所大学，简直是占着茅坑不拉屎……

"这么多设计师，我就喜欢妳的作品，其他都太另类了，估计穿在身上都会引人侧目，以为是哪里来的怪物。"她说。

我看见魏教授的脸青一阵紫一阵，煞是好看。

"时尚需要时间去接受。"我的指导教授反驳。

"我没时间，现在就要。"郑女士毫不留情面地马上打脸。

原来那个颜质爆表的美女是某个突然崛起的土豪之女，大概天生少了对美的搭配能力，嫁到泰国的上流社会后，马上被批衣着无品，趁着回国探亲之际，她想携个服饰搭配师回泰国。

"妳想帮我做也行，不想做代买也可，实报实销，没有上限。"她说。

别看郑女士的口气很豪爽，问到薪水，她只愿给25000泰铢，折合人民币5000元左右，包吃住。

"不了，我想留在国内发展，毕竟成为品牌设计师才是我的梦想。"我毫不犹豫地拒绝了。

那个遥远的国家对我而言不过是地理上的一个名词罢了，我对它很陌生，它对我也不冷不热，加上薪水一般，缺乏吸引力。

没想到梦想很丰满，现实却很骨感。毕业后我在一家很小的作坊找到设计师的职位，月薪¥3000，不包食宿，又因在郊区，还倒贴了不少交通费，几个月下来根本入不敷出，更要命的是我的工作竟然是拷贝大师们的作品。

"山寨懂不懂？做出有品位的山寨来。"我的老板腆着大肚腩吸劣质烟，喷出的烟雾呛得我半天缓不过气来。

对于这份"鸡肋"，我早已不太想啃，偏偏交往两年的男友也在这时候"忘了我是谁"，还是接到小三的来电，我才知道他脚踏两条船多时。

"你怎能这样？我每天起早贪黑为了啥？还好意思出轨，狗日的，你的良心何在？"我义愤填膺地责问他。

谁知那个渣男恬不知耻地表示我们每天见面的时间比同住的二房东还少，如果他的良心被狗吃了，也是我造成的，有哪个男人愿意看着画报上的女人打飞机？

好呀！欲加之罪，何患无辞？我抓起桌上的水杯便往他头上砸，他没闪躲（可能是故意的），额头因此划开一道口子。

从医院回来后，我们和平地分手，我带走分期付款买的电视机，他则留下生日时我送的苹果电脑，然后在一个阳光灿烂的午后，我潇洒地坐上回故乡的火车。

行尸走肉地过了大半月，某天母亲说巷子口的幼儿园缺保姆，她已经口头帮我答应下来，我这才发觉事态严重，非得做出改变不可，于是一个礼拜后我坐上飞曼谷的班机。

巴颂来喊我吃饭时，我刚好发出报平安的邮件，一封给家人，一封给安卓。没错，就是那个理工男，他说他考完雅思，正在申请国外大学，女朋友也是。

我祝贺他，又说自己已不在国内，早一步到国外就业了。

不知他接到邮件时是惊亦或喜？反正事情已走到这一步，只能咬紧牙关往前冲。

"言言小姐，午餐时间到了。"巴颂说。

我答知道了，待会儿就去。

"不，妳不能让玛妮太太等，现在就得走，而且……穿短裤是不敬的，妳得穿长裤或长裙。"

其实本来我是穿长裤的，因为被狗咬，牛仔长裤被医生剪开，成了五分裤。

"好的，我马上更衣！"

关上房门，我抓来最喜欢的雪纱纺长裙，誓让我的雇主眼前一亮。

第三章／月已西沉

厚重的红橡木餐桌上早已摆满了令人垂涎欲滴的美食，有冬荫功汤、青木瓜沙拉、炸鱼饼、打抛肉及菠萝炒饭。

我正襟危坐地等待雇主到来。

没多久，我听到笨重的脚步声从楼上传来，越来越靠近也越来越清晰，到了底层，步伐声戛然而止，那人好像不知该往哪里走，试了几次，终于走向餐厅。

"郑……郑女士好！"我之所以犹豫了一下，是因为来者和脑海里的郑女士形象完全对不上号。

蓬松的乱发、黄蜡蜡的肤色、无神的双眼、干燥的唇……这哪是我认识的郑女士？加上身上的睡袍及脚上的棉拖鞋，我还以为是哪个邋遢的女人正准备就寝呢！

郑女士对我的招呼听而不闻，她迳自坐了下来，喝了汤、吃了沙拉，然后抓了两块鱼饼起身。我问她去哪里？她答她的猫肚子饿了。

"妳吃饱了吗？"我又问。

"吃饱了，妳可以把饭菜收一收。"

我一时迷惑，她该不会以为我是女佣吧！

"玛妮太太，"厨子忽然出现，大概不满意自己的劳动成果留下大半，"乍仑先生说……吃饭。"

"我吃了，吃了很多，不信妳问……"郑女士的眼光终于落在我身上，"妳叫什么名字？"

她果然没认出我来。

"季言言，我叫季言言。"我说了两遍。

"来，姓季的，赶紧告诉Ann，我吃了很多。"

这真令人为难，事实摆在眼前，汤还剩大半碗，青木瓜动了一些，鱼饼倒是少了两块（还抓在手里）。

"嗯……玛妮太太喝了汤、吃了沙拉，也许待会儿会吃鱼饼。"我小心作答。

"听！我真的吃了。"郑女士很满意我的回答，笑得像个孩子似的。

谁知巴颂的母亲根本不买单，她把女主人重新按回座位上，然后说了几句泰语。

"听不懂、听不懂、听不懂、"郑女士捂住耳朵，"早告诉妳我听不懂泰语。"

"乍仑先生说吃饭……瘦……不好……生病……"Ann转而说普通话，听得出来那不是她的强项。。

没有争吵，面对Ann盛过来的满满一碗饭菜，玛妮太太选择大口大口地吃，仿佛和谁赌气来着。

"好。"Ann看了，很欣慰地走人。

我们安静地用着餐，没多久，玛妮太太忽然停止咀嚼，将眼光打在我身上："妳是谁？"

我吓出一身冷汗："季……季言言。"

"季言言？这名字听起来很熟。"她又开始吃饭，很专心的样子。

"那个……我是妳请来的服饰搭配师，记得吗？"我小心翼翼地问。

她答她记得，我是魏教授的高徒。

嘘～还好她记得，不然月底真不知找谁要薪水。

"白天我的记忆力不行，晚上好多了。"郑女士仿佛有心电感应似地做出解释。

我答这个可以理解，有人是夜猫子，越夜越精彩。

"没错，"她忽然来劲，"我觉得自己是夜行动物，白天得养精蓄锐，否则晚上会没电。"

呵呵！真幽默。

郑女士三两下扒完饭后匆匆起身，她说自己得充电去。

"别忘了妳的猫肚子饿了。"我提醒。

她随手抓起两块鱼饼，对我巧笑倩兮。

啊！虽然不施粉黛，但美人一笑，我也醉了。

电影《国王与我》说的是家庭教师安娜和暹罗国王拉玛五世的故事，通过安娜，国王接触到西方文明的精华与内涵。起初这两人是剑拔弩张的状态，后来惺惺相惜，原以为从此将相安无事，没想到又起龃龉，因为新王妃爱上别人，被国王施以重刑……

我拄着拐杖回到房内，正是炎炎午后，落地窗迎来的清风很受用，本来想看本书或上网查资料，最后还是在懒散面前投降，打算先眯个眼再说，没想到这一眯，我沉沉地进入梦乡……

"我的女人只能爱上我，若有二心，杀无赦！"国王穿着传统泰服背对我（好可惜，我以为能看到他的尊容）。

安娜气冲冲地走了。

"国王陛下，汤已煮好，现在喝吗？"一位女仆毕恭毕敬地跪了下来。

"好的，呈上来！"

没想到汤里有三个人头载浮载沉，看着像是女人，都留着长发。

"国王陛下，请趁热喝了。"女仆抬起头来，邪恶地笑了。

天哪！那女仆竟然是Ann，我吓得从梦中惊醒。

巴颂开门进来时，我还一脸狼狈相，他问我怎么了？

我实话告诉他，自己刚才做了一场可怕的恶梦（当然没说他妈是刽子手）。

巴颂听完将我的房间上下打量一番，眼光很快落在铁架床上，他恍然大悟地说："睡觉时头不能朝西，因为西边是火葬场的方向，难怪妳会做恶梦。"

我笑他迷信。

"随便妳，反正做恶梦的是妳。"他无所谓。

有句话说"存在即合理"，既然在泰国有此忌讳，肯定不是空穴来风，我遂不耻下问："那么头朝哪个方向睡最好？"

巴颂答朝东好，东方是日出的方向，代表活力与希望。

在我的拜托下，那孩子帮我挪了床位。

"太感谢了，若不是脚受伤，我会自己挪。"

"没事，帮忙是应该的。对了，差点儿忘了，玛妮太太要妳到她房里，今晚她不知该穿哪件衣服好。"

我低头看表，原来已经五点多了。

"好的，这就去！"

巴颂说玛妮太太的房门门把是金色的。

"记住，是金色的，不是古铜色，古铜色是乍仑先生的房间。"他提醒我。

原来拔达逢夫妇不同房，这还算夫妻吗？总不能因为房间多就任性吧？！

怀着疑问，我一拐一拐地上到二楼。

二楼有五间房，每间的门把颜色都不一样，我很快找到金色门把。

"进来。"是郑女士的声音。

我打开门，看见落地镜的倒影，那曲线完美的身段上无一丝长物，我赶紧退了出去。

"怎么不进来？"她喊。

我只好又硬着头皮进去。

"下午好，郑女士。"我的眼光落在地板上。

"不好，"她像个拥有太多玩具的孩子，"这么多件衣服，叫我怎么选？"

我没忘记我的任务。

"别担心，我会帮妳挑件合适的。"我边说边往里走。

这是我看过最大的衣帽间，大概有四十平米大，分门别类地摆放了衣服、鞋、袜、包、珠宝……样样齐全，光把所有的东西都浏览一遍就花了我不少时间。

"到底好了没？"我的雇主很没耐心，声音粗巴巴的。

"好了，好了。"我胡乱抓了件。

回到房内，这才发现郑女士连内衣裤也没穿，我又回到衣帽间选了紫色前扣式半透明胸罩及同色丁字裤。

着好装，郑女士往镜前一照，左顾右盼地问我好看不？

我答好看。

是真的好看，浅绿的丝质紧身衣衬托出她玲珑的曲线，颜色讨喜，有春天的气息，加上她脸上精致的妆容，比起午餐桌上的人儿不知好看多少倍。

"可惜脖子空荡荡的。"她抚着细长的脖子说。

于是我找来深绿色的玛瑙坠子。

"抽屉内还有玛瑙耳环及手镯，那是一整套的。"玛妮太太提醒我。

我告诉她不是非得把一整套都戴在身上才算美，有时"画龙点睛"会有更好的效果。

"是吗？"她半信半疑。

"戴上这个吧！"我递给她两枚不比圆形饭粒大多少的钻石耳钉。

"这么小？戴跟没戴一样。"她抱怨。

没想到往镜子前一站，她的高雅气质马上显现出来。

"如果想再贵气点，我建议妳戴上伯爵表。"我帮她把附有黑色皮带的钻表戴在手腕处。

这次郑女士没说话，大概认同这样的搭配。

"鞋呢？"她忽然想起。

我赶忙提着Jimmy Choo的黑色素面高跟鞋前来。

"我有选择困难症，既然雇用妳就相信妳的眼光不会错，我走了，不能让我的洒咪等太久。"她接过我递上去的Burberry银色信封包后说。

洒咪？我问是猫的名字吗？

"不是，"郑女士笑了，"泰国女人称老公为Sami，这是我学会的少数泰语中的一个。"

"那么今晚妳和妳的洒咪去哪里？"

我的雇主答今天是小周末，她的洒咪隔天不上班，所以今晚他们上船狂欢玩通宵。

"那好，祝你们玩得愉快！"我说。

我一个人孤独地用着晚餐，Ann除了送餐时露过脸外，再也没回到屋子里。

据我的观察，巴颂和他母亲不住在大屋内，也许就住在庭院的某个角落吧？！我看到几栋和房子格调明显不搭的小木屋就藏在大树后面。

" Ann......巴颂......"

我的呼喊声在大屋里回荡，像击出去的球，没有回音。

食不知味地吃完晚饭，我回房，同时反锁房间。

郑女士说他们夫妻要彻夜狂欢，代表今晚我得独守空屋。

天哪！这是小女子我来到泰国的第一个晚上，尚来不及跟各路鬼神打好交道就被扔进黑暗之中，叫人情何以堪？

还好床已经挪好方位，但愿今晚能睡个好觉。

我关了床头灯，屋外的猫头鹰正咕咪咕咪地叫，月已西沉……

第四章/钱就是力量

耳中听到鸡鸣声，让我一时以为回到了故乡，那个鸡犬相闻的小镇上。然而气息是骗不了人的，我还是闻到空气中飘浮的香薰味道，那是介于木兰和白茉莉之间的淡淡香气。

我用力睁开眼睛，看到满柜子的书和洒满一地的阳光。不，这不是我故乡的家，味道不对，摆设也不对，我刷地回到了现实世界。

想起昨晚的担忧，也许床的方位对了，加上舟车劳累，我一夜无梦地睡到天亮，各路牛鬼蛇神都没打扰到我，真是万分感谢！

"扣、扣、"

"请进。"

那人试了几次都推不开门，我才想起昨晚把门给反锁了，遂跳着脚去开门。

"言言小姐，再次提醒妳，早上7:00，中午12:30及晚上 6:00 是用餐时间，请提早十分钟到，别让主人等。"巴颂身着白上衣黑长裤的学生校服，一早就来敲我房门。

我问他怎么星期六还上学？他答他上的是夜校，晚上6点到
10点上课，周末则上整天。

原来如此。

"你吃早饭了没？"我又问。

"在厨房吃过了，"他看了一眼腕表，"妳的动作得快一点
儿，我听到楼上有淋浴的声音，乍仑先生应该马上
会下来用餐。"

"乍仑先生？他不是彻夜狂欢吗？怎么一大早就起床？"

"这我不清楚，反正他若在家，三餐从没缺席过。"巴颂又低
头看了一眼时间。

瞧他心急的样子，我赶紧放他去上学，耽误孩子学习是罪大
恶极的事。

说来惭愧，昨晚我和衣而眠，连澡都没洗，想着待会儿要
见男主人，总不能一身汗臭，遂拿上换洗衣服往洗澡
间走去。

～

洗了个战斗澡，头发还是湿的，但我顾不上了，穿好长裙
就进餐厅，没想到乍仑先生动作这么快，他已经开始吃
了。

"沙瓦迪卡！"我双手合十，顺便偷偷打量他。

那是个约四十岁上下的男人，符合巴颂说的"有一点点儿
老"，同时还是个好看的男人。他的好看不只因五官端正、
身材匀称，还来自本身的世故与自信，和我认识的妈宝男有
很大的不同。

那男人回礼，顺便说了几句泰语，让我一头雾水，还好Ann
在场，她好温柔地帮我回答了。

泰国女人一般都不急躁，此时的Ann更甚，几乎在发嗲，虽然我听不懂泰语。

"请坐，言言小姐。"男主人终于开口，说的还是普通话，让我松了一口气。

"谢谢！"

想着还是挑远一点儿的位子坐比较安全，于是我选择坐在桌子的另一端。大概这是不合乎礼节的，很快我便被Ann架起坐到男主人的左手边，呈L型，这下子连呼吸声都听得到。

"放心，我不会吃了妳。"

说完，乍仑先生给我迷人的一笑，然后用力咬下一口烤面包，吧滋吧滋的声音让我忽然腰子疼，感觉他吃的是我。

"蛋...豆...肉...几个？茶...Coffee？"Ann问。

我将她的问话放进脑子里回锅再回锅，依然有些懵。

"还是我来吧！"男主人终于把烤面包吃完，有时间解释Ann支离破碎的普通话，"我留学英国，喜欢英式早餐，不外烤面包、煎蛋、茄汁豆、香肠、培根……等，饮料一般是热茶，但我太太喜欢喝咖啡，所以多了这个选项，妳想吃什么告诉Ann。"

别看我瘦却很能吃，尤其是早餐，于是我怯怯地问能否给我来一整套，咖啡和茶都要。

乍仑先生听了哈哈大笑，他说难得遇见好胃口的女生，相信Ann会很乐意做，因为把食物吃光光是对厨子的一种赞美……

他转而用泰语对Ann说了几句，我看见后者羞红了脸，像个新娘子似地走开。没多久，她捧来一大盘吃食，光看颜色和冒着的热气就让人食指大动，我毫不客气地大快朵颐一番。

男主人边喝茶边看着我的吃相，他的盘底已朝天。

"妳的脚怎么了？"他还是好奇一问。

我答被他家的狗咬了，害我现在连门都不敢出，怕被它再咬上一口。

"那只狗的确凶猛，连我都害怕。"

连主人都害怕的狗为什么还养？

乍仑先生说钱是罪恶，会引来灾难，有只恶犬在旁守护，也算是买了份保险。

"富人有富人的烦恼，穷人有穷人的自在，谁都别笑话谁！"我有感而发。

"说得太好了！"他鼓掌，"言言小姐，如果让妳选，妳会选择当富人还是穷人？"

这个嘛……说想"一穷二白"未免太假清高；说爱钱又太功利了……

我陷入苦思。

"呵呵！不想回答没关系，我说我的，如果让我选，我会选择当有钱人，而且越有钱越好，因为钱就是力量，很少人会对钱说不。"

这倒是真的，我不也是？如果在中国能找到薪水够多的工作，何苦飘洋过海到异国谋生活？

乍仑先生安慰我别难过，他相信我会在泰国收获很多这辈子想都想不到的东西……

我苦笑，一个月25000泰铢的薪水，即使全数都存起来，一年也不过六万元人民币，买个名牌包都买不起，还是别做梦了！

他问我是不是喜欢名牌包？

"也不是啦！只是打个比方。"我赶紧危机处理，怕雇主的老公误会我在抱怨薪水少，"其实我应该感恩，以我的条件，在中国挣不了那么多。"

"妳是值得获得更多，"他忽然拿起餐巾擦我的嘴角，"妳的嘴边有残渣。"

我躲开他的好意，期期艾艾地解释那不是残渣而是痣。

"痣？"他很惊讶地再次确认，"真的是，我没看过那么性感的痣。"

"性感？不会吧？"

乍仑先生笑了，他没回答我的问话，反而说自己吃饱了，请我慢用。

他走了，留下一个谜给我。

我边抚摸嘴角的痣边思索他的话，也许他是为了安慰我才故意这么说，谁愿意有那么一个碍眼的痣？一定是这样的，肯定没错！

我又重新回到自卑里。

～

中午和玛妮太太用餐，她又是一副邋遢样，不见乍仑先生，我记得雇主曾经说过老公今天不上班。

我忍不住提醒她化化妆，否则不知乍仑先生看了会怎么想？

"知道他今天出门打高尔夫球，所以省了这个麻烦的步骤。"玛妮太太有气无力地答。

看她一副精神不济的样子，我建议她把作息时间调整一下，熬夜很伤身的……

"妳以为我想这样？我的洒咪是个精力充沛的人，白天工作再怎么累，夜晚照样能玩到凌晨，如果我的作息不日夜颠倒，估计两人一天都见不到面。"

"那么今天晚上有活动吗？"我吃了一口青柠叶炸牛肉，牛肉的咸香和青柠叶的独特味道很搭，吃起来非常爽口。

"有，"她突然有些愁容，"帮我挑性感点儿的衣服。"

这是今天我听到的第二个"性感"。

"太性感恐怕妳的洒咪不会太高兴。"我开着玩笑。

"不，"玛妮太太突然变脸，声音也粗巴巴的，"一定得性感到让所有的男人都血脉偾张，听到没？！"

我一时难以招架，雇主怎么说翻脸就翻脸？谁禁得住？

"其实妳可以换一种方式说话，听起来比较不逆耳。"我说。

话甫歇，她愤而将餐巾往桌上一扔，说我若不想干就别干，她雇人不是为了照顾对方的心情，然后很没风度地离席。

经过几分钟的沉淀，我才真正面对自己的愤怒，虽然她是我的衣食父母，但也不能这么羞辱人。哼！"此处不留人，自有留人处"，当下我决定打包回中国。

等我把行李箱从床架下拉出来，又把衣柜里的衣服全折好放进去，万事俱备，只欠登机时，这才发现自己囊中羞涩，若买了回国机票，下机后连坐长途客车回家乡的钱都没有。

想起临行前母亲曾塞给我一个信封袋，我死活不收。

"到了泰国，我会住在大房子里，每天山珍海味，薪水可以全部存起来，根本用不到什么钱。"

当时我是这么跟母亲说的。

没想到才过了两天，我就受不了雇主的气，打算打道回府，这算什么？我就这么脆弱吗？

我颓然地坐了下来，心里懊恼到不行，如果我是有钱人就好了，谁的气都不必受。

想起乍仑先生说过的话—钱就是力量。没错，只要有钱，我也能像玛妮太太那样说话有底气。

为了这个"任重道远"的计划，我暂时放下自己的傲气，衣服归了位，行李箱也重新回到床底下。

"等玛妮太太睡完午觉，我要帮她找一件性感无比的衣服，如她所说的，让所有的男人都血脉偾张。"我心想。

第五章 / HAPPY NIGHT

傍晚我把郑女士送出门，刚好看见巴颂从门前走过，他跟女主人行完礼就要离开，我将他唤住。

"去哪里？"我问。

"乍仑先生说把狗送走，我正要通知家里的工人帮忙，光凭我一个人的力量是办不到的。"

"把狗送走？为什么？"

"乍仑先生说狗吓到妳，害妳不敢出门，只好将它送回狗场。"

知道男主人如此体贴，我对他的好感瞬间上升好几个档次。

"其实也不光是为了妳，狗已经误伤了好几个人，只是以前乍仑先生都不表态，这次不知为什么，突然就决定不养了，我倒有些不舍，没陌生人时，狗挺乖的。"

也许说者无意，但我听者有心。

"都是我不好，若不是自己误闯禁区，它也不致于被遣返。"

没想到巴颂反过来安慰我，他说这种狗本来就是斗犬，是为了打斗而生，回到狗场反倒逍遥自在些。

听他这么一解释，我的愧疚感减轻不少。

"玛妮太太今晚很漂亮，"那孩子望向出口处，可惜倩影已走远，"就是裙子太短了，这样不好，最近有流感。"

巴颂观察入微，裙子本来没那么短，是我找来利剪和针线改的，为了能让所有的男人都血脉偾张……

"没事的，天气很闷热。"我替自己的不当行为找到借口。

"但是Go Go Bar里的空调可以把人冻成冰棍。"他说。

Go Go Bar? 那是哪里？

"Barsong～"一个小伙子在远处唤巴颂，我只好放人。

巴颂说晚餐六点开始，想着今晚又是我独自用餐，所以躲在房里慢悠悠地回复邮件。安卓说他想申请美国大学，因为女友响往那个自由的国度……

"美国好，祝你和女友成功到达彼岸。"打完字，我起身去用餐。

"乍……乍仑先生？"

一踏入餐厅我就怔住，男主人怎么在这里？他不是应该和玛妮太太在Go Go Bar吗？

相较于我的惊讶，乍仑先生却是一脸淡然地和我打招呼。

"沙瓦迪卡～"我也双手合十。

今天Ann准备了香茅虾、咖喱蟹、西米肉酥丸、炒杂菜和香米饭，甜点则是香蕉饼。

甜点往往是最后才上，我之所以知道甜品为啥，是因为乍仑先生已吃完饭，正在吃香蕉饼。

"对不起，我以为今天餐桌上只有我。"我尴尬极了。

"没事，妳是新来的，不知道今晚是我太太的Happy Night."

Happy Night?

乍仑先生解释平常他工作忙，即使带太太应酬也经常因生意上的交流把她晾在一旁，为了让婚姻能走得更长远，他认为有必要让被忽视的一方彻底放松，所以每个星期六的晚上明定为玛妮太太的Happy Night，想上哪儿玩就上哪儿玩，他不干涉，当然也不会如影随形。

"那你呢？ 你有Happy Night 吗？ "我边把蟹肉从蟹脚抽出边问。

乍仑先生听完呵呵笑，他说每晚都是他的Happy Night，他甚至觉得自己是为了夜晚而生。话说回来，白天的泰国实在太热了，让人昏昏沉沉的，政府有必要将工作时间做个调整，规定从晚上九点到清晨五点为上班时间，这样白天就能用来睡大觉。

这次换我哈哈大笑，哪有那么无厘头的规定？ 要有，全乱套了。

"我喜欢看妳笑，太可爱了，像沙漠里长出花来。"没想到乍仑先生会在毫无预兆下说出令人惊心动魄的话来。

本来我还心情大好，现在再也笑不出来，赶紧低头扒饭，此时Ann走了进来，手里捧着切好的各色水果。

"言言小姐，六点吃饭。"她对我说，脸色不太好看。

我答知道了，下次一定准时。

Ann不再看我，转而热情地对男主人说了一长串的泰语。

乍仑先生用"Dai"回答她，接着他俩联袂上楼，连水果也带走了。

我无聊地拿着叉子翻弄盘子里的菜肴，突然没了胃口。我以为乍仑先生会喜欢看我吃饭，像今天早上一样。

～

我从梦中惊醒，因为听到碰、碰、碰的撞击声，然后又是什么东西哐啷一声。

这是怎么回事？

睁着惺忪的双眼走出房外，甩东西的声音仍持续着，中间夹杂一个女人歇斯底里的怒吼声。

"乍仑先生真是好脾气，完全没回嘴，只有玛妮太太在唱独角戏。"我心想。

站在楼梯口好一会儿，我决定还是不介入，都说夫妻"床头吵，床尾和"，吃瓜群众还是各自散了吧！

～

由于昨晚没准时到餐厅用餐，今天一大早我就报到，怕自己成了拔达逢家最不受欢迎的人，可惜七点一到，还是没看到那个好看的男人。

"乍仑先生今天去清迈了。"

Ann难得说了一句完整的普通话，而且看得出来心情很好，边给我上西式早餐边哼歌。

"kob kun ka"这是我临时恶补来的泰语，意思是"谢谢"。

Ann答不用谢，这是她应该做的。

"巴颂呢？"我问。

"上学。"

哎～我真迷糊，怎么又忘了？

"玛妮太太哭吗？昨晚。"

Ann突然一问，让我有些吃惊，她是不是也听到什么了？

"不知道，也许有。"我答。

我以为身为仆役的她会担心，没想到她的眼神飘向楼上，嘴角有微微的笑意，倒像是竞技场上获胜的一方。

早餐过后，Ann问我想不想和她上菜市场？我求之不得。

要想深入地了解一个国家，菜市场是条捷径，可惜来泰国三、四天了，我连大门都还没迈出。

Ann带我逛的菜市场离拔达逢家不远，就在湄南河附近，顾客大部分是本地人。

太好了，这才接地气！

逛了一圈后，我发现肉和蔬菜的价位几乎与北京齐平，本地水果倒是廉价，一个巴掌大的芒果也就5块钱人民币，至于海产……大概因为泰国是个半岛国家，一撒网就能满载而归，所以海产特别便宜，人民币一百元可以买一大袋的基围虾。

Ann买了鱼、买了肉、买了青菜、又买了榴莲和山竹，而我们却两手空空，因为市场里有劳役，付个100泰铢能帮你送货到家。

如果你以为这只是单纯的购物，那就太小看我了，虽然Ann的普通话不咋地，但我还是问出有用的信息来。

先说Ann吧！第二代台山人，母亲是泰国人，出生在曼谷，会讲一点儿粤语和普通话，算是比较偏向泰国的中国人。

再说乍仑先生，祖先可追溯到吞武里王朝，据说他的母系与当时的华裔国王郑信沾了点儿亲戚关系，后来世代交替，到了乍仑先生的祖父这一辈已经彻底没落了。

"乍仑先生……很棒……有钱。"Ann说。

看来是乍仑先生让他的家族又兴盛起来，而以他"汉化"的程度，我把他归为偏向中国的泰国人。

"玛妮太太呢？"我问。

"不知道，帕特里夏太太死了，乍仑先生喜欢……"她答。

帕特里夏是乍仑先生的第三任太太，一个有名的女明星。

我还想顺着竿子往上爬，把第一任和第二任太太也给挖出来，奈何Ann在市场里遇到熟人，两人叽叽喳喳地聊起天来，我只好把从水果摊上买来的小菠萝拿出来，在污水横流的市场里吃了起来。它们个个只有拳头大小，但甜得沁口，像在吃蜜一样。

~

Ann唤了很久，郑女士才心不甘情不愿地下楼来，两只眼睛肿得像核桃，明显哭过。

她安静地用着餐，吃得很慢，但很专心，像在办一件例行的公事。

"昨晚玩得开心吗？"我问。

"还行。"她把三色粉卷纳入口中。

"乍仑先生说每个星期六的晚上是妳的Happy Night."

没想到寻常的一句话却踩了地雷，她抬起头，恶狠狠地看着我："他还说了什么？"

"没……没什么，就……就这些了。"我吓得双腿发抖。

好半天，玛妮太太才像说别人家的事一样地说："我的洒咪去清迈了，要很久才会回来。"

我安慰她这样很好，夜晚不用出门，她能睡个好觉。

她听了卟呲一笑，仿佛我说了个天底下最好笑的笑话。

好半天，玛妮太太才像说别人家的事一样地说："我的洒咪去清迈了，要很久才会回来。"

我安慰她这样很好，夜晚不用出门，她能睡个好觉。

第六章/ GO GO BOY

我的确说了个笑话，没有男主人的日子，玛妮太太简直就像脱缰野马，不仅夜夜笙歌，有时我还能在清晨碰见偷偷摸摸从楼上下来的男人，他们个个像健美先生一样壮硕，而且看着都像南部泰国人，肤色偏黑。

我突然同情起乍仑先生，自己在外打拼，老婆在家也不省心，一天一顶地给他戴绿帽。

"季言言，这不关妳事，还是读好妳的雅思吧！"内心的我提出忠告。

由于安卓，我也开始想到未来，年纪轻轻的总不能光靠给人打扮过日子吧？！

我没忘记自己的梦想，那就是成为有名的品牌设计师，既然在国内没找到出路，我想着何不到时尚之都充电？纽约的《NY时装学院》就是个好选择，但首先得把不上不下的英语水平给提升上来。

"我也想学英语，这纸醉金迷的生活，真他妈的受够了。"玛妮太太一听说我的计划，不请自来地加入阵营（当然，我没说学好英语是为了离开她）。

"我问过了，团体课200泰铢一个小时。"我说。

没想到郑女士豪爽地说上什么团体课？把老师请到家里来，钱她出！

少了这部分的开支让我欣喜若狂，当下就给补习班打电话，考虑到玛妮太太的生理时钟，约了下午三点到五点上课。

"替我准备校服，我想再当一回学生。"我的雇主对学习充满了热情。

为了满足她的愿望，我拎上钱包出门，听巴颂说暹罗大学附近能买到各年龄段的校服。

泰国女中学生的校服一般为白衣黑裙，白衬衫是紧身短袖式样，能将饱满的胸部烘托出来；黑裙子则为低腰迷你褶裙，腰线刚刚及胯，裙边则短到大腿中部。为了走路方便，迷你裙的斜侧面还特意开了叉，是我看过最性感的校服。

我把校服买回家，玛妮太太忙不迭穿上身，要我说，那真是别样的风情，难怪有人会说"制服诱惑"。

"上课老师恐怕无法专心上课了。"我实话实说。

"哈哈！捉弄老师是天底下最快乐的一件事。"玛妮太太调皮地答。

～

下午三点，屋外艳阳高照，正是昏昏欲睡的时刻，偏偏补习班送来一位满头银发的老外，还是个女的，连让人"精神为之一振"的机会也没有。

我的雇主收起她的春情荡漾，努力做好一个学生的本分，奈何底子不好，被老师纠正了几次发音后，失去了学习兴致。

"I...... toilet."她说想上厕所。

老师当然放行，没想到这一去便不复返。

"老师让我来唤妳，她怕妳掉进马桶里了。"我行动不便地上到二楼，玛妮太太正呈大字型躺在床上。

"不去，"她翻了个身，"无聊死了。"

我就知道她的懒病又犯，可是一期三个月的学费已经付了，怎能这么任性？

听完我的指责，她颇为厌烦地答付了就付了，谁规定非得两个人上课不可？

说的也对。

我的英语虽然不好，但和雇主比，一个是重量级，另一个是蝇量级，根本不在同一个水平上。既然玛妮太太不愿上课，我算捡了个大便宜，省下高昂的补习费。

"那妳安心入睡，我不吵妳了。"关上房门，我高兴地下楼去。

~

又到了星期六，乍仑先生还是没回来，我给玛妮太太挑了件性感的衣服，背后有流苏设计的大露背，忽隐忽现，不失飘逸与唯美，保证能唤醒男人的原始欲望。

"哪里买的？"面对落地镜，玛妮太太左顾右盼，很满意的样子。

我答在百丽官买的。

为了买到合适的衣服，这几天我逛了不下十几处商场，连带路的巴颂都对我的"敬业精神"啧啧称奇，殊不知这项工作满足了我长久以来的购物欲，尤其现实生活中，那些美丽又昂贵的服饰是多么的遥不可及。

"今天还去Go Go Bar吗？"我递给她珊瑚耳坠，红得像鸡血。

玛妮太太嗯了一声，没多说话。

等我拎来这季流行的驴蹄鞋时，她开口问我要不要跟她一起去Happy？

我不知道Happy具体指的是什么，但能见识一下曼谷的夜生活，倒也是不错的体验。

为了不和雇主的露背装撞衫，我选择露肩的一字领黑色连衣裙（这原是买给她的礼服，还好她不吝借给我穿）。

"妳的锁骨很消魂，今晚一定很精采。"玛妮太太说。

拔达逢家的司机是老司机，上车后，女主人什么话也没说，他便将车子开往Soi Pratoochai，整条小巷里有20来家Go Go Bar。

下车后，操着普通话、广东话、日语、韩语、英语的人便一拥而上，不外"不帅不要钱"、"先看再买票"、"都是小鲜肉"地推销着，煞是热闹。

玛妮太太熟门熟路地带我走进一家叫"T吧"的店，中央有个小型表演台，台子周围是观众席。

一开始是人妖谐星搞笑秀，中间穿插一些杂耍，倒也没啥特别的，直到中场休息时间才有些许不同。数十名Go Go Boy穿着小三角裤上台，一一向客人抛媚眼，我看见玛妮太太给了妈妈桑400泰铢，点名要5号的肌肉男。

"妳看中哪一个？"我的雇主没忘记我。

其实我谁都没看中，但来到声色场所却端出圣母样的确惹人厌，于是我选18号，那个有酒窝的小熊维尼看起来比较"安全"。没多久，那两人各端一杯酒前来。

5号显然是玛妮太太的老相好，一上来就给她来个熊抱，顺便埋怨上星期她选了1号，是不是不爱他了？

"爱，所以今天回来找你。"郑女士拿出细长的烟卷，5号马上哈腰点火，用的还是都彭打火机，"啲"的一声，很是清脆悦耳。

看他们两人挨得那样近，近到成了连体婴，小熊维尼也想有样学样，被我一把推开。

" This is for you. Please go away."我给了他200泰铢，请他滚远一点儿。

那个胖胖的男孩没啰嗦，拿钱走了。

见我落单，几名男孩立马粘了上来，嚷着要我请喝酒，我像赶苍蝇似地将他们全轰走。好不容易等到灯光暗下来，男孩才陆续回到后台，大概下半场的节目就要开始。

我正想着Go Go Bar也太小儿科了，不过是花钱陪聊天，有啥稀奇的？没想到下半场火力全开，不仅有SM还有"人兽大战"，最不可思议的在后头，所有的Boys全脱光，站成一排打飞机，那气势真让人瞠目结舌。

玛妮太太果断把最后一个发射成功的Boy带走，临走前问我是不是留下来看第二场秀？我答是（其实是为了避开和她买来的Boy同坐一车回去的尴尬）。

" 那好，妳自己打车回去，别玩得太晚。"她丢给我几张票子。

我数了数有5000泰铢，足够带一个Boy开房，但我没那么做，而是把钱折好放进口袋里，然后在下一位Boy骚扰我之前，默默离开Go Go Bar.

~

虽然凌晨才就寝，但我辗转难眠，一夜都没睡好，原因无他，一个大活人就在我面前沉沦，让人感慨万千。

玛妮太太不过长我几岁，人又那么漂亮，家境还殷实，真没必要这么作贱自己……

我突然有了将她解救出来的使命感，只是一时还没有任何头绪。

" *€+%¥#……"听到乍仑先生的声音，我吓得心脏差点儿跳出来。

楼上的Boy还没走，男主人这么一声不响地回家，看来玛妮太太就要倒大霉了。

"沙瓦迪卡~"顾不得自己脸没洗、头没梳的丑相，我在乍仑先生上楼前抓住他打招呼。

"沙瓦迪卡，妳起得真早。"说完，他往前跨出一步。

"哎、哎哟~"我弯腰抚住被狗咬的伤口，一副痛苦的模样。

乍仑先生问我怎么了？我答被狗咬的脚又疼了，大概为了跟他打招呼，走路急了点儿的缘故。

趁他无语的当口，我问他能否扶我到客厅坐会儿？

乍仑先生"当然"没拒绝，他小心地扶着我进客厅。我刚一坐下，就看见一个人影快速从楼上下来，然后一溜烟地跑走了。

"真奇怪，脚现在不疼了。"没等乍仑先生提议带我看医生，我先给自己解套。

"不疼了？"他问。

"不疼了。"

"真不疼了？"

"真不疼了。"我对他微笑，心里有种胜利的感觉。

没想到乍仑先生非但没离开，反而像看车祸现场一样地看着我，让人很不舒服。

" What?"我还是问了。

"言言小姐很令人费解啊！"他答。

我说这没什么，我偶尔也会牙疼或头痛，都是毫无预兆的……

"他走了，对吧？"

"谁……谁走了？"我故作无知但红了脸颊。

男主人大笑着离开，碰碰碰的上楼声像打战鼓，让人心惊肉跳。

第七章/唐杰森

日子像打卡似的一日复一日。

由于玛妮太太的作息日夜颠倒，除了帮她采买衣物外，我有大把的时间好挥霍，于是又回到我的老本行–服装设计，期待日后申请学校或找工作时能有拿得出手的作品来。

"哪里可以买到便宜的画具？"我问巴颂。

虽然我有服装设计专用的Cad软件，可以重复上色及修改，非常方便，但软件是计时收费的，对于囊中羞涩的我来说，颇有压力。考虑再三，我决定还是"土法炼钢"，因为手绘更能如实反映个人的专业素养和设计水平，同时减少开支。

"蓝康恒24巷就有，因为是给学生用的，所以价格很便宜。"巴颂答。

真是太好了！正合我意。于是吃完中饭，我赶在英文老师来到前，央求巴颂带路。

在美术社里我买了美工钢笔、铅笔、圆珠笔，水性笔、马克笔、彩铅以及水彩，同时为了处理细节，我还买了德国制的

o.5自动绘图笔，纸则选了描图纸，这样上色错了，还可以再复印一张。

"乍仑先生也喜欢画画，他的画室里有很多画具。"

听巴颂这么一说，我对那个好看的中年男人更感兴趣了，原来他还是个艺术家，难怪气质非凡，与一般的商人不同。

"他都画些什么呢？"我们站在街头等出租车，我问。

"什么都画，小猫、小狗、树、花、昆虫，还有……漂亮的女人。"

知道他画的是实物，不是抽象派或形而上主义，我忽然很想参观一下他的画室，是哪一间呢？楼上有五个房间，肯定不会是玛妮太太的房间，现在只剩四选一了。

谁知全被巴颂给否定了。

"乍仑先生的画室在陶瓷岛，离曼谷市区约半个小时车程，他一有空就会过去。玛妮太太只去过一次，回来后还和乍仑先生大吵一架，把家里能砸的东西全砸了。"

"噢！为什么？"我太好奇了。

巴颂沉默地低下头去，显然不愿多说，加上一辆粉红色出租车正向我们驶来，这个话题也就无疾而终了。

我的英文老师是英国人，有很重的伦敦腔，嘴里像含着一粒小球，让我学起来倍感吃力，但一想到这是"贵族"口音，再怎么着也得坚持下去（可不是每个人都有这样的好运气）。

然而事情不是我想坚持就能坚持下去，才上了不到两个礼拜的课，我的老师便打退堂鼓,因为她的心脏支架出了点儿问题，得"返厂维修"，补习班会另外派老师过来。

"Oh no!"我唉声叹气。

"He might be a handsome boy."那个满头银发的老太太笑着说也许新老师会是个英俊小生。

嗯……这个可以有。

我立马精神百倍。

今天Ann难得煮了娘惹菜，空气中有非常浓厚的香料气息。

娘惹菜是由中国菜和马来菜融合而成的马六甲菜肴，集合了甜酸，辛香以及微辣，所用的酱料往往由十种以上的香料所调配而成。

此时桌上摆着辣椒螃蟹、亚叁香辣鱼、大树菠萝焦糖炖蛋、娘惹参巴羊角豆和咕噜酸甜鸡。

"*€+¥%#……"乍仑先生说了几句泰语，Ann红了脸，喜滋滋地走了。

"行啊！就知道四处留情，连家里的厨子也不放过！"玛妮太太虽然声调平缓，但看得出来心情不佳。

"瞧妳说的，Ann准备了一桌子的好菜，总得嘉奖一下，才有动力继续努力，"乍仑先生忽然转头向我，"妳说是不是？言言小姐。"

"呃……嗯……是的。"我低下头去，不确定自己是否说对话了。

我们三人突然安静下来，静到只剩下嘴巴咀嚼食物的声音。几分钟后乍仑先生才开口，他说今晚约了M公司的高层打桥牌，问玛妮太太去不去？

"去，怎么不去？不去你们就无法无天了。"她答。

乍仑先生尴尬地笑了笑，不再说话。

~

我为我的雇主选了注入运动风的波西米亚长裙，是今年最流行的穿法。

"太怪了，皮夹克配长裙？我可不想被批衣着无品，毕竟我是付了钱的。"她有些忐忑。

我要她放心，这可是今年巴黎服装周的主题，谁敢说不好，那就out了。

玛妮太太又在落地镜前蘑菇了一会儿，才勉为其难地接受我的专业建议，最后脚踩平底罗马鞋走了。

终于拔达逢家又只剩我一人。

我把描图纸拿出来，聚精会神地绘了一款银色风衣，利用暗扣，它分分钟能变成马甲，等于一衣两穿。

画好的描图纸被我摆进十公分厚的资料册里，算一算，已经有七张了，等到全塞满时，大概也到了和泰国道别离的时候。

~

由于老太太说也许补习班会派一个帅哥前来，让我的平淡生活又有了期待，心想即使不帅，也千万别送来一个怪叔叔才好。

没想到好运一来挡都挡不住，来者不仅是个大帅哥，还长着一副华人脸孔，让人好生亲切。

" Hi, my name is Jason. How do you do ?" 叫 Jason 的老师向我问好。

"Fine, thank you. And you?"我把从老太太那里学来的会话应用上。

杰森很好奇我有伦敦口音，我答原来的老师是伦敦人，所以……

"Sorry，我是ABC，一个出生在美国的华人，所以无法给妳伦敦口音。"

"没关系，美国口音也可以。"

第一堂课总是那样，先自我介绍再进入课题，当Jason知道我是个服饰搭配师，为了进入NY服装学院而努力学习英文时，不禁对我肃然起敬。

"I wish you will be the next Vivienne Tam."他说。

Vivienne Tam是世界知名的华裔服装设计师，作品融合中西方元素，浪漫中不失优雅。

虽然我不认为自己有朝一日能向大师看齐，但仍微笑着说："Thank you. I hope so."

由于有帅哥加持，两个小时很快就过去。离去前，Jason介绍他的中文名叫唐杰森，目前在文华酒店实习，年底才回美国继续大学未完成的课程，希望到时能与我在纽约相见……

"当然，如果能够如愿进入NY服装学院，肯定和你约了见面，但……为什么文华酒店的实习生会来教英文呢？"我太好奇了。

他解释他上的是大夜班，从晚上十点到隔天早上六点，如果不给自己起床的理由，半年后他对泰国的印象将只停留在文华酒店和宿舍之间，而他不想虚度光阴。

嗯……这个解释倒是不牵强，可以接受，只是这样倒时差太辛苦了。

他答一点儿也不，因为他喜欢动，不喜欢静。

"对了，上完课到晚上十点前，妳都做些什么？"他问。

我答吃完晚餐，帮雇主选衣饰，如果没突发事件，剩下的大半夜会用来画图，我已经画了好几张设计稿了。

"哪天我们一起吃饭如何？我知道有家好味道的海鲜餐厅。"他说。

呃……我问这是约会吗？

"不，不是的，"他笑了，"就是正常的社交活动，各付各的。"

虽然从云端回到地面，但心里还是欢喜的，毕竟在异国交朋友也不是那么容易，尤其对方还是个会说普通话的小鲜肉。

"好，明天给你答覆，因为我的雇主刚起床，头脑不太清楚。"我说。

杰森听了有些懵，但没多问。

"那拜了。"他笑了笑，往屋外走去。

第八章/邂逅

今天早上我们喝粥，是用茉莉香米、猪肉及猪内脏熬煮而成，最后加入香菜、生姜和半熟蛋，另外还附上一大盘的油条，只是油条淋上了炼乳，更像甜品多一些。

"妳白天都做些什么？"乍仑先生问。

我答除了帮玛妮太太采买衣物外，有空就学习英语及绘画。

他说我真有上进心，已就业了还不忘学习。

"哪里，就是因为出社会还感觉有不足之处，所以正在亡羊补牢。"

"掌握另一门语言很重要，等于开启了另一扇门。"乍仑先生把筷子伸向油条，"对了，妳都画些什么？我平常也画几笔。"

我想起巴颂说的，乍仑先生在陶瓷岛有间画室。

"正确地说是设计，我又开始服装设计了。"我答。

乍仑先生把嘴巴里的油条咽下肚后说："希望有机会能看到妳的设计稿。"

"它们都是很不成熟的作品，我怕你看了会见笑。"

那个好看的男人立马发誓绝对不会取笑我。

这真令人为难，我不过是一时兴起，画的真的很一般，毫无天份可言。

他说有没有天份，一看就知道，何况他也作画，也许能给我一些技术上的建议……

哎！话都说到这个份上，我再推拖就太矫情了，于是起身到房间把资料册拿出来。

"画得真好，"乍仑先生很用心地看着每张设计稿，"假以时日，妳一定会是个有名气的服装设计师。"

"谢谢！你太仁慈了。"

"不，我是说真的，妳很有才气，不继续深造太可惜了。"

既然伯乐在眼前，为了表示自己也有鸿鹄之志，我告诉他想申请美国的学校，只是时机尚未成熟，学费也还没攒够……

"读研究生要几年？学费多少？生活费多少？"他问。

我一一答复。

他听完作沉思状，大概也同意这是笔不小的支出。

"穷人的孩子就是这样，老想做不切实际的梦，呵呵！"我赶紧给自己找台阶下。

"下个月五号，我要参加一个重要会议，晚上有宴会，妳帮我做一套合适的礼服吧！"他忽然话锋一转。

下个月五号？不到一个月的时间，我说我怕达不到他的要求。

"不试试，妳怎么知道自己有多大的潜力呢？"他用餐巾擦拭嘴巴，起身，"我得上班去了，妳慢用。"

乍仑先生走后，我才想起还未帮他测量尺寸。

"算了，等设计稿出来再量吧！搞不好他不喜欢我的设计。"
我如是想。

今天我们上英文的未来式。

"Will you go out with me tonight?"杰森问我今晚跟他出去吗？

"Yes, I will."我的答案是肯定的。

昨天帮玛妮太太系上腰带时，我顺便告诉她今晚打算外出。

"有约会？"我的雇主边注视镜中的自己边问。

我答不是约会，只是和一个刚认识的人吃顿饭，各付各的。

"妳要注意安全啊！人生地不熟的，万一有个什么，我也麻烦。"她不带感情地说。

我心里老大不高兴，明明可以把话说得婉转些，偏偏一出手就刀光剑影，让人如鲠在喉。

"Really?"我的英文老师再次确认，"Are you sure we can go out after the lesson？"

我微笑着点头，对接下来的社交活动充满期待。

不过是回房拿了个包，出来时就撞见玛妮太太，她正站在楼梯口和杰森说话。

"原来换老师了，妳也不吭一声。"看见我来，郑女士说。

我赶紧解释老太太的心脏支架出了点儿问题，换老师是昨天的事，今天是第二天上课，还没来得及告诉她。

"换老师好，尤其新老师看着……很和气。"她笑得很妩媚，"不知道新老师愿不愿意多收一名学生？"

杰森答补习班曾告诉他这是一对二的课程，如果玛妮太太想加入，他欢迎之至。

你有没有面对一盘美食正想大快朵颐时，某个人过来问都没问一声就挖走一大半的经历？

我目前的心情便是。

虽然杰森和我是师生关系，但玛妮太太的强盗行为还是惹怒我，直到服务员上呈一盘又一盘的美食，我才又展欢颜。

"太好吃了，哪里找的？"我啃着蟹脚，双手沾满酱汁。

"我的同事带我来的，他是泰国华侨。"

这是一家华人开的海鲜餐厅，排了半小时的队终于吃上，点的咖喱蟹、泰式烤鱼、虾球、炒空心菜、菠萝炒饭，没有一道是败笔，连芒果冰沙也好喝得不得了，不禁竖起大拇指赞扬，谁知道……

"妳的老板看起来很和善。"

听他这么一说，我的食欲瞬间减少了一半。

"还可以啦！她对所有的帅哥都很和善。"我答。

杰森相貌堂堂，人也高大，像是来自好家庭的优质男孩，跟 Go Go Bar 里的 Boy 完全不同（虽然后者也有好看的），难怪玛妮太太会像饥饿的狼看到油汪汪的肥肉般，口水流了一地。

"其实……我见过她，在文华酒店里。"他说。

"谁？玛妮太太吗？"

"应该是她没错，穿着一身血红色的晚礼服参加酒店派对。"杰森进一步说明。

我想起来了，那件晚礼服还是我准备的，为了腰际的那朵玫瑰，我们起了争执。我说拆了会更优雅，她偏要留下俗丽，我只好妥协了。

杰森证实衣服的腰际的确有朵玫瑰，可见玛妮太太的美有目共睹，否则参加派对的人这么多，杰森如何记住一个惊鸿一瞥的人？

我的英文老师不否认红衣女郎的美丽，但让他印象深刻的原因却不是这个，而是玛妮太太问他酒店提不提供保险套？

"啥？她真的什么都敢问。"我咋舌。

"我猜她记不住自己说过什么，因为那时的她已经醉得路都走不稳，还好旁边有个高大的男士陪着。"

原来是乍仑先生，他们夫妻可真够奢侈的，明明可以回家，却到五星级酒店开房。

杰森说的确奢侈，订的还是顶楼套房，一晚要价40000泰铢。

"这……这么贵？我的月薪不过25000泰铢，连一晚的套房都住不起。"我唉声叹气起来。

"季小姐，妳真可爱，连薪水多少都诚实交待了。"杰森难以置信。

我答这没什么，因为在曼谷拿那么低的薪水也没那个谁了，不怕他夺财害命。

他听完哈哈大笑，接着唤来服务员买单。

我从包里拿出700泰铢，这是我应该付的。

"算了，这次由我付吧！等妳肥了，我再来夺财害命！"

"呵呵！要等我肥恐怕得中彩票才行。"

我谢了他的好意，仍把钱上缴。这年头谁都不容易，我不能占人便宜。

〜

"昨天妳和他去哪里了？"午餐桌上，玛妮太太问我。

这个"他"指的不会是别人。

我答没去哪里，吃完饭，逛一下商场，时间就到了，他还得赶着去文华酒店值班。

"文华酒店？"玛妮太太抬起头来，嘴里尚咬着鸡爪。

我只好把老师的背景交待一下，强调他还是个大学肄业生，比我小一、两岁。

"这么说是弟弟啰！"她说。

本来这也没什么，弟弟就弟弟，我从来不对自己的年龄遮遮掩掩，倒是玛妮太太有点儿幸灾乐祸的样子，让人生厌！

"没错，是我的弟弟也是妳的弟弟，如果他喊我一声姐，那么妳就是大姐。"

"什么大姐？！"玛妮太太明显不高兴，"我看起来也就二十多岁，走在大学校园里，一点儿也没有违和感。"

好吧！我承认永远也别想改变一个女人的自恋情结，二十多就二十多，爱咋咋地！

"今天下午我要穿上女学生制服上课，妳没把衣服丢了吧？！"她突然问。

我摇头。

"那好，吃完饭记得烫衣服，必须平平整整，没有一点儿折痕才行。"玛妮太太说。

第九章/参加派对

" Mini, could you tell me what's your favorite food?"杰森问。

Mini 是玛妮太太的英文名，老师问她最喜欢的食物是什么？她答"香蕉"。

" Why?"

" Because I like shay."玛妮太太这一回答，让我和杰森一头雾水。

通过肢体语言，我们才明白她想说的是："Because I like its shape."，翻译成中文就是"因为我喜欢它的形状"。

我不禁翻了个大白眼。

玛妮太太把课堂当作Go Go Bar，竭尽挑逗之能事，不仅衣着暴露，言语还暧昧，这让老师如何上课？

" Yanyan, how about you?"老师将同样的问题抛给我。

我答我喜欢所有的食物，除了香蕉之外，因为我讨厌它的形状。

" It's interesting."杰森说我的回答很有趣，然后投给我意味深长的眼神。

显然这样的反击不具任何意义，因为玛妮太太根本听不懂，她无聊地玩着桌上的橡皮。

为了照顾后者的能力，老师把上课速度放缓，而且字汇回到最简单的小狗、小猫之类。这一调整，玛妮太太是开心了，但我不开心，感觉自己退化了，成了五、六岁的孩童。

好不容易挨到下课，杰森终于能用普通话和我们交谈。

" 我认为还是分开上课比较好，你们两人的英语能力不在同一个水平上。"他说。

我求之不得，没想到玛妮太太也鼓掌，并且很快分配好上课时间。

" 一、三、五我上，二、四她上。"我的雇主说。

无端少了三堂课，但我无法抱怨，因为出钱的是大爷。

" 季小姐，妳同意吗？"杰森问我。

我有什么资格不同意？只能无奈点头。

晚餐桌上，乍仑先生问我，玛妮太太怎么没下来一起用晚餐？我支支吾吾地答她买书去了。

" 买书？买什么书？"乍仑先生皱起眉头，显然不相信自己的老婆会看书。

" 买……买英文书，她又开始和我一起上英文课了。"我解释。

今天分配好上课时间后，玛妮太太追问老师待会儿去哪里？杰森答去书店买书，《哈利波特》的作者出了本新书《杜鹃在召唤》，评价不错，他想买来看看。

然后我的花痴老板就屁颠屁颠地跟了过去，还要我传话："今晚不跟老公应酬了。"

"真是糟糕！"乍仑先生听完很懊恼，"说好的今晚携眷参加，我若只身前往，那有多尴尬？！"

的确尴尬。我善心地提醒他，玛妮太太大概十点前会回来，也许还来得及……

之所以说十点是因为杰森十点上班，但转念一想，万一我的奇葩雇主在文华酒店叫上一杯咖啡陪小鲜肉，那也不无可能，于是匆匆补上一句："我猜的。"

"即使十点也来不及了，派对八点开始。"他说。

我看了一眼墙上挂钟，六点半了，的确来不及。

"言言小姐，妳能陪我参加派对吗？"他问。

"我？为什么是我？"

乍仑先生叹了口气说抓我去应酬实属无奈，这样吧！他会另外付我钱。

"不用付费，临时出状况我能理解，就权当增广见闻吧！"我说。

那个好看的男人显然很满意我的回答，他欣慰地笑了笑，然后把糖醋排骨丢进嘴巴里。

我连一件像样的礼服也没有，乍仑先生说我可以穿玛妮太太的衣服，但她的骨架比我大，我只好找来针线帮忙。

一下楼来，乍仑先生就对我发出一长串的暧昧口哨，那是对性感尤物的赞赏，我不禁红了脸。

"今晚的妳将会是派对上最受瞩目的女神。"他说。

派对在一艘豪华游轮上举行，华灯初上，夜晚的景色非常迷人，两岸的著名景点（如：郑王庙、大皇宫、三宝宫、圣玫瑰教堂等）在灯光的照射下更显璀璨。

我拿着香槟站在乍仑先生身旁，他正和一群打扮光鲜的男人高谈阔论，泰语、英语交杂，我的耳朵嗡嗡作响，一句都没听懂。

"You must be the lucky girl for tonight."一位身穿露背吊带长裙的金发女郎转头对我说。

我不明白她为什么说我是今晚的幸运女孩，请她解释。

"Never mind."她笑了笑，懒得解释。

还好我的男伴注意到我受冷落，提醒我长条桌上有小点心，我可以过去取用，还有，船上的女人多半是名媛，我应该找机会认识一下，对我以后的事业会有帮助。

说的也是，与其像个木偶似地站着，倒不如借机认识新朋友，于是我拿着香槟走了。

～

绕了一圈也没能成功打进圈子里，首先语言就是道关卡，我不会说泰语，英语也一般，很快便黔驴技穷，只能一旁傻笑，不过这倒有利我的观察。

乍仑先生说我将会是派对上最受瞩目的女神，其实他言过其实了，派对上商贾辐辏、美女如云，我甚至还看到艺伎打扮的女伴。可想而知，我的小清新很快便淹没在人群里，成了一道最不起眼的风景。

"Hi, 妳是中国来的吧？！我注意妳很久了。"一个穿着全白裤装，蓄短发，耳垂挂着刀片耳坠的亮丽女孩向我走来。

骤然听到乡音，我立刻精神百倍，总算遇上同胞了。

"妳也是中国人吧？！哪里的？来泰国多久了？"我问。

她答她也是中国人，哪里的就别提了，小地方，说了我也不清楚，她来泰国已经五年了。

"五年？够久的了。"我喝了一口香槟，"为什么待在泰国？读书还是就业？"

"算就业吧！我是职业小三，妳也是吧？！"

听得我差点儿把已下肚的香槟全给吐出来。

"不，不是的……当然不是。"我微愠。

"哎！我还以为遇到同行了，想交换一下情报。"她拿出包里的细长形女烟，熟练地点火，"我的雇主对我已经不感冒了，我得在他厌倦之前找到下家。"

"雇主？"

她指了指前方那个大腹便便的男人："就是他，癖好太多，应接不暇。"

我没料到那个癖好多的男人竟然在这个时候转过头来看我们，我赶紧背对他，仿佛做了什么丑事。

俏女郎见状，拉我走向船尾，那里有一排沙发座。

"妳看着也不像是好出身的名媛，我说对了没？"一坐下，她问。

我告诉她，自己的专业是服装设计，目前帮阔太太做服饰搭配的工作，因为雇主有事，今晚被她老公抓来参加派对……

"有一技在身就是好，不像我，学历不高，只能靠原始本能赚钱。"

我说现在有很多培训学校，只要有心，学一门技术不难。

"是不难，但我需要快钱。"她仰天呼出一团白烟，"父亲工伤，母亲弱智，还有两个未成年的弟弟和妹妹，妳叫我们怎么活？"

哎！一家有一家的难处，我无法用道德绑架她。

"收入好吗？如何交易？"我问。

她答雇主想怎么玩就陪他玩啰！很简单，时间有长有短，看个人魅力。收入算不错，六四分，也能接私活，但不保证安全，所以有利也有弊。

"言言小姐，原来妳在这里。"乍仑先生大踏步向我走来。

我站起身，正想介绍身旁刚认识的人，没想到她惊慌失措地跑开，让我很错愕。

"是妳的朋友吗？"乍仑先生望着远去的背影问。

"算不上，今晚初识，还不熟。"

"以后这种垃圾少接触为妙。"他严肃地说。

没想到一向温文儒雅的乍仑先生会批评一位陌生女子为"垃圾"，让人很不解。

"快，"乍仑先生转头看着不远处的一群人，"我介绍个贵妇给妳认识，她是曼谷服装协会的会长，对服装这一块有独到的见解。"

听他这么一说，我赶紧小跑步跟上。

第十章/插翅难追

玛妮太太知道我做了她的工作，非但不感激，反而给我小鞋穿。

"这么丑的衣服妳也好意思拿给我穿？"

"红配绿，狗臭屁，听过没？"

"让我穿恨天高，想摔死我吗？"

"胸针太小。"

"戒指太大"

"耳环不够亮眼。"

"项链太重。"……

我再也受不了了，冲下楼去，就想钻进被子里哭泣。

"言言小姐，妳怎么了？"乍仑先生挡住我的去路。

"没……没什么，"我把盈眶的泪水给逼回去，"玛妮太太不喜欢我的搭配，我……我没理由再留下来，还是回中国去吧！"

乍仑先生一脸慈祥地说他不认为我的搭配有任何问题，倒是清楚地知道自己的老婆天生缺乏对美的感悟能力，所以需要我的帮忙，何况他还等着我帮他设计礼服，所以我绝对不能走。

看到乍仑先生热切的眼神，我投降了。都说"士为知己者死"，受到他如此的肯定，我怎好拍拍屁股走人？

"好吧！如果玛妮太太不再让我难堪的话。"我退而求其次。

也许后来乍仑先生说了什么，隔天玛妮太太像没事似的："昨晚的搭配还行，大家都说好看，妳……继续努力。"

上完课，我问杰森书买到了没？ 他答买到了，玛妮太太也买了一本，是中译本，她说看完后两人可以一起讨论。

"真好，可以开读书会了。"我酸溜溜地说。

"给，"他从包里拿出一本书递给我，" 文字是艰深了点儿，慢慢读，也许哪天我们可以用英语讨论。"

我拿着这本黄蓝色封面的书发愣，上面的书名《The Cuckoo's Calling》正在召唤我。

他为什么送我东西？ 莫非……

" 因为明天是妳的生日，所以提前送妳礼物。"他仿佛有心电感应似的，适时回答我的疑问。

生日？ 我想了想，是呀！4月1日的确是我的生日，我问他是怎么知道的？

" 妳忘了？第一天做自我介绍时，妳說妳的生日是愚人节，最怕有人在妳生日时恶作剧。"

我想起来了，自己的确曾说过这话。

"有空吗？我们出去庆祝。"他紧接着问。

"这个邀约该不会是恶作剧吧？！"

杰森听了哈哈大笑，发誓绝不是，不过这倒提醒他，明天得做点儿特别的。

"我警告你，别拿爬虫类吓我，我有恐惧症。"我先挑明了说。

他答放心好了，他不会做这么低级的举动，顶多请我吃老鼠肉。

泰国人喜欢老鼠，他们称呼晚辈或小孩为"努"（泰语"老鼠"的意思），因为老鼠聪明伶俐、小巧可爱。不过喜欢归喜欢，泰国人普遍认为吃老鼠肉能强健体魄，所以它并没有摆脱被烹煮的命运。

既然这道"佳肴"在此处是存在的，我认为杰森开玩笑的成份大大降低了。

"不，绝对不能有老鼠肉，I am not a cat."

他听完噗呲一笑，双手弓起来扮猫相，喵喵喵地叫，即使我把他关在屋外，还能听到此起彼落的猫叫声。

我的生日很幸运在周六，没有英文课，加上雇主白天睡大觉，只要晚餐时间赶得回来帮她挑选衣饰，我能疯玩近十个小时，怎不令人雀跃？

"有什么开心事？一大早就听到妳在哼歌。"早餐桌上，乍仑先生问。

我笑着宣布今天是我的生日。

"真的？那么得好好庆祝一下，晚上我带妳去吃米其林大餐。"他说。

今晚是玛妮太太的Happy Night，所以乍仑先生有空带我出去，但是怎么办？杰森把难得的休假日给了我，我不能辜负他的安排。

"对不起，我有约了。"

"男朋友？"

我答不是，是英文老师，美籍华人。

"凡事小心点儿总没错，别把每个人都当好人了。"

知道乍仑先生关心我，我向他道谢，并且说自己会当心，危险的地方不去。

"嗯！"他低头吃河粉，不再说话。

杰森说想去参观大皇宫，一早叮咛我得穿有袖上衣及长裙，不能穿拖鞋。这倒省了我不少时间，我很快抓起白色T恤、红色长裙以及水蓝色帆布鞋，乍一看好像把泰国国旗裹上身了。

我乘坐公交船至Tha Chang码头，下船走没五十米就看到杰森。他穿着白色Polo衫和橘色修身长裤，脚登黑白两色的布洛克鞋。走近一看，头发剪了，是欧美流行的偏分头；黑超戴了，是圆形双梁的款式。

天啊！他怎能这么好看？

"妳怎么了？好像看到鬼似的。"他问。

我说我以为他是来拍照的平面模特儿，差点儿认不出他来。

"谢谢，我将妳的诏媚视为一种赞美。"他答。

大皇宫是泰王室规模最大的宫殿建筑群，位于湄南河东岸，始建于1782年，曾一度是暹罗王国的皇室居所，现在只用于少数庆典活动，平日对外开放。其主要建筑是4座各具特色的宫殿，从东向西一字排开，绿色的瓷砖屋脊、紫红色的琉璃瓦加上凤头飞檐、三顶式屋顶结构，可说是集泰国数百年建筑艺术之大成。

虽然大皇宫非常富丽堂皇，很有可看性，但天气实在太热了，我有点儿吃不消。

"天气热就该喝冰啤。"杰森说。

我无异议，于是他招来Tu-Tu车，我们转战考山路酒吧街。

曼谷的考山路是背包客的聚集地，两旁既是夜市也是食市，还有很多酒吧，走在路上都能感受到重金属音乐带来的震撼。

坐在酒吧里，我们的身旁坐着一对来自德国的情侣，他们聊家乡、聊足球、聊曾经去过的城市，巴巴拉、巴巴拉……直到他们吃完饭走人，我的耳朵还轰隆隆作响。

"嘟……嘟嘟……"

Oh no! 谁会打给我？就不能让人安静地吃会儿饭吗？

"言言小姐，妳在哪里？"竟然是乍仑先生。

我答我在考山路，正在喝冰啤、吃烤翅。

"我刚打完高尔夫球，正在考山路附近，妳的烤翅好吃吗？"他问。

"还行。"

他紧接着又问我是哪一家？我告诉他，他很快挂上电话。

没多久，手机声又响了，这次不是我的。

杰森在电话里哼哼呀呀的，说的还是普通话。

挂上手机后，我问他是谁打来的？他答玛妮太太。

"玛妮太太？她打来干嘛？"

"她问我是不是和妳在一起？我答是，然后她说她也要加入，我猜想她正在赶来的路上。"

搞什么？今天是我的生日，他怎能问都不问一声就让别人加入？

杰森做投降状，他说Ok,现在问，听好了，玛妮太太可不可以加入庆祝的行列？

我想都不想，直接给No。

"那还等什么？"他站起身来。

"去哪里？"

"转移阵地去逛东南亚最大的周末市场，在Chatuchak，有十个足球场那么大。"

想到玛妮太太来了扑个空，我快活地想原地打转，正要起身时，忽然看见一个熟悉的身影。

"乍……乍仑先生……"我太惊讶了。

他看见我，很高兴的样子，一坐下，马上要了啤酒。

"天气热，喝冰啤最好。"他说。

杰森只好又坐了下来。

"你……怎么来了？"我问。

"来看和妳约会的小伙子是不是杀人魔王？"他转向杰森，"呵呵！开玩笑的，别介意。"

冰啤来了，乍仑先生很快喝上一口，嘴巴上还糊着泡沫："天气热，喝冰啤最好。"

他忘了他已经说过同样的话。

~

桌上除了冰啤及吃成一堆渣的鸡翅外，现在又多了春卷、烤鱿鱼、坚果、炒饭和薯条。

趁着乍仑先生正在大快朵颐，杰森的嘴巴一张一合，我能读出他的无声唇语，问的是：**这是怎么回事？**

我耸耸肩，表示自己也不清楚。

"言言，妳怎么不吃？"乍仑先生忽然问我。

我还没来得及回答，另一道亮丽的风景不请自来。

"你的动作倒满快的，"玛妮太太直盯着自己的老公，"让我插翅难追。"

乍仑先生笑了笑，样子很尴尬。

第十一章/乍仑先生的画室

这真是一个冷暖自知的生日。

我和杰森原本应该上周末市场买个陶瓷小碗或精美银饰，却因乍仑先生和玛妮太太的意外加入而变调了。

在酒吧里，我的雇主说女孩都喜欢名牌包，既然生日总得对自己好一点儿，她提议到Emporium逛逛，那里有Gucci、Prada……等，都是正品，没有假货。

"不，不用了，我喜欢我的包。"

我有个韩国制的棉麻帆布包，非常结实好用，可以放进不少东西。

玛妮太太不苟同，她说我是她的服饰搭配师，得注重形象，手上提着几百元的便宜包，连出租车司机都不愿搭理我……

既然雇主发话了，我再推辞就显得造作，于是无可无不可地同意上Emporium逛逛。

～

服务员把新货全拿出来，玛妮太太一个个地看，又一个个地批评，最后推荐红色的全皮压花贝壳包，是今年的流行款，连美国歌手阿黛尔也有一个。

我翻看了一下价钱，乖乖，56000泰铢，是我两个月的薪水，没想到雇主对我这么好。

"怎样？喜欢吧？"她问。

我微笑点头，这将会是我的第一个名牌包。

由于看的是女包，乍仑先生和杰森自然而然地站在店门口聊天，已经聊了有好一会儿了。

玛妮太太交待完服务员打包后，也走向门口，加入那两位男士的谈话。

"刷卡还是付现？"那个会说普通话的服务员好有礼貌地问我。

我转头看站在门口处笑得花枝招展的玛妮太太，敢情她是让我自己买花戴？我顿时陷入两难。

如果买了包，代表存款又将归零，我不知能否支撑到下个月的薪水入账，毕竟偶尔也有私人物品要买；如果不买包，面子往哪儿搁？我们已经在这里耗费了半小时，我可不想看服务员的白眼……

正当我不知如何是好时，杰森转过头来，一和我的眼神对接上，立马知道something wrong.

"怎么了？"他走过来。

我要服务员让我们独处一下，接着快速告诉他这起诡异事件。

"这是愚人节开的玩笑吗？"我忧心忡忡。

"没事，我来解决。"

只见他大踏步地走向玛妮太太并且低语几句，后者捂住嘴作惊讶状，然后转身走向收银台结账。

"谢谢！"我拿着新买的包走在杰森身侧。

" Never mind."他笑了，让人如沐春风。

~

乍仑先生提议到有米其林三星美誉的蓝象餐厅用晚餐。

这家餐厅位于曼谷市中心，是一座鹅黄色的百年老宅，原为泰华商社旧址，是一栋具有中葡殖民时期风格的建筑。

推开白色玻璃镶嵌的大门，左边木质墙面上挂满一帧帧镶着照片的相框，展示着餐厅的发展历程、获奖记录以及荣誉。原来蓝象餐厅的女主人是一名地道的泰国人，其父是泰国王室宫廷御厨，所以承袭了极少数人才知道的皇家食谱，也替蓝象餐厅抹上了一层神秘的色彩。

虽然这家餐厅的外观是典型的欧式建筑，但室内格调却充满泰国风情。瞧！光线柔和的水滴状吊灯、木质的百叶窗、精致的银雕、芬芳艳丽的鲜花，加上窗外迷人的葱郁翠色，在在营造着宁静而优雅的用餐环境。

我、杰森、玛妮太太都是外国人，想当然尔点菜的任务就交给具有泰国血统的乍仑先生。

他翻看一下菜单，又咨询服务员的建议后，点了酱鹅肝、咖喱大虾、焦糖酱姜海鲈鱼、酸奶椰汁鸡以及冬阴功汤，顺便还叫上一瓶产自法国的桃红起泡酒。

"这种酒具有蜜饯和覆盆子的风味，不仅不会掩盖泰国菜中罗勒叶和蔬菜的味道，反而起到中和辣味的作用。"乍仑先生说。

菜是按照西餐顺序一道道上的，每上一道菜，服务员都会自报菜名并介绍食材的来源和烹调方法。

用餐的氛围甚好，我们四个人都保持"和颜悦色"。中途，乍仑先生曾离席一小会儿，我猜大概是上洗手间了。没想到饭一吃完，穿泰服的服务员就用小车子推来一个粉色花篮造型的蛋糕，上面有鲜奶油挤成的各色玫瑰。

是杰森先起的头，他唱："Happy Birthday to you, Happy Birthday……"，然后整个餐厅的人都为我唱生日快乐歌，让人既惊喜又有些许尴尬，因为我很少有机会成为众人瞩目的焦点。

"沙瓦迪卡！"我双手合十，感谢这一切的安排。

服务员问我们要不要来壶热茶？乍仑先生答那就泰式红茶吧！于是我们就着红茶吃蛋糕，我的心情大好，已经许久许久没这么开心过。

离开蓝象餐厅，乍仑先生载杰森回宿舍，玛妮太太载我回家。

没想到这是个错误的安排，玛妮太太一路就没给我好脸色看，所谓的"冷暴力"也不过尔尔。

我心情郁闷地回到房里。

没多久，乍仑先生回来了，他轻手轻脚地开门，轻手轻脚地上楼，然后……

我又听到歇斯底里的哭喊声，大意是她受够了，这种貌合神离的生活再也过不下去了。

争吵最终在玻璃破碎声中结束，乍仑先生气冲冲地离去，留下玛妮太太呼天喊地。

奇怪，吃晚餐时玛妮太太的话虽不多，但没说危险的话，样子也很平和，没想到一回家就什么都不对了。

哎~这真是个难忘的生日，我倒宁愿它是愚人节开的玩笑。

～

今天是周日，少了乍仑先生，早餐桌上感觉有些冷清。

我的嘴巴正吃着烤麵包，忽看见巴颂从窗前走过，忙叫住他。

"去学校？"我问。

"沙瓦迪卡。"那孩子不忘向我双手合十，"我正要上学去，麻烦的是中午还得给乍仑先生送画具，还好我有摩托车。"

我忽然想起他几岁？ 可以骑摩托车吗？

他答这里的中学生几乎人手一辆，曼谷的警察只查外国人，不查本地人。

"不行，太危险了，我反正没事，中午你回来一趟，由我骑摩托车载你去。"

明白人都听得出我的话里漏洞百出，但巴颂只是偏一下头，没反驳。我赶紧催他上学去，又提醒他中午一定得回来一趟。

我对乍仑先生的画室有难以解释的好奇心，加上今天是休息日，不做点儿什么太对不起自己了。

巴颂在12:45左右回家，他按了两声喇叭。

我走出去，气定神闲地问他吃饭了没？

"吃了，"他递过来一顶安全帽，口气很急躁，"快，下午1:30我有考试。"

听那孩子说有考试，我赶紧戴上安全帽坐到后座，忘了自己曾说过因为他不足龄，由我骑摩托车载他之类的话。

巴颂像开救护车似地在车阵里蛇行，换作我，根本是mission impossible.

不到二十分钟，我们来到一个渡轮口。

"妳坐渡轮过去，上岸后租个自行车，主干道只有一条，往北骑，乍仑先生的画室面向一座金佛，妳不会错过的。"他交给我一个麻袋，里面有瓶瓶罐罐，"我得赶回去考试，这已经是第二次补考，再不过，我妈会杀了我。"

难怪今天早上巴颂的笑脸不见了，我还因此纳闷了好一会儿。

"你走吧！祝你考试顺利！"

他跟我摆摆手，露出今天欠缺的笑容。

湄南河是泰国首都曼谷的主要水上交通要道，由于河道弯曲阻碍了运输速度，所以早在300多年前就开凿了人工运河，不断拓宽的工程还硬生生切出了一座河中岛，目前岛上居住着近6000名来自缅甸的移民后裔，多以制造陶瓷制品为生，难怪被称为"陶瓷岛"。

上岸后，我依着巴颂的建议租了一辆自行车往北骑，途中经过大片的棕榈树、稻田和竹林，感受到缓慢而舒服的生活节奏，无怪乎乍仑先生要把画室设在这里，离开曼谷的喧嚣与吵闹，艺术家的潜能更容易被激发出来。

在经过一间小学及两座寺庙后，我终于看到金光闪闪的大佛，就在河对岸。

"乍仑先生的画室想必就在附近。"我心想。

将车停下后，我环顾四周，马上锁定一栋上下两层的纯木造房子。它的门窗紧闭着，屋顶瓦片也有缺损，但和附近的铁皮屋一比，简直就是豪宅。

直觉告诉我，那就是乍仑先生的画室。

我牵着自行车走过去，一只黑猫突然从路旁的神龛跳下来，吓了我一跳。

待惊魂一定，我注意到神龛上有贡品，除了水果及饭菜外，竟然还有红色美年达，煞是有趣。

"快上来，我正等着画画。"

听到乍仑先生的声音，我赶紧往上瞧，他正抚着往外推去的百叶造型窗户冲着我笑。

"好的，这就来！"我高兴地说。

第十二章/偷窥

这栋木造房子说是两层，其实是一层，因为底层被架空，放了些杂物和工具，角落还有一个露天的简易厨房。

我踩着柚木制的楼梯上到二楼，乍仑先生笑嘻嘻地站在门口迎接。他说巴颂先生已经打电话告诉他有个美女会送画具来，果真是个大美女。

我把手中的麻袋递给他：“送画具是真的，大美女就免了，顶多只是中等美女。”

“呵呵！请进。”他引我进屋，“我睡觉时有关窗户的习惯，刚刚才打开，所以空气有点儿闷。”

听乍仑先生这么一说，我才发现敞开的房间里有张大床，被褥很凌乱，像刚睡过。

屋主人也意识到这一点，赶紧走过去将房门合上，大概被瞧见了隐私，有点儿难为情的样子。

我在桌子的一端坐了下来，这张桌子真大，足足可以坐下 10 个人，占据起居室一半以上的空间。

"我习惯将画摊在桌上画，所以需要一个大桌面。"他边解释边把麻袋里的瓶瓶罐罐拿出来放在桌上。

我同时也注意到桌上摆着一张画布，画了一半，像是神话故事里的人物。

"这是迦楼罗，是佛教和印度教典籍中记载的一种神鸟，以人面鸟身、鸟面人身或全鸟身形像出现，是忠心的象征，泰国国徽上就有迦楼罗。"

听他这么一解释，我想起泰国的公家机关的确都有这么一个logo.

"画得真好，"我诚心赞美，"画好的画怎么办？卖吗？"

"不，我只送不卖。懂欣赏的，我送；不懂欣赏的，就算求爷爷告奶奶，我也不给。"

果真是艺术家脾气，还好他不靠卖画为生，不然早饿死了。

乍仑先生同意我的说法，如果不是遇见第一任太太，他可真成了饿死的画家。

"第一任太太？谁？……噢！抱歉，我太好奇了。"

他笑了笑说："她是银行家的女儿，也是我的学生，为了和我在一起，不惜与家里决裂。两年后，她父母才勉强接受我，可惜后来出车祸死了，我继承了她名下的所有财产，为此她父母没少和我打官司。"

显然乍仑先生胜诉了，否则如何过上现今的优渥生活？

他答是胜诉了，但也付了不少律师费，正因如此才认识他的第二任太太，一个律师事务所的合伙人，大概觉得从他这里捞走太多，不好意思，只好下嫁，呵呵！

乍仑先生开玩笑，我却笑不出来。

"你的第二任太太是怎么死的？"我试着剥丝抽茧。

"她没死，而是患了精神分裂症，现在在疗养院里，钱还是我付的。"他将颜料加入松节油调色，"我是法盲，律师事务所后来给了我一笔钱，算是买断我太太的位置。"

哇噻！又赚了一笔，那么女明星帕特里夏又是怎么回事？

乍仑先生抬头看了我一眼，表情复杂地问我怎么知道帕特里夏的事？

我答第一天抵达曼谷时，出租车司机认出别墅原来是帕特里夏的。

"没错，"乍仑先生给迦楼罗的喙涂上绿色，"她在浴室里自杀了，流了一缸子的血。别人建议我把房卖了，但出了事的房子有谁会买？我倒不在意鬼魂之说，帕特里夏若有灵，也不会回来吓我，因为我和她的死毫无关系。"

浴室？我问该不会是我每天洗澡的地方吧？！

"不，不是的，她的房间在二楼，有独立卫浴。"

听他这么一答，我终于放下心中的大石头，否则从此不敢洗澡了。

"妳是不是想着我的财富又因此增加了？"他问。

显然，在寸土寸金的曼谷拥有带地皮的临河大别墅是多么奢侈的一件事。

"你继承的数额之多不在话下。"我说。

"我没空去想这些，既然是自住，居住的功能大于其他。"这次他给迦楼罗的翅膀涂上深灰色。

我想起他的现任老婆。

"听说玛妮太太的父亲是中国土豪。"

"嗯！还上了福布斯的中国富豪榜，"他停笔审视自己的画，"妳现在是不是想着乍仑先生是个十恶不赦的连环杀手，玛妮太太这下子危险了，该给她通风报信，对吧？"

"哪……哪有？你……你不是连环杀手……吧？"我打着哆嗦问。

"我？"他放下笔走向我。

我感觉自己瞬间石化，在座位上动弹不得。

"我……不是。"他附在我耳边低语，呼出的气息很具诱惑力。

"呵呵！太好了。"我站起身来，"画具送到，任务完成，我也该走了。"

门一打开，我被门外站着的人给吓到了。

"沙瓦迪卡！"那个皮肤黝黑但长相清秀的女孩说，手里捧着一个托盘。

乍仑先生对她说了几句泰语，那女孩便脱了鞋进屋，把托盘往桌上一搁就离开。

"天气热，吃点儿水果再走吧！"乍仑先生说。

托盘上有莲雾、蛇皮果、菠萝蜜、无花果和红毛丹。

"我……我还是回去吧！家里也有水果。"我嗫嗫地答。

乍仑先生没有挽留我。

～

我把在拔达逢家遇到的怪异现象告诉安卓，他回复我小心点儿，别成了人家的第五任太太。

"别瞎说，乍仑先生的老婆们非富即贵，我一个穷女孩，要油水没油水，要长相没长相，人家凭什么看上我？"

安卓说我有没有油水，他不知道，但论长相，我和今年走维秘秀的C模特儿很神似，只可惜她没有我的迷人之痣。

我要他别奚落人了，难看就难看，别拐着弯骂人。

"天地良心，我什么时候骂人了？妳不知道妳的那颗痣把大部分的女性都甩到身后好几条街？"

呵呵！very funny，如果不是后来他提到想和女友趁着开学前到泰国玩，顺便拜访我（所以有足够的理由谄媚奉承），我差点儿就信了他的鬼话。

"你们打算住哪里？我的雇主不是开民宿的。"

"那可麻烦了，我们都是穷学生，付不起高昂的住宿费。要不，妳问问雇主能不能让我们在庭院里搭帐篷？我保证收拾干净。"

我要他洗洗睡，早点儿面对现实为宜。

下了线，我真打算洗洗睡，遂拿上干净的衣服走向屋外的洗澡间。

玛妮太太的房间有个大浴室，按照乍仑先生的说法，帕特里夏的房间也有，惟独我住的一楼只有客用厕所而无浴室，害我每次都要"外出"洗澡，非常的不方便。

浴室在厨房旁边，用铁皮屋隔起来。大部分的时间里，厨房没人，浴室也没人，因为这是女士专用浴室，而拔达逢家的女员工只有我和Ann两人。

按下小厨宝的开关后，我开始卸妆，根据以往的经验，5～10分钟后才有热水，趁着这个空档卸妆正好。

等卸妆完毕，水也热了，我开始脱衣服。泰国天气热，衣服穿得少，我三两下便把身上物脱个精光，就着热水，我洗了个舒服的澡。

"呲呲、呲呲、"

什么声音？我转身面向花洒。

"呲呲、呲呲、"

这次我明显听到奇怪的声音，是壁虎吗？

泰国有很多壁虎，分土黄色和灰色两种，以昆虫为食，通常潜伏在隐秘的地方。

我抬头看天花板，没有，又低下头看地板，还是没有，遂转向通风口。那个通风口离我很近，稍一伸手就能够着，此时百叶片上依旧没有壁虎的踪迹，倒是有一只眼珠子直盯着我瞧，眨也不眨。

"啊～"我惊叫出声，裹上浴巾便往外跑，连衣服都忘了拿。

是谁这么恶心偷看人洗澡？我想起拔达逢家的工人，是有那么几个猥琐相，难道是他们当中的变态狂？或者是……巴颂？No.No.No.他还是个孩子，而且看我的神情一直很正常，那么……是乍仑先生？不，那更不可能，他还在陶瓷岛的画室里……

没想到此时厚重的足音传来，听着很熟悉，碰碰碰地上楼去了。

乍仑先生竟然回来了？离我被偷窥的时间点相差不过几分钟，难道是他？

我陷入隐隐的不安之中。

第十三章/无解

拔达逢家的每个男人都被我列入嫌疑犯名单內，草木皆兵的结果，我开始有了抑郁倾向，人也萎靡不振。

"怎么了？这两天看妳很没精神的样子。"上完英文课，我的老师问我。

本来不想讲的，但杰森是惟一不具备"作案"时间的男人，不找他谈更待何时？

"妳有可疑人选吗？"他听完后问。

我答也有也没有，不好说。

"其实偷窥是人的本性，每个人都有偷窥的欲望，堵得了这个，堵不了下一个，还是把心力留在亡羊补牢上吧！"他给出建议。

我的确也亡羊补牢了，用块布把通风口严严实实地盖住，但心里仍发毛，总觉得身边有个猥琐男正虎视眈眈地看着我，而我甚至不知他是何方神圣。

"要不，搬过来和我一起住？我的房间有独立卫浴。"杰森说。

我问他是不是开玩笑？

他笑笑没回答，转而提醒我将作业完成，五百字作文，必须有过去式、现在式以及未来式等时态。

今天晚餐我们吃火锅。

泰式火锅可说是南洋火锅的代表，特点是添加了天然植物香料，以酸辣口味为主，红红白白的汤底看起来很诱人。

"怎么了？这两天看妳很没精神的样子。"乍仑先生涮了一下牛肉片问。

我答没什么，大概雨季到了，哪里都去不了，在家很无聊。

"无聊就帮我做件新衣裳，那些买来的衣服越来越没新意了。"玛妮太太抱怨，她的碗里只有涮好的蔬菜。

"好的，我问巴颂哪里可以买到布料。"我意兴阑珊地答。

乍仑先生问我打算在哪里做衣服？

"还能在哪里？当然是房间里。"

"妳有工具吗？"

这倒是个问题，小东西就不说了，大的物件我需要缝纫机、熨斗和人台，一张长桌子也是必备的，而我的"小"房间显然不足以应付。

于是乍仑先生善心地让我搬到楼上住，楼上还有三间空房，都很宽敞，而且有独立卫浴。

这真是一场即时雨，同时解决了工作及洗澡问题，我高兴地想飞起来，没料到……

"你这是把员工宠上天了，我绝不允许自己的生活空间被打扰。"她转身向我，"季小姐，妳能做就做，不能做就拉倒，我可以另觅合适的人选。"

说完，玛妮太太起身离开，看样子今晚的火锅不合她的胃口。

"别理她，她心情不好，不是针对妳。"乍仑先生安慰我。

哎！人在屋檐下，怎能不低头？ 看来也只能打落牙齿和血吞，谁让我需要钱呢？

隔天吃完早餐，巴颂就来敲我房门。

"乍仑先生让我带妳去买布料。"他说。

没想到那个中年男人如此体贴，我对他的好感又加深了。

巴颂带我去的帕胡拉市场位于中国城内，给人的感觉更像身处孟买而不是曼谷。瞧！那一排排露天的商店正出售着来自印度的熏香、碟片 、神像雕刻、纺织品、廉价首饰、茶叶……等。

比较了几家的质量和价钱后，我向一位眉心有红点的印度妇人买了三卷布料。布料很沉，巴颂自然而然成了搬运工。

"&%#*+&……"那孩子用泰语问了几句。

印度妇人指了指太阳升起的方向，嘴巴念念叨叨。

离开店铺后，我问巴颂问了什么？

"乍仑先生说妳还需要缝纫机、熨斗和人台，我问她哪里有卖？"他答。

买完大包小包，我们招了辆出租车，沿途的景观有些熟悉，但绝不是回家的路。

"这是去哪里？"我问。

"乍仑先生说把买来的东西放在画室里？"

画室？我问为什么？

"因为乍仑先生的画室有一张长桌子，而妳工作时需要长桌子。"显然这也是乍仑先生说的，巴颂只是转述。

没错，我是需要长桌子，但可不是乍仑先生的，我若用了他的长桌子，他怎么画画？

巴颂答这他不清楚，也许我待会儿问主人。

"等等，你的意思是乍仑先生现在在画室里？"

"是的，"巴颂笑了，"妳马上就能见到他。"

我们抵达画室时，刚好遇上那个皮肤黝黑但长相清秀的女孩，她捧着一盘空心菜从角落的简易厨房走出来。

"沙瓦迪卡！"她微笑着和我们打招呼。

通过巴颂的介绍，我知道女孩的名字叫Namu，就住在附近，是乍仑先生的家务员。

这一介绍，我忽然发现Namu和巴颂很相配，年纪相当不说，外形也登对，都有黝黑的皮肤及清亮的眼睛。

巴颂听了呵呵笑，说我乱点鸳鸯谱，他们两人的年纪是差不多，但Namu已经有男朋友了，他在马来西亚帮人盖房子，赚的钱比很多人都多，等攒够买房子的钱，他俩就要结婚了……

结婚？她才几岁就要结婚？

但一想到落后地区普遍有早婚现象，得尊重地方的风土人情才行，遂不再多言。

待Namu把菜送上楼，我们也尾随其后，只是东西太多，爬楼梯有点儿吃力。

Namu和巴颂很快离去，我站在门口不知所措。

"坐，一起吃中饭，Namu的厨艺不错。"

我看见桌上除了那盘炒空心菜外，还有腰果鸡、罗非鱼和椰子饭，份量都不多，只够一人吃饱。

"不了，玛妮太太等着我用午餐。"

"那么坐下来吧！妳站着，我食不下咽。"

我只好乖乖就座。

乍仑先生边吃边问我东西买全了没？我答该买的都买了，估计可以帮玛妮太太做两到三件衣裳，顺便又问了困扰在心的问题。

"因为妳需要个工作室。"他答。

"我是需要工作室，那你呢？不画画了？"

"画，当然画，除了赚钱之外，这是我惟一想做的事。"

那么……

乍仑先生说画油画不需要很大的空间，有画架足矣。

我问他为什么要这么不嫌麻烦？

"为了保住妳的饭碗，而且妳答应帮我做礼服，也需要地。"

我没忘了这个承诺。

"那么……谢谢了，可惜今天没带设计稿来，不知你会不会喜欢我的设计。"

"不，千万别让我看设计稿，这样就不新鲜了，"他微笑，"我喜欢惊喜。"

乍仑先生站得笔直，我依序量了颈围、肩宽、衣长、袖长、胸围和腰围。

量最后两项时，我和乍仑先生挨得很近，他呼出的气息直接喷在我脸上，酥酥痒痒的。这还不打紧，当我蹲下来量大腿根部的围距时，那才叫个尴尬，皮尺得绕过乍仑先生的胯下裆部处，我故作镇定但心中小鹿乱撞。

"好了，量好了，你自由了。"我边记录边让自己的声音听起来很正常。

"我……我认为胸围得重量，刚刚……我闭气了，数据可能会有些许差异。"他说。

其实闭气与否影响不大，但我还是重新拿起皮尺。

"这次我不闭气，妳慢慢量。"他像个高度配合的客户，然而……

乍仑先生是不闭气了，但他身上发出的体味，让我意乱情迷，像服了天龙八部里阴阳和合散一样，不做点儿男女苟且之事就会肌肤寸裂、七孔流血而死……

"言言小姐，妳怎么了？"

大概我的灵魂出窍过久，身体像被点了穴道似地动也不动，乍仑先生忍不住一问。

"没，没什么，"我慌忙报告，"闭气和不闭气都是106.7公分。"

"那好。"他说。

其实我不知道好在哪里，但还是"嗯"了一声，回复他的话。

回到家，果然没赶上吃午餐，看桌上空无一物，我垂头丧气地回房。

午后的房间很闷热，尤其看着又要下雨，气压低得让人喘不过气来，我遂将空调开到最大，然后躺在床上望着天花板出神。

乍仑先生给了我画室的钥匙，他说自己除了星期日固定报到外，平常偶尔才会过去，至于他太太……昼伏夜出的，所以只要时间安排得宜，她不会发现我不见了。

"你的意思是别告诉她我在画室里工作？"我问。

"随便妳，想说就说，只是我不确定说了之后会不会比较好。"他答。

隐瞒此事好吗？而且孤男寡女的，虽说乍仑先生偶尔才会过去，但难免有交集，他若在，工作还能专心吗？

我还在思索，忽然听见杰森进大门的声音，今天是玛妮太太上课。

想到又得听她的娇柔造作之声，我用双手紧紧捂住耳朵，靠冥想远离现实……

第十四章/西西弗斯

每年的6-10月是泰国的雨季，通常为午后阵雨，下雨过后，燥热的天气会变得凉爽，算是弊中有利。

这一天吃过中饭，玛妮太太照例上楼睡午觉，我在房间里蘑菇了一会儿，决定还是开工。

"凡事都有第一次，何况今天不是星期天，不会那么狗屎好运和乍仑先生碰上面。"我为自己打气。

临出门前，我还多看了屋外一眼，很好，万里晴空，估计半小时内不可能"风云变色"。

没想到大雨来得这么快，像有人打翻了水盆，我没来得及闪躲，几秒钟就成了落汤鸡。

待我两眼迷离地跑上画室二楼，开门后倒叫人进退两难，往前走肯定把地板全弄湿，但也不能原地不动像个傻子似的。琢磨再三，两害相权取其轻，我决定还是先把湿衣服换下，回头再把弄湿的地板擦干。

主意一打定，我往前迈去。

在起居室里没找到干衣服，我走向主人房间，那扇门虚掩着，像一个开了口的黑洞，还好门后一切正常，我看见一张双人床、一个衣柜、一排书架、一张书桌、一把藤椅以及立于藤椅旁的画架，这就是全部。

我果断走向衣柜，选了一件白衬衫穿上，衣长刚好盖住屁股，转身再将换下的湿衣服晒在窗台上。待雨停后，只需两个小时的阳光曝晒，衣服就能全干。

做完这些，我应该立刻回到起居室干活，但是……

杰森说得对，偷窥是人的欲望，何况眼下天时地利人和，能让我"明目张胆"地探索乍仑先生的私人世界，这种机会不常有，于是……

我在金色床罩覆盖的大床上坐下，床垫软硬适中，极富弹性。

"床罩是金色的，那么床单是什么颜色？"我边想边掀开床罩。

原来下面的床单是白色的，连同枕头也是白色的。众所周知，白色容易彰显深色物，这可不，上面的褐色直发无处遁形，我小心翼翼地将它捡起。

显然，这根长发丝不可能是乍仑先生的，当然也不会是玛妮太太的，因为后者留着大波浪的卷发。

难道是Namu的？也许她换枕头套时不小心留下的。

我将头发重新搁回去，再盖上床罩，然后起身走向书架。书架是松木制的，上面有好几十本书，我皆不感兴趣，倒是最顶层的相框吸引了我，总共三个，里面分别立了三位风姿绰约的女子，根据气质的不同，我很快分辨出前后任。那个不食烟火的，想必是沦为轮下鬼的痴情女学生；那个一脸干练的，想必是得了精神分裂症的律师老婆；那个明艳动人的，想必是留了一缸子血的女明星。

其中当然没有玛妮太太的，因为她还未故去。等等，那是什么？我把角落平躺的木制品拿下，发现它竟然是个相框，但里面是空的，似乎在等待一张照片的到来……

我紧张地拿不住手中物，让它直线落下跌个粉碎。

糟糕！

我手忙脚乱地把分尸了的相框放回去，然后倒退好几步。乍仑先生的前后任三位老婆正轮流向我抛媚眼，耳朵还能听见她们铜铃般的笑语，我害怕极了，转身想跑，不料却撞上画架，上面的画框应声倒地，我赶紧弯腰拾起，这才发现画里的迦楼罗不见了，取代的是一位女子的画像，只完成了 $1/3$，分辨不出是谁，因为画的是侧脸。

把画框摆正后，我慌张地回到起居室。

虽然惊魂未定，但我不愿灰溜溜地跑回拔达逢家（才第一天就举白旗，梦想如何实现？），何况乍仑先生已经在这个屋子待了一段长时间，若真有什么，他早逃之夭夭了。

想至此，我将布料摊在长桌上，镇定地拿出画粉及长尺，开始裁剪第一块布……

~

当闹钟响时，我知道时间到了。为了不让玛妮太太起疑，定时回家是必须的。

我将东西一一整理后归位，再到乍仑先生的房间将自己的衣服穿回。果然雨停后阳光依然发挥余热，我的湿衣服早干透了。

穿好衣服，我瞥见放在床上的白衬衫，总不能再将它挂回去吧？！上面肯定有我的气味。

我把它拾起往鼻子一送，果然有我的味道和……乍仑先生的味道。那混合的味道是如此吸引人，我索性将头埋进衣服里吸了又吸，除了两人的味道外还有洗衣皂的味道，是哪个牌子的？给我来一打！

"叮铃……叮铃……"

还好我按了十分钟后续响的闹钟装置，否则以我易忘的个性，恐怕又得在这屋里耗上半个小时以上。

我依依不舍地将白衬衫重新挂回去，也只能这样了，现在洗等于告诉乍仑先生我偷穿他的衣服，解释起来很麻烦，只好"粉饰太平"了。

回到家刚好赶上吃晚餐，今天Ann准备了西餐，我看到桌上有浓汤、沙拉、牛排和薯条。

玛妮太太像外科医生一样，熟练地用刀划开三分熟的牛排，瞬间流了一盘子的血。

"Toomtam先生今晚开制服派对，我有迷彩装，妳有没有制服可穿？若没有，穿运动服也行，可以乔装运动员。"乍仑先生对自己的老婆说。

我马上抢答玛妮太太有女学生校服，穿起来可迷人了。

"校 服 更 好 ， 没 看 过 我 老 婆 穿 校 服 ， 今 晚 终 于能大开眼界了。"

谁知那个脾气阴晴不定的女人马上表示头疼不想出门，还要我代她出去玩玩。

我一时犯迷糊，上回越俎代庖，代替玛妮太太参加携眷参加的派对，她还因此给我小鞋穿，没想到这次主动让位，让人百思不得其解。

郑女士像有心电感应，她即刻解释上次是她不对，所以这次做弥补，又强调他老公很会玩，什么花样都有，让他带我玩，我肯定开心……

乍仑先生略显尴尬，他要玛妮太太别吓坏我，让我误以为他是花花公子。

"你不是吗？只要是女的，来者不拒，即便是条母狗，你也……"

"够了！"乍仑先生忿而把餐巾往桌上一扔，起身，"妳想钻牛角尖，请便，我没空陪妳！"

他怒气冲冲地离席，经过我身边时丢下一句："我在车上等妳。"

这下好了，我是去还是不去？

我和玛妮太太各怀心事地用着没有男主人的晚餐，她慢条斯理地吃完后，不带感情地说："校服烫一下再出门，别丢了拔达逢家的脸。"

"妳的意思是我可以参加制服派对？"

玛妮太太没回复我的问话，迳自上楼去，深锁的眉头似乎印证她的头疼不假。

我穿着烫得笔挺的女学生校服走向乍仑先生的座驾，他深深看了我一眼，没说什么，很快脚踩油门，让车像箭一样飞奔出去。

"妳在想什么？"乍仑先生边开车边问我。

"我……我在想校服会不会太大？我的骨架比玛妮太太小，校服穿在她身上比较好看。"

这是"急中生智"的说法，其实我心里真正想的是—今晚的乍仑先生酷毙了，到哪里找这么英挺的士兵？

"妳穿校服很好看，我喜欢不张扬的美。"他说。

两句话就将我送上云霄，害我差点儿忘了自己是谁。

"我……我不过是只丑小鸭。"

"不，妳一点儿都不丑。别妄自菲薄了，比起那些有点儿姿色就搔首弄姿的女人，我更欣赏含蓄之美。"

他再次给我糖吃，这起到至关重要的作用，因为当我下车后，对投来的倾羡眼光不再躲躲闪闪，反而能做到"君临天下、唯我独尊"的自视感。

"瞧！他们都在羡慕我有个出色的女伴。"乍仑先生附在我耳边低语。

他的甜言蜜语让我飘飘欲仙，感觉自己终于当上一回公主，所以当他伸出胳膊时，

我没迟疑，自然而然地挽着他的手走进会所……

会所在一栋商业大楼的B1，参与者千奇百怪，我甚至还看到酋长打扮的人，大概他把酋长视为一种职业。

派对总是那样，吵杂的音乐、喝不完的酒、吃不完的小点心、加上讲不完的黄色笑话，这可不，那个穿红衣的圣诞老人正开着不符合身份的黄腔："一个男的裸睡,醒来发现在教室內,他问女学生在干嘛?女学生答她剛跟小鸟玩,没想到小鸟变成大鸟，还向她吐口水……"

众人听完哈哈大笑，同时不约而同将眼光落在我身上，大概因为我恰巧穿着校服。

"言言小姐，妳能帮我拿杯香槟吗？"乍仑先生出手相救。

"好的。"

我转身逃离，但还是听见了话屑子。

"你老兄哪里找来的性感尤物？这个一看就知道吸得很好……"

我的心瞬间down到谷底，原来我不是什么高高在上的公主，而是只廉价的鸡。

"参加这种派对有何意义？难怪玛妮太太要头疼了。"我消沉地想着。

~

"原来妳在这里。"乍仑先生说。

我躲到厕所边上，没想到还是被找到了。

"空气有点儿闷，雪茄的味道很难闻。"我随便找了个借口。

他同意空气不流通，问我要不要回家？

我答好，于是他陪我走到大街上。

虽然不是交通高峰期，但有夜间道路施工，所以车流很慢，半天也没等来一辆空车。

"别在意，他们虽然有钱，却是文化老粗，说话往往不经脑子。没办法，工作上难免会接触这样的人。"乍仑先生用另外一种方式安慰我。

"我……很好，你不用担心。"我把眼光投向远处，不想让乍仑先生看到我委屈的样子。

"言言小姐，妳是个很有魅力的女人，任何人娶到妳都会幸福，所以……加油！"

这次我将眼光收回转头看他，乍仑先生对我微笑，像股暖流涌上心头。

"你很像电影《超能陆战队》里的大白，只要能让主人开心，什么事都愿意去做。"我有感而发。

乍仑先生说他没看过那部电影，不知有大白，但他觉得自己更像希腊神话里的西西弗斯，因为触犯众神，被惩罚将一块巨石推上山顶，然而巨石过重，每每未及山顶就又滚落下来，不得不永无止境地做着同样的事，直至生命消耗殆尽……

这是什么意思？

乍仑先生没回答我，因为一辆空出租车正向我们驶来。

"回家后洗个热水澡，明天又是崭新的一天。"他说。

"好的。"我用力点一下头。

直到车子开出一百多米，我还能看到后照镜中那男人关切的眼神……

"噢！不，他是有妇之夫，而且年纪大我不止一轮。快清醒过来，季言言。"我对自己喊话。

第十五章/赶工

我帮玛妮太太设计的衣服得到肯定后，她开始不满意和别人撞衫，频频催促我赶工，然而再怎么赶，也需要四、五天的功夫才能做出一件。

听完我的分析，玛妮太太答那么别上英文课，省下的时间可以多做两件衣裳。

不，绝对不可以，英文是通往美利坚合众国的道路，一旦咔嚓掉，代表我这辈子不可能到世界第一强国去实现梦想。

"我……我还是想上课，半途而废可不好。"

"既然这样，每周妳得做出至少两件新衣服，不重样，别让我丢人现眼！"她把话撂下。

这意味着除了采买女主人的日常衣饰外，我还得设计和缝制新衣，另外乍仑先生的礼服也得赶出来，加上杰森给的英文功课并不轻，我要如何应付这排山倒海而来的任务呢？

想来想去只能牺牲睡眠时间了。

我的计划是当拔达逢夫妇开始夜生活时跟着偷溜出去，直至清晨再回来，神不知鬼不觉的，只是日夜颠倒恐怕很伤身，但也没办法了。

主意一打定，我开始执行。

我有一台小型收音机，能接收到泰国、缅甸和老挝的电台，我把它带到画室当作漫漫长夜的陪伴。那些外星语听起来煞是有趣，但更多时候我是听英语歌曲频道，尤其是七十年代老歌，什么《Country Road》、《Let it be》......听起来很有怀旧气息。

当然，在清晨的第一道曙光照射进来前，我还是会小眯一会儿，省得回家途中晕倒在路旁。

就这么相安无事地过了两个礼拜，直到乍仑先生的礼服也赶出来，我才真正松了口气，这下子总算能交差了。

我把礼服挂在乍仑先生的房里，还附了张小纸条：**若有哪里不满意请告诉我，我马上改。**

乍仑先生曾说过星期天的白天会待在画室里，这个时候留言正好，他铁定能看见。

～

我在星期日的晚上看到留言回复，他说衣服比想像中还要好看，但胳肢窝的地方有点儿紧，由于派对在五天后举行，他希望能在星期一晚上和我见面，把这个问题给解决了。

星期一晚上？他们夫妻不是有活动吗？难不成他在宴会中偷偷溜出来？这个问题在晚餐过后有了答案。

6pm, Ann准时开饭。今天吃的是形迹可疑的日本菜，有关东煮、天妇罗、烤青花鱼及三文鱼寿司......等。

乍仑先生照例赞美Ann的心灵手巧；Ann照例红着脸走开；玛妮太太照例嗤之以鼻；而我……照例闷不吭声。

"亚商协会的日本太太说要教做日本菜，大概是搞公关来着，我把Ann送出去交差。最烦做家务了，简直是浪费生命！"玛妮太太边说边将三文鱼寿司纳入口中。

"妳是命好，不用做家务，全世界的女人当中，不用做家务的屈指可数。"乍仑先生答。

谁知玛妮太太在下一秒将枪口对准我，她说季小姐在拔达逢家也不用做家务，可见同样命好。

"可是……我得做衣服。"我嗫嗫地答。

雇主非但没有礼貌性致谢，反而批评我最近的衣服做差了，颜色和样式像足了菜场货色，再这么下去，她不认为有继续雇用我的必要……

"妳可以了，"乍仑先生拔刀相助，"跟员工较什么劲？心胸宽阔点儿，面相也会好看些，这比用什么昂贵的护肤品还管用。"

玛妮太太听了不再吱声。

吃完饭没多久，有人来敲我房门，是巴颂。

"言言小姐，乍仑先生要妳上车。"他说。

"我？玛妮太太呢？"

巴颂答玛妮太太被日本太太请去看夏季服装展，刚刚坐车子走了。

原来如此。

"乍仑先生的车子停哪里？"我问。

"大门口。"

我赶紧抓了件薄外套上车。

乍仑先生有深色的头发及肤色，适合单一颜色的深色调衣服，加上泰国的天气炎热，所以我选用轻薄的羊毛面料制作深驼色套装，配上纯棉的白色圆领衬衫，看起来既不流于呆板，还能表现出高贵的气质。

"妳看，胳肢窝是不是紧了点儿？"他问。

再三查看后，我发现外套的确紧了点儿，偏偏没有留多余的布料。

"估计得拆了重做，真是糟糕！没多少时间了。"我忧心忡忡。

"没事，来不及就算了，只是一个晚上，就凑合着穿吧！"

我答不成，衣服是胆，穿上合宜的衣服，说话也能跟着有底气。

"让我重新测量一下，这次不能再出错，否则赶不上参加派对了。"我又说。

乍仑先生很配合地张开双手让我测量，我又再次闻到他身上发出的强烈男性荷尔蒙味道，比任何香水都来得魅惑。

"好了，130公分大臂宽。"我边说边记录下来。

乍仑先生听完倒退一步，表情很复杂地看着我。

"怎么了？"我问，边去拉扯自己的衣服，怕哪里不对劲。

"130公分？"乍仑先生将双臂打开，"这么大的手臂宽，妳给绿巨人做衣服吗？"

我这才发现自己心口不一，明明想的是30公分，嘴巴却说130公分。哎！都是荷尔蒙的味道在作祟。

"对……对不起，是30公分，不是130公分，我太心不在焉了。"我红了脸。

乍仑先生说没关系，人不是钢铁，禁不起天天熬夜。以后我只需做他太太的衣服即可，制作男装只此一次，下不为例。

如此一来轻松多了，我感谢他的体贴，只是……他怎么知道我天天熬夜呢？

"Namu告诉我画室每晚都亮着灯，我猜是妳，不会有别人。"他答。

看来天底下没有永远的秘密，随时都有准备告密的人。

"如果累了，妳可以睡我的床，罗汉床坐坐还行，睡觉可就不舒服了。"乍仑先生再次给我Surprise。

这下子我不担心Namu是间谍，反倒担心屋里有针孔摄像机，否则他怎么知道我睡哪里？

乍仑先生大概听到我的心声，他解释起居室的餐桌过大，剩下的空间只能摆张罗汉床当沙发，他猜想我累时肯定是躺在上面休息，弓着脚睡当然不舒服。

说得合情合理，让人没有理由不相信。

"谢谢！"我对他的慷慨表示感激。

"那我走了，"他起身，"也许还来得及看下半场的服装秀。"

送走了乍仑先生，我赶紧将布摊在桌面上重新剪裁，还好衣领和口袋可以用原来的，节省部分时间。

"扣、扣、"有人敲门。

难道乍仑先生又踅回来了？我赶紧去开门。

门外站着的是Namu，她说着泰国话，我一句也没听懂，倒是托盘里的食物让我恍然大悟，肯定是乍仑先生要她送宵夜给我。

啊！多细心的男人呀！

" KOP KUN KA."我向她道谢，那女孩笑笑走了。

回屋内将托盘放下后，我发现给的是炸芭蕉和猪杂米粉糊，两者皆色香味美，恨不得囫囵吞下肚，但一想到还有工作未完成，而且夜里用餐最易发胖，所以只是浅尝几口即放下。

"乍仑先生大概不喜欢胖子。"我心想，然后全心投入工作。

第十六章/文华东方酒店

上完课，杰森问我最近在忙什么？我答忙着做衣服。

"希望有朝一日妳也能帮我做件衣服，最好是正装，求职时能穿。"他说。

我想起乍仑先生的西装外套，怎么着也得赶工两天，于是推说忙，也许……以后吧！

杰森听完呵呵笑，说他可没钱请大设计师做衣服，不过是开开玩笑，别当真。

"不，我是真忙，不是故意推托。这样吧！我答应在你回美国前送你一套亲手做的正装。"

为了这个承诺，杰森投桃报李，给我一个赚外快的机会。

"星期五晚上在文华东方酒店有个高级派对，参加的人非富即贵，由于另一个场地有婚宴同时举行，酒店人员一时紧缺，妳想不想做一天的兼职？就是送送酒，非常简单。"他说。

我答不了，自己还有事要忙。

"好可惜，一个晚上有5000泰铢。"

听他这么一说，我顿时改口，5000泰铢约人民币1000元，怎么着也得赚回来。

"那好，派对七点开始，十一点结束，妳六点到场准备。"他简明扼要地说。

我答没问题。

想到4个小时就能赚那么多钱，我开心死了，像忽然得到一屋子糖果的小女孩似的。

乍仑先生的派对在星期五举行，衣服好不容易才在星期四晚上赶出来，我累得动弹不得。

"也只能这样啰！若有差错也来不及改了。"我心想。

破例地吃完Namu送来的宵夜，我将西装外套披在人台上，然后推向乍仑先生的房里。这样他一眼就能瞧见，可是该放哪里呢？

房间不大，但为了找个理想的位置，我还是踌躇了好一会儿，最后决定放在画架旁边，那个角度刚刚好，正对着门，采光也好。

当我把人台搬过去，画架上的油彩毫无意外地映入眼帘，原来画像已接近完工，这次能清楚地看见女子身上的穿着，那是传统的却克里服，上装为浅绿无袖无领的内搭衣，外挂金黄色长披巾，从背后自然垂下，露出一肩两臂；下装是用金丝线制作的折叠筒裙，有腰带，上面还有提花图案。

画的是女子的侧脸，没有眼睛，仍然分辨不出是谁。

我将眼光抛向书架顶层的相框，对照乍仑先生的三位老婆，都不像，难不成是玛妮太太？

"Haha……Gege……Xixi……"

我还在思索，一串铜铃般的笑声划过寂静的夜晚，我好奇地寻声过去，通过百叶造型的窗隙往外瞧，朦胧之中我看见一对男女嬉闹着跑进芭蕉园，那是乍仑先生的产业，按理说这是侵入民宅，但……

谁让今晚的月色皎洁，亮得像五烛光的灯泡，虽然不能细微到每个部位都能看仔细，但分辨身形还是没问题的。这可不，那个细溜的人影分明是Namu，而那个精壮的男人则是……糟糕！看不出来，他的脸被芭蕉叶挡住了，但这不妨碍观察下一步动作。

Namu斜靠在芭蕉树干上，那男人上前亲吻她，前开式的无袖上衣很快被撕裂，像块破布挂在身上，长裙被掀起，Namu的左长腿勾住那男人的腰际，双手环住结实的后背，如果少了怀抱的人，这是芭蕾舞中的经典动作，可惜它既不古典，也不浪漫，取代的是简单而粗暴的原始本能。

在夏夜的虫鸣声中，那样生动的画面无疑勾起我内心熊熊的欲火。我迅速将自己脱得精光，然后一头钻进乍仑先生的双人床里，拥着男人的枕头、闻着男人的体味，我万马奔腾般的欲望终于找到了出路。

～

杰森说六点到达现场，那代表我无法和拔达逢夫妇一起用晚餐，所以决定在午餐时间先和玛妮太太打声招呼。

"Blind Date？"我的雇主问。

自从上了英文课，玛妮太太的口语进步不少，有一次她竟对着桌上的咖喱螃蟹冲口而出："Curry Crab."，让我刮目相看。要知道，她原来连desk和table都傻傻分不清。

"不是相亲，是兼职。朋友介绍个工作给我，只一个晚上，我打算赚点儿零花钱。"我诚实回答。

玛妮太太果然又端出雇主的架势，她问我衣服做好了没？可别有时间赚外快，却没时间做衣服。

我答做好了，今晚就能穿上，她这才不再冷嘲热讽。

～

杰森说五点上完玛妮太太的课后，他带我去酒店。

由于事先被告知文华东方酒店有Dress Code，我把最好的衣服穿上身，并且在杰森结束上课的第一时间等在门口。

"Ready?"他问我准备好了吗？

我答准备好了。

没等我们转身，玛妮太太忽然出现。

"原来说兼职是唬我的。"她说，神情很不悦。

我解释没唬人，的确是兼职，文华东方酒店今晚有派对，我负责送酒。

杰森在一旁证实我的说法。

"这么说今晚妳也在派对上？可别说妳是我的服饰搭配师，怪丢脸的。"

我的雇主用了"也"这个字，代表今晚我会与他们夫妇相遇。

"快，没多少时间了，现在就得走！"杰森催促我。

见玛妮太太收起刀光剑影，我和她说了声再见后，赶赴现场。

～

建于1876年的曼谷文华东方酒店坐拥湄南河畔，被视为作家的灵感之地，毛姆的著名小说《客厅里的绅士》就是在这里完成的。

杰森将我交给酒店经理后，转身就走。今晚他加班，工作从晚上十点提前四小时，所以得赶着去交接。

那个干练的经理看着像ABC，但她不讲英语而讲泰语，也难怪，员工清一色是泰国人长相。

等拉拉杂杂的话一说完，员工纷纷走上前去，把会议桌上的五颜六色衣服裹上身，我不明所以，像个傻瓜似地站着。

"Miss Ji, please come here."经理把我叫到一旁，给了我一套却克里服，明显比长桌上的货色要好些。

我问为什么我有特殊待遇？她答杰森是她的学弟，受学弟之托要好好照顾我……

就为了这份义气，我决定做一套好西服送给杰森表达谢意。

～

刚拿到却克里服时，有种似曾相识的感觉，等到衣服上了身，我才惊觉除了披巾短了点儿，提花是浅色之外，和乍仑先生笔下的女子服饰极为相似。

"希望他别误会我是故意模仿画中女子的穿着才好。"我不免担心起来。

着装完毕后，我们一行人由经理带队至现场，经过大堂时，我不禁细细打量起这个带有传奇色彩的酒店。瞧！古典精致的吊灯、大理石拼花的地砖、无处不在的鲜花、锦衣华服的宾客……在在彰显历史沉淀下来的贵族气息。

行经前台，有客人正在办理入住，我特意转头过去，杰森穿着米黄色制服立在柜台后面，认真的表情让人动容，原来他也有严肃的一面。

我很快收回目光，跟着前行的队伍左转，木质地板的长廊通向湄南河，沿途有一排的餐厅，法式、意式、西班牙式……

此时，前方传来爵士乐，我以为河畔的酒吧就是今晚的工作地，但经理带我们走向旁边的小码头，原来酒店的泰国餐厅在河对岸，我们得乘船过去。

也是，如果在酒吧工作就不穿泰式传统服装，改穿白衣黑裤了。

说时迟那时快，一艘柚木小船正摇曳着向我们划过来……

第十七章/关心

小船一到对岸，我们便依序下船。我看到入口处有个大型的精美冰雕，里面是货真价实的鲜花，真是难以言喻的美丽呀！

比冰雕更夺人眼球的是保安人员，十几名黑衣人严阵以待。我猜想参加派对的人一定大有来头，果不其然，泰国皇室也参加了。

泰国民众非常爱戴皇室，主要原因是受佛教和封建思想的影响，他们以国为家、以君为父，在"家长"政治的传统下，君民关系即为父子关系。法律甚至有《欺君法》，凡议论皇室者，最高处15年监禁；冒犯国王就更严重了，25年徒刑等着你。

面对神一样的皇室，我惴惴不安，这是第一次面对货真价实的国王、王后与公主，我的双腿不由自主地打颤。

" Don't worry. You will be fine." 经理安慰我，大概读出我的害怕。

七点不到，员工们一字排开地等候客人来到，短短几分钟的时间足够让我将这个场地打量清楚。

这原是泰式餐厅，为了开派对，把平常的桌椅撤了，只留下一排长桌，上面摆满了各色点心和糕饼，我看到了香蕉薄饼、三色豆仁软糕、椰奶脆饼、南瓜布丁、珍珠丸子、千层糕、糖丝春卷、浆米粉糕……等。角落有个吧台负责调各式鸡尾酒，想喝软饮也有。

整个餐厅分室内和室外两部分，各有利弊。室外能欣赏湄南河的夜色，但难免潮湿闷热；室内放足了冷气，但不若室外开放，好处是中间有个舞台，待会儿能欣赏到传统的歌舞表演。

没多久，柚木小船送来第一批客人，先上岸的是皇室成员，迎宾员立马拿着花圈迎上前去，匆忙之中我好像看到拉玛十世的侧影，比电视上看到的还瘦小些，倒是诗琳通公主很亲民的样子，非常朴素无华，像极了平民百姓。

他们一行人走向左手边的一个房间，经理唤来几个人前去服侍，其中没有我，想必因为我是菜鸟的缘故，怕出差错。

很快小船又陆续送来客人，我们按照事先安排好的流程各司其职。

我把各式鸡尾酒放在托盘上周旋于宾客当中，再把空了的水晶杯送回厨房，那里有三位洗碗工正马不停蹄地将肮脏的杯盘洗净。

泰国的人工费普遍不高（我猜想洗碗工领的是最低的工资标准），所以对于4小时就能赚进5000泰铢感到迷惑。后来观察到被选中的服务员颜质都超高，随便往演艺圈一送都能圈粉无数，大概这就是原因所在，心中不免感激杰森的抬举，希望我不是那道最难看的风景……

"言言小姐~"

听到有人唤我，我转身过去。

"果真是妳，我还怕认错人了。"乍仑先生走上前来，他的衣服很合身。

"胳肢窝还紧不？"我关心地问。

他答不紧，刚刚好，大家都赞美他的服装品味不凡。

"喜欢就好。"我松了口气。

他转而问我为什么会在这里？我很讶异玛妮太太没转告他，于是把来龙去脉又讲了一遍。

"你太太呢？"我左顾右盼，想知道她是不是穿了那件我缝制的粉色小礼服。

乍仑先生要我别找了，他太太忽然又头疼，他是只身赴约的。

头疼？怎么我的雇主老头疼？她该去医院做个彻底的检查。

乍仑先生笑笑没回应，倒是问我几点下班？他可以载我回家。

想到有人护送回家，安全性高多了，于是爽快答应。

"言言小姐，"乍仑先生眼神迷离地看着我，"今晚的妳是派对上最美的一个。"

若不是知道他有赞美人的习惯（Ann就经常被他捧上天），我恐怕要高兴地睡不着觉了。

舞台上的少女身着贴满金片的华丽服饰，头戴宝塔型金冠，正婀娜多姿地赤足演出，一举手一投足是那么缓慢而富有韵律，后方盘坐的乐师则以鼓、锣、小钹、拍板、笛子、胡琴、笙……等乐器伴奏，非常有异国情调。

我穿梭在客人当中，还好他们都是有教养的人，没给我添乱。

"Hi，又碰面了。"一个带北方口音的女人拿走我托盘上的"血腥玛丽"。

我怔了一会儿才想起她是前些时候在豪华邮轮上遇见的职业小三，这次她没穿全白裤装，反而穿起可爱的公主裙。

"妳看起来不一样，差点儿没认出妳来。"

"没办法，这次的雇主喜欢长发萝莉，为此我还订制了各式假发，闷得头皮都长疹子了。"她抱怨。

我想起她原先顶着一头俏丽的短发。

"妳的雇主是哪一位？"我好奇一问。

她东张西望后，指向室外一位马脸长相的人："喏！就是他，抠得很。"

我笑说再怎么抠也没我的雇主抠，否则我也不用在这里端盘子了。

她转而问我端盘子能赚多少钱？我答今晚的行情好，4个小时能有5000泰铢。

"这是我的名片，哪天妳想半个小时赚5000泰铢时找我。"

我低头一看，她叫殷梦梦，职业是影视经纪人，并非她所说的"职业小三"。

"原來妳是经纪人，失敬失敬！"

"那是外包装，男人都想跟歌星或演员上床，我只是满足他们的幻想罢了。哎！这年头单打独斗是不行的，得抱团取暖才成，所以我开始当起经纪人。"

我正想把名片退回去，她却被马脸男给叫走了。

"什么嘛！"我无奈将名片塞进胸口，因为修身的却克里服根本没有口袋。

~

"THANKS! I HOPE YOU HAVE A GOOD TIME TONIGHT."经理感谢我的帮忙，并且希望我今晚过得愉快！

虽然皇室成员只是惊鸿一瞥，四个小时的来回走路也挺累人，但新奇的工作体验足以让我在未来的日子里回味无穷，所以我很确定地告诉她，今晚我过得很愉快。

"Please wait for a moment. I will drive you home."大概受了杰森所托，经理要我稍等一会儿，她会载我回家。

我谢了她，说已经有熟识的人送我，不麻烦她了。

经理知道有人照顾我后，很放心地走开，而我也在做完善后工作后搭着小船回酒店。

乍仑先生已事先告知会在大堂等我，他要我慢慢来。

怎么可能慢慢来？现在的我归心似箭，说不上是为了赶回家睡觉还是为了和那个好看的中年男人独处。

~

今晚的乍仑先生开兰博基尼，45度斜躺的座椅坐起来不是很舒适。

"辛苦不？"他问。

"想到一晚能挣5000泰铢，一点儿也不辛苦。"我开心地答。

乍仑先生听完后保持沉默，我担心自己是否说错话了，还好没多久他又开口。

"言言小姐，我很满意妳做的服装，这样吧！为了表示感谢，我付妳十万泰铢如何？"

十万铢就是两万元人民币，我赶紧拒绝，说自己乐意帮他做衣服，请不要误会我是拐弯抹角向他要钱……

"呵呵呵！我没误会妳向我要钱，而是'劳有所获'，这是妳该得的，请收下。"

说得合情合理，但我还是不愿收。

"那好吧！不勉强，算我欠妳一个人情。"他按下雨刷器，"泰国的雨就是这样，让人措手不及。"

我也注意到了，当雨季来临时得有随时成为落汤鸡的心理准备，这可不，斗大的雨珠开始倾盆而下。

因为下雨，乍仑先生放缓了车速，这样更好，延长了共处的时间。

"油布上画的女郎是谁？"我想起埋藏在心里的疑问。

他答那是他想像出来的，但过了今晚之后，他觉得她真实存在。

我问那是什么意思？

乍仑先生笑而不语，将方向盘一转，车子弯进小巷里，前方不到五百米处就是拔达逢家。

车外大雨滂沱，偏偏启动电动大门的遥控器没电了，怎么也打不开。

"妳在车內等，我去按对讲机。"乍仑先生说。

我要他别着急，雨大概一会儿就停，没必要弄湿衣服。

"也对，这衣服是妳的精心杰作，弄湿了就不好。"

"不，我的意思是不希望……不希望你被雨淋湿。"我红了脸。

他忽然问我是否关心他？

"我……关心，噢！不，不是关心，是……"

“谢谢妳的关心，我已经很久不被关心了。”

想到这么好的男人却缺乏关心，我的母性光辉一下子被激发出来。

“我……我关心你……”我的手轻触他略显松弛的脸颊。

他反握住我的手，开始没命地亲吻它……

“乍仑先生～”我轻唤他。

他听不见，动手按下驾驶盘右侧的按钮，我的座椅往后一沉成了躺椅，乍仑先生也顺势爬了上来……

第十八章/告别

乍仑先生吻了我的唇，再吻我的脖子，手也没闲着，他在解我胸口的钮扣，就这么不凑巧，他摸到了夹在蕾丝胸罩里的名片。

"这是什么？"乍仑先生问。

我赶紧将名片抢回来，但太迟了……他随即离开我，久久不发一语。

他在想什么？……噢！不，他该不会以为我和殷梦梦是一伙的吧？！

"那个……"

"对不起，"他截断我的话，"今晚喝多了，如有冒犯之处，请原谅！"

我还想说什么，乍仑先生突然猛按喇叭，叭叭叭的声音响彻云霄。

没多久，巴颂撑着伞从侧门走出来，看到是主人，他按下电动大门的开关。

~

我彻夜难眠，好好的浪漫夜被小小的一张名片给搅黄了。

乍仑先生曾说殷梦梦是垃圾，要我少和这种人来往，可见他是知道这行的，也许通过买春者的口耳相传，"职业小三"成了半公开的毒瘤。

"我怎么就这么不幸地和她有了交集？这下子跳到黄河都洗不清了。"我后悔不已。

~

等不及隔天和乍仑先生共进早餐，我想知道他是不是生气了？有没有因此看低我？然而早餐桌上只有一套餐具，男主人的位子上空无一人。

"乍仑先生去哪里了？"我问Ann，她正把可颂夹进我盘里。

"什么？"这是Ann经常说的普通话，因为很多时候她是听不懂的。

我指指乍仑先生的座位，希望她能心领神会。

"&$@-^*£......"Ann说。

看样子她是听懂了，可是我却一句也听不懂她的回答。

郁郁寡欢地吃完早餐，我拖着沉重的步伐回房。

~

今天万里晴空，经过昨晚大雨的清洗，空气中有清新的味道，潮湿中带着青草的芳香，让我郁闷的心稍微得到纾解。

"@&%#*^¥......"

听到巴颂的声音，我的精神为之一振，赶紧推开窗户喊他。

"沙瓦迪卡。"他向我问好。

我草草回礼后，问他乍仑先生去哪里了？

"他说他去画室，六点不到就走了。"

"画室？今天不是星期天，他怎么去画室了？"

巴颂答他也不清楚，但画室是乍仑先生的，他想什么时候去是他的自由。

说的也对。

见巴颂穿着学校制服，我转而问他补考通过了没？

"通过了，"他笑了，露出洁白的牙齿，"否则我妈早拿起扫把追着我打。"

知道乍仑先生在画室里，一个早上我心神不宁，不知该不该上陶瓷岛？

"季言言，到此结束，他是妳雇主的老公，妳打算背负小三的罪名吗？"我内心的"正义之声"提出忠告。

" 我做衣服去，玛妮太太说了，一个星期得交出两件新衣。"

" 全是借口，妳是借机去会乍仑先生，这是条不归路，别傻不楞登的。"

"不，不是的，他画他的画，我做我的衣服，互不相干。"

" 哪天不好做，非得今天？妳给我乖乖待在屋里，哪里也别想去！"

……

. . .

当Ann挽着菜篮子出去买菜，我后脚也跟着溜出去。

哎！这的确是条不归路，但我拦不住自己呀！

～

远远的，我听到一男一女说话的声音，越靠近画室，声音越清晰。

"沙瓦迪卡！"大概听到脚步声，Namu从木屋底层探出头来，手上拎着湿漉漉的青菜，看样子在洗菜。

"沙瓦迪卡！"我也双手合十。

没想到下一秒一个裸露上身的男子也现身，他微笑着跟我打招呼。

"沙……沙瓦迪卡。"我记得这身肌肉，他是芭蕉园里的男子。

由于语言不通，我很快与他们告别。

"他应该就是Namu的男友，在马来西亚当建筑工人的那一位。"我边上楼边想。

门开后，屋内悄然无声，我开始怀疑巴颂的说法，也许乍仑先生今天根本没上陶瓷岛，但我又不方便推开卧室一探究竟，只能摊开布料开始工作。

今天想做一件改良式旗袍，上半身保留旗袍经典的高领设计，下半身则以伞裙展现甜美气质，集优雅和可爱于一身，我相信这件旗袍能让人眼前一亮。

"%#¥£€*……"乍仑先生向窗外喊话。

我差点儿剪子一滑将布剪弯了。

" ?&$@%……"Namu回话。

知道乍仑先生在画室里，我心激荡不已，仿佛好不容易平静的海面又刮起了龙卷风。

～

把上身的布料都裁好后，敲门声适时响起，我走过去开门。

Namu把一个大托盘送进来，不，不是一个，跟在后面的男人也捧着托盘，左右手各一个。

我要他们稍等，然后赶紧将桌上的杂物清理干净，布料和杂七杂八的工具全进了纸箱。

等到托盘里的食物全上桌，我才发现Namu煮多了，足够让一支篮球队吃饱。

待他们走后，我不知该不该去敲乍仑先生的房门，还好他自己走出来了。

"Namu煮多了。"我说。

"没事，吃不完可以喂狗，Namu养了很多流浪犬。"他答。

话说到这个份上，再也找不到话题，我们沉默地坐下来吃饭。

桌上有粉丝大虾、葛抛叶炸石斑鱼、红烧猪手、蟹肉炒饭、生蚝、炒通菜、冬阴功汤……无一是败笔。

"把猪手的汤汁舀进饭里，可以连吃三大碗。"乍仑先生忽然建议。

我照着做，果然好吃，真是太香、太美味了。

"小时候的我只能吃酱油拌饭，偶尔邻居家传来卤猪手的香味，馋得我差点儿破门而入。"他说。

那画面真是滑稽，但转念一想，原来乍仑先生以前过得这么苦，我就再也笑不出来。

他倒很释然，说事情都过去那么久了，现在过得好就好。

"你……过得好？"我问。

乍仑先生想了想答还不坏，比一般人过得好，如果不用放大镜仔细瞧的话。

我问他到底经历了什么？能让他说出"金玉其表，败絮其中"的话来？

"人生不过尔尔，能吃饱、睡好，就该感激。问题是如果除了吃睡还想干点儿什么，这就麻烦了，人总会得到点儿什么又失去点儿什么，天下没有十全十美的事。"

我同意，自己就是那种除了吃睡还想干点儿什么的人，所以才会烦恼多多。

他问我想干点儿什么？

我告诉他想上NY服装学院学习，如果上天待我不薄的话，也许有天能成为著名的服装设计师……

"妳很有才华，应该有人拉妳一把才是。"他说。

"谁会拉我一把？比我有才华的多了去，非亲非故的，人家为什么要帮我？"

这次我没有得到乍仑先生的回应，大概他也没有答案。

～

午饭过后正是太阳大发威的时候，即使开足了冷气，还是让人大汗淋漓。

俗语说屋漏偏逢连夜雨、船迟又遇打头风、破鼓总有万人捶……哈哈！你能相信此刻的冷气机像喉咙里塞满了痰，低吼一声便阵亡了吗？妈的，这是想热死我吗？

我不信邪，拿起遥控器试了又试，它依旧无声无息，硬是不肯呼出一口凉气。

现在怎么办？ 回拨达逢家还是继续浴汗作战？

我又坚持了五分钟才告投降，肚皮都挤得出水来，如何工作？

"扣、扣、"我敲了房门，打算和乍仑先生告别。

第十九章／世纪会谈

"请进。"

我推门进去，迎面而来的凉风让人很受用。

"有事吗？"乍仑先生问，他坐在画架后面。

我告诉他起居室的冷气机坏了，自己打算回拔达逢家。

"坏了？不应该呀！……大概是过滤网需要清洗，待会儿我让Namu洗去。"他边画边说，眼光不在我身上。

我有种不被重视的感觉。

"是不是快画完了？"我问，记得两天前看时，画已经完成2/3了。

"嗯！只剩细节部分。"

听乍仑先生这么一答，我很想知道他想像中的女人到底长什么样，于是走上前去。

"妳别过来！"他有些慌张。

他越不让看，我越想看，于是绕到画架后面……

的确已经完成七七八八，湖面上的荷叶与荷花清晰可见，女人的眼睛也画上去了，有深棕色的眼珠和微微的凤眼（很多亚洲女性都有这样的眼睛，不足为奇），但是……

"为什么她的唇边也有一颗痣？"

"我觉得唇边有痣的女人很性感。"他说。

"你觉得我性感吗？"不得不承认，我是故意问的。

乍仑先生苦笑，回答："No comment."，意即不予置评。

我自弃地说就知道自己长得丑！

"怎么会？妳一点儿也不丑。"乍仑先生抬起头，很严肃地看着我。

"那么我要你承认我性感，这样我才不觉得自己丑。"

其实我撩汉的功夫一般，顶多只是捉弄一下对方，他若真的上纲上线，我反而要打退堂鼓了。

"好吧！我承认妳很性感。"他投降了。

我很满意这个结果，微笑着和他道别。

"妳真要走？外面很热，有时柏油路面还会熔化，让鞋底粘上黑色的柏油。"

想到自己攒钱攒很久才买到的坡跟凉鞋会被粘上一团黑糊糊的东西，不免对自己的决定三心二意起来。

"不妨待在这个房间里吹冷气，等我把画完成再载妳回家，免得弄脏鞋底。"

乍仑先生的建议来得正是时候，让我有了留下来的理由。

"那好吧！我等你。"我说。

这房间只有一把椅子，乍仑先生正坐在上头。

我无聊地来回走动，这边看看，那边瞧瞧，很快便感到无聊，于是在床沿坐了下来。

窗户紧闭着，因为开着冷气，但百叶窗开着，所以屋內的光线还算明亮。

我背对着男人躺下，眼睛看着窗外发呆，乍仑先生大概快画完了吧？！画完了我就可以回家了。

眼皮有些重，我眯了两下，最后还是整个都闭上，心想睡个十分钟应该不碍事---

~

感觉有个东西压在身上，猛一张开眼，我看到乍仑先生的半张脸，另外半张藏在黑暗里。

"睡着了？"他柔声问。

"嗯！怎么这么暗？"

他说他睡觉时习惯合上百叶窗，有光他睡不着。

想到主人要睡觉了，我得让出位子，便挣扎着起身，但乍仑先生还是压着我，丝毫没有让开的意思。

"妳一直在撩我。"他说。

"我……没有。"

乍仑先生说他是有妇之夫，也一直告诫自己要克制，但我一直撩他，所以只好满足我。

我还是不肯承认，并且试着用力推开他沉重的身躯，没想到他一甩手给我一巴掌。

"烂婊子还装纯情？！妳以为今天可以全身而退？不把妳操到哭爹喊娘，誓不为人！"

接着我听到衣服被撕裂的声音，然后抢夺、烧掠、进攻……直到我的五脏六腑全被摧毁殆尽，他才退了出来。

乍仑先生把百叶窗打开，让阳光渗透进来，不同的是光线已成了橙红色，应该到了傍晚时分。

我把床罩的一角拉过来遮住我裸露的身体，乍仑先生点了根烟面对窗外抽了起来。

"你打算给我多少钱？"我问。

他转过身来，脸上表情看不出喜怒。

"妳打算要多少？"

我赌气地说起码也得一千万泰铢。

"如果妳是处女，两千万我也给，可惜妳不是！"他捡起地上的长裤，从里面掏出皮夹，再从皮夹里拿出几张票子扔我胸口，"这一行的价码我清楚得很，只会多不会少，如果愿意，我们可以长期合作。"

我拿着纸钞发怔，上面的拉玛九世似乎在取笑我，我愤而将它们洒向空中！

"去死吧！你这个人面兽心，我……我以为你对我是真心的！"我泣不成声。

"嘘～Namu要以为我欺负妳了。"他的态度明显软化。

不是欺负是什么？想到此，我更是哭得声嘶力竭、肝肠寸断。

"别哭，"他将我拥入怀里，"妳哭我要心碎了，我答应不再碰妳，只此一次，下不为例。"

听到我成了人家的一夜情，哭得更是惨兮。

"言言小姐，拜托妳别哭了，妳一哭我无法思考。请告诉我，我要怎样做妳才不哭？"他好脾气地问，和做爱时的面容狰狞有很大的出入。

"我……我也不知道，一切发生得太快，我……我也无法思考。"

乍仑先生说那等我可以思考时再谈，现在时间晚了，再不回去，他太太要起疑了。

提到玛妮太太，我心虚了，待会儿见面，她会不会发现有事不对劲？

我感到害怕。

乍仑先生在巷子口放我下去，特别叮嘱我晚十分钟再进屋，然后开着他的跑车先回家了。

我摸摸蹭蹭了好一会儿才去按对讲机，是巴颂开的门。

他依然跟我说"沙瓦迪卡"，我也依然回礼，只是气若如丝，没有以前精神。

"言言小姐，妳怎么了？"

看巴颂一副关心的样子，我突然想哭。

"没什么，大概中暑了。"我背对他划去泪水。

"大热天妳还穿外套，当然要中暑了。"

由于上衣被乍仑先生撕破，我只好穿上今早出门前随手抓来的薄外套，自然显得怪异。

"商场里的冷气很强。"我解释，然后在他提出更多问题前告别，免得穿帮。

走进屋内，拔达逢夫妇正在谈话，他们已经开始用晚餐，而我只想赶快进房间。

"言言小姐，"乍仑先生叫住我，"快点儿坐下来吃饭，今天Ann煮了妳爱吃的猪手。"

我想起中午吃的猪手滷汁拌饭，突然觉得恶心至极。

"不了，我不饿，你们吃吧！"我作势要走。

"季小姐，"这次是玛妮太太叫住我，"妳一整天上哪儿去了？中午也没和我一起吃饭。"

我答买布料去了。

"布料呢？"她问。

"没看到喜欢的，又踅回来了。"

"别是借机出去玩，现在的男人坏得很，专门欺骗妳们这种无知少女。"

乍仑先生赶紧表示我已经不是少女了，分得出好坏……

"你们慢用，我先回房了。"我扭头就走。

一进房我就趴在床上哭，又因不能哭得太大声，所以压抑得很痛苦。

"我的确是无知少女呀！平白被人睡了，还是咎由自取，我真是天下无敌第一大傻瓜！"我边流泪边数落自己。

"咚！"有短信进来，我摸出口袋里的手机。

【别哭，今晚是我太太的 Happy Night，她走后，我到妳房间详谈。】

没有署名，但我知道是谁。

该来的总会来，我擦干眼泪准备迎接今晚的"世纪会谈"。

第二十章/抉择

今晚是Happy Night, 我帮玛妮太太准备的是黑色透视装，隐约可以看到里面的蕾丝内裤。

"披上羊毛披肩就不那么突兀了，而且Go Go Bar里的冷气太强，披肩可以保暖。"我体贴地说。

玛妮太太要我将那个鬼东西拿开，穿衣就是要引人注目，否则关在家里得了，何必大费周章？

"那……随妳啰！"我懒得争辩。

"今晚跟我一起出去玩吧！8号还问起妳。"

8号？那个有酒窝的小熊维尼？

我答不了，今晚头疼。

玛妮太太深深看我一眼，大概因为我剽窃了她经常说的话，感到有些许的不自在。

"就这样吧！"她对镜做完最后一分钟的审视，然后踩着驴蹄鞋下楼去。

我的雇主走了约莫半小时，乍仑先生才来敲我房门。

"我开门见山地问：一、妳打算持续关系吗？二、如果不持续，妳想要我如何解决今天的意外事件？"

想必乍仑先生已经思考清楚了，他非常理智地提出两个思考方向，不愧是老司机，巧妙地用"意外事件"遮掩"强奸"的事实。

我清清楚楚、明明白白地告诉他，不可能再继续不伦之恋，至于精神和肉体的伤害……也许助我完成梦想可以将功抵过。

他直白地问这个"功"折合现金多少？

我查过官网，NY服装学院的研究生只要读两年，但没有我想修的《服装设计》专业，加上自己的英语不好，还是重头学起为佳。

"本科四年，一年的学费及生活、住宿费约在125万泰铢，四年就是500万泰铢。"我答。

乍仑先生直呼不可能，十几分钟的事让他付出500万泰铢简直坑人，那个价钱可以用来包养女明星一年了……

见我闷不吭声，乍仑先生换了态度。

"言言小姐，如果我没误会，妳对我是有好感的。我是有妇之夫，不想打破现状，如要我赞助妳的梦想完全没问题，但得付出，这个付出……妳懂的。"

我又沉默了许久，才说让我考虑考虑，最迟一个礼拜给他答复。

躺在床上，我陷入"天人交战"之中。

乍仑先生不可能给我名分，他的"老婆们"个个都是白富美，我一个乡下女孩凭什么高攀？还是少作梦为宜，何况玛妮太太是个醋坛子，娘家又有背景，我若想拉她下马，无异螳螂挡车。

"入豪门"的梦可以不做，但人生的梦不可不做。我非常明白，少了金钱上的资助，我的留学梦誓必得往后延迟N年，甚至胎死腹中，然而我要为此出卖肉体和灵魂吗？

想起我的前男友，他不是同辈中最出色的，但因为同样来自农村，有相同的背景和成长经历，他没看低我，我也无庸武装自己，所以无可无不可地走在一起。没想到当初的"降格以求"并没有为我迎来灿烂的明天，反倒换来可恨的背叛，让我不得不把"男女之事"放在台面上讨论，与其白白被人玩，最后还惹来一身骚，倒不如有实质性的回馈。这样看来，乍仑先生算有良心的了，500万泰铢不是个小数目，他若真能银货两讫，倒也不失为可行的办法……

就这么思前想后，我终于撑过漫漫长夜走向黎明。

"沙瓦迪卡！"走进餐厅，我主动向乍仑先生问好。

"沙瓦迪卡！"他表情复杂地看着我，"看来妳心情不错。"

"是不错，人生苦短，得及时行乐，不是吗？"

乍仑先生尴尬地笑了笑，没接话。

今天早上吃面，是一种叫Kanom Jeen 的细面条，煮熟后淋上咖喱汁，再配上长豆角、腌芥菜、白菜丝、豆芽和罗勒叶，即成一款重口味的泰式早餐。

"待会儿去哪儿？"我问。

"回画室拿画布，然后上美术用品店将它裱起来。"

我噢了一声，安静地吃面。

~

百般无聊地度过白天，当黑夜来临时，我又走向陶瓷岛。

玛妮太太的衣服得赶工，我也享受和收音机独处的时光，因为在拔达逢家总放不开来，仿佛有双眼睛24小时不停地监视着我。

开了门，屋内还是一贯的整齐、干净，不同的是长桌上有个高脚花瓶，里面插了十几朵红玫瑰加满天星。我走过去将夹在花朵里的卡片取出，上面写着：**For my lovely princess.**

给最爱的公主？呵！老男人玩起浪漫，一点儿也不输年轻小伙子呀！

我将花瓶移到玄关台后，马上投入工作。

~

晚上十点，Namu 送来宵夜，我突然有了疑问，难不成她时刻拿起望远镜观察木屋，否则怎知道我来了？

这个问题可能永远也得不到解答，因为 Namu 只是冲着我微笑，十足的"鸡同鸭讲"。

我向她道谢，她很快转身走人，又留下我一人独自面对孤独。也罢，真正的艺术家都是孤独者，我也只能以此自我安慰。

~

我把中国结系在衣服的胸口上，然后往后退一步，人台上的改良式旗袍终于完成了。看看时间，已近凌晨两点，是时候准备睡觉。

走进房间，我发现胡桃木做的床架上方有一幅欧式复古画框，里面正是乍仑先生笔下的女子（怎么看都像穿泰服的我，尤其唇边还有颗痣）。

我凑上前看个仔细，不得不承认乍仑先生是有功底的，他的画里有故事。

有人说艺术是主观的，要嘛喜欢，要嘛不喜欢，没有中间灰色地带。面对乍仑先生的画，我恰恰站在喜欢的这一边，并且进一步因为喜欢而美化了创作者……

噢！不，这是个危险信号，我得保持冷静，否则很容易被"崇拜"带入死胡同。

换上一件式的棉质睡衣，我掀开床罩入睡。Namu是个尽职的家务员，床上用品已然换新，多少让我忘却昨天的不美丽。拥着蓬松的被褥，在薰衣草的芳香中，我甜甜地进入梦乡……

~

上完课，我问杰森以我目前的英语能力，雅思能考到6.5分吗？他答有困难。

真是糟糕！我需要6.5分进NY服装学院。

虽然雅思考试可以一考再考，但我不愿错过明年一月份的申请，意思是必须在短时间内完成"不可能的任务"。

杰森说既然这样，只能增加课时了。

"算了，现在一对一的课程还是在玛妮太太心情大好的情况下施舍的，我再也没有多余的钱付昂贵的补习费。"

"那么把两小时的课延长为三小时，不额外收费，6点下课，刚好来得及吃晚餐。"我的老师慷慨地说。

"不，我不想占你便宜。"

他答怎么会占便宜？我得帮他做史上唯一、匠心独具的西服，算是两清。

对于杰森的两肋插刀，我感动得无以复加。

"请受小女子一拜。"我向他拱手作揖。

"免礼。"他微笑，像夏日和煦的微风，"说真的，我很享受和妳在一起的时光。"

如果杰森早几天向我传达暧昧，我的心思或许会因此活络起来，但现在的我只能心向着乍仑先生，因为……我已经决定为了梦想出卖自己的肉体与灵魂。

第二十一章/沙美岛

这一天因为多解释了并列句和复合句的用法，上完课已经六点多了，我感到很抱歉，杰森原本可以提早下课，却因我这个蠢学生而耽误休息及用餐的时间。

"待会儿你打算怎么解决晚餐问题？"下课后我问。

他答曼谷的大街小巷有很多小吃摊，奶茶、果汁、烤串、汤粉、炸鸡……不一而足，味道都很好，他随便吃吃即可。

我再次感到内疚，自己马上就能坐下来用餐，杰森却要去光顾地方小吃，虽然后者也很美味。

"你们怎么这时候下课？"结束上课，我送老师出门，经过餐厅时被玛妮太太叫住。

我想阻止杰森回答，但已太迟，那个脑筋不会转弯的男人果然据实以报。

"雅思？"玛妮太太转头看我，"那是个什么鬼？"

我赶紧抢答，并且用手拉了一下杰森，暗示他别多话。

"呵！真好学，没事考什么试？就爱折腾！"

"是啊！我就是爱折腾，所以连累老师，害他到现在还没吃饭……"我赶紧附合。

"那么坐下来一起吃吧！多双碗筷而已。"玛妮太太不等杰森回答，迳自喊来Ann要了碗筷，还叮嘱她多加两道菜。

"那么谢谢了。"杰森很大方地坐下来。

现在老师和我面对面坐着，而桌子的两端分别是男、女主人。我想起生日那天也是四人同桌，但经过这些日子的纷纷扰扰，情势有了变化，我和乍仑先生已经不再是单纯的"有点儿熟又不太熟"的关系。

餐桌上玛妮太太的话出奇得多，对象对准杰森，她只和他说话，其他人都成了空气。我和乍仑先生安静地吃着饭，忽然……桌底下有只脱了鞋的脚向我伸来，它正抚摸着我的脚踝。

我抬起头来，对面的杰森正转头面向玛妮太太，嘴巴一张一合，丝毫没有停下来的意思。我转向右手边，乍仑先生微笑看着我，对我俏皮一眨眼。

这是公然的调情。

我选择不动声色。没想到那只不安份的脚因而受到鼓励，它开始往上爬，从脚踝往上移至膝关节再往大腿进攻……

"我吃饱了！"我突然站起身宣布，把其他三人都吓到了。

"这么快就吃饱了？我饭都还没吃上几口，看来今晚我太多话了。"杰森自嘲。

我管不了那么多了，请他们慢用，然后毅然决然地离席。

杰森走后没多久，拔达逢夫妇也出门，我蘑菇了近一个小时才动身去陶瓷岛。

小木屋玄关处的红玫瑰早已不见，换上新绽放的黄色雏菊，同样夹了一张卡片："这个星期六早上去沙美岛，星期一中午回。"

乍仑先生的留言像公文，言简但意不赅，难道暗示那三天我可以全天候使用小木屋？ 这个答案在隔天的晚餐过后有了答案。

"明天有沙美岛之行。"乍仑先生宣布。

"怎么这时候才说？日本太太邀我参加三天的清迈spa之旅。"玛妮太太很懊恼。

乍仑先生说爽约得了，颂帕善夫妇突然邀请，他不好意思拒绝。

我的雇主一听说同行的还有另一对夫妻，顿时失了兴致。

"不去，那女的很讨厌，老是吹嘘她的学历，谁知是真是假？搞不好是买来的。"玛妮太太嗤之以鼻。

乍仑先生忙以正视听，说人家的学位不假，堂堂朱拉隆功大学的法学博士，难怪中专毕业的老婆要相形见绌……

"你就非得说些打击我的话不成吗？这下我更不去了，省得博士太太耀武扬威。"

知道玛妮太太不去，乍仑先生说了很可惜之类的话，神情倒没有任何不悦。

当天晚上我便收到乍仑先生的短信："明天早上九点出发，带上泳衣，今晚别熬夜。"

虽说已打算出卖自己的肉体与灵魂，但一直不好开口对乍仑先生明说，毕竟这不是什么光彩的事。没想到乍仑先生用几句话轻轻带过，避免了尴尬，真不愧是老司机。

因为明天有远行，今晚的我不方便上陶瓷岛，梳洗过后，早早便上床睡觉。

隔天玛妮太太很难得地和我们共进早餐，因为待会儿日本太太会过来接人。

"妈的，好好的觉也睡不了，要不是Fumina邀请太多次，再推辞不好意思，我还真不想去。"我的雇主明显有起床气。

乍仑先生说出去走走也好，她在本地也没交上几个朋友，正好借此机会拓展一下朋友圈，朋友一多，眼界自然开了。

"我一个家庭主妇需要什么眼界？"玛妮太太无聊地用叉子戳着猪排，上面已经千疮百孔，"对了，少了我的监督，你可别趁机偷吃，泰国女人有艾滋的多得是，别让我染病了。"

"说什么呢？让言言小姐笑话了。"乍仑先生把我拿来当挡箭牌。

我低下头扒饭，不想加入战局，但玛妮太太没放过我。

"季小姐，我预计三天后回来，肯定上不了英文课，妳不是要考试吗？代我上得了。"

平白多了课时，我感谢她的大方。

"不用谢，反正课时费已缴，不上白不上，我干脆做个顺水人情。记住啊！我这个雇主待妳不薄，可别做没良心的事。"她说。

为什么有人就是这么讨厌？总要彰显自己的伟大，而且最后那句话是什么意思？我仿佛被她搧了两耳光。

"别一张口就刀光剑影，若将言言小姐赶跑了，到时谁帮妳做这么漂亮的衣服？"乍仑先生对自己的老婆说。

玛妮太太冷哼一声，开始吃起猪排。

饭后没多久，我的雇主被日本太太接走，时间8:45 am.

虽然我已打包好行李，但对于是否要上路却还多所犹豫。我清楚地知道，一旦上了车就没有后悔药吃，我将不再是我，而是成了殷梦梦的同路人。

乍仑先生在客厅里大声哼着歌，是邓丽君的《我只在乎你》。即使伊人已逝，她的歌声依旧在海外华人圈里流传，历久弥新。

约莫几分钟后，歌声越来越小，想必乍仑先生已出门，而且越走越远，我该不该跟上？

"卟—"

听到跑车开启的声音，我再也坐不住，拉上行李箱往外跑。

"妳还是来了。"乍仑先生说。

我无奈低下头去，将自己恨得牙痒痒的。

"没事，第一次总是比较困难。"

也许说话的人觉得这是安慰的话，在我听来却很不是滋味，仿佛离开这一单，还有下一单等着我。

"赶紧走吧！我怕遇见熟人。"我挺不开心地说。

于是乍仑先生按下遥控器，白色电动大门沉重而缓慢地移动起来，时间长得足以让我看清楚Ann身上的花衣裳样式（她就站在大门口，手里提着菜篮子，大概刚买完菜回来）。

"真是糟糕！她该不会有想法吧？！"我心想。

然而Ann的反应比我想象的还要激烈，她将菜篮子往地上一掼，气息败坏地冲上前来。

乍仑先生似乎早有预感，他的动作比她还快，马上锁车门。任凭车外的Ann又是拉又是敲，嘴里还不停地咒骂着，男主人依旧无动于衷，并且在无任何预兆下加速逃逸，碾过洒了一地的蔬果，留下狼藉一片。

"你应该找个借口解释一下，如果她跟玛妮太太说了什么，你我都有麻烦。"

乍仑先生要我放心，Ann"绝对绝对"不会在玛妮太太面前嚼舌根。

"那她生什么气？简直太奇怪了。"

"也许她在吃醋。"

吃醋？我问吃什么醋？

"因为我带妳出去玩而非她。"

这么说乍仑先生曾经带Ann出去玩过？我要他老实招来。

那个左右逢源的男人问我是否也吃醋？

"吃醋？呵呵！怎么可能？"

"那就好，我不喜欢吃醋的女人。"

空气一下子冻住，沉默了好一会儿后，我问沙美岛远吗？

"不远，开车两个多小时，再乘船半小时就到了。"他答。

我噢了一声，将眼光投向窗外。

第二十二章/不正经的女人

沙美岛位于曼谷东南部，据说拥有全泰国最清澈的海水及细软的沙滩，一年四季均可享受风浪板、浮潜、滑水等水上活动。

"太好了，我喜欢潜水。"我好开心。

乍仑先生说既然这样，他会雇艘私人小船带我去潜水（被人宠爱的感觉大概就是如此）。

两个小时后我们抵达班佩码头，由于订的是岛上最好的帕拉迪度假村，所以可在码头享受VIP接待室、迎宾饮料以及快艇接送服务，省去冗长的等待。

一下船，等候在旁的服务人员马上为客人撑伞并递上冰凉的毛巾。住宿登记完毕，电瓶车载我们来到约200平米的临海别墅，有私人泳池和起居室，浴室里有超大浴缸，可以边洗澡边仰望星空。

乍仑先生给了几张票子当小费后，服务员很有礼地离开了。

"太奢侈了，这房子可以住下一支足球队。"

我边说边环顾四周，米色地砖、黄色抹墙、原木天花板、藤制家具、带顶棚的胡挑木床架、席梦思床垫、柚木甲板……空调已打开，柔美的音乐轻洩出来，迷迭香的香气无处不在，酒店的用心显而易见。

"床上为什么有两只白天鹅？"我问乍仑先生，因为看到用毛巾折叠的天鹅在床上鹣鲽情深，旁边散落了很多粉色的蝴蝶兰花瓣。

他答因为事先告诉酒店这是蜜月之旅。

"怎么会是蜜月之旅？我又不是你老婆。"我娇嗔着。

"当然不是老婆，而是小老婆，"乍仑先生从后拥住我，"有没有听过'大老婆受苦、小老婆受宠'这句话？"

我笑说哪有这种说法？要有早乱套了。

"妳还太稚嫩，不懂人生规则，有些人即使孤老一生也要守住名分；另有些人虽然没有名分却生活得宛如皇后，看妳怎么选啰！"

"如果让我选，当然选有名分的，问题是我没得选，只能当皇后。"

"走吧！皇后，也许还赶得上用 3 点钟的茶点。"他牵起我的手。

～

第一天就在度假村里度过。

我们在海滩上晒太阳、吃小点心、喝鸡尾酒，然后看着美到不行的落日沉入海平线。晚餐吃的是沙滩烧烤，有牛排、香肠、蔬菜和海鲜，泰国本土Leo啤酒挺不错的，比国内的好喝，后劲也大些。

趁着五、六分醉意，在满天星斗的护送下，我们踩着月色回到别墅。

"一身汗臭，还是先洗澡吧！"我说。

"我帮妳。"乍仑先生答。

所谓的"帮"只是将一件式连衣裙脱下，我下意识地以手护胸。

"别害臊。"他说，接着把我的运动型内衣裤也取下。

这不是我第一次裸体面对"金主"，却是第一次有了强烈的性冲动。

"现在换我帮你。"我说，然后将他的polo衫、七分裤、CK四角内裤丢在地上。

"Are you ready?"他问。

我答准备好了，然后我们手挽着手走向浴室。

浴缸的水已注满，上面还飘浮着玫瑰花瓣。也许乍仑先生事先致电客房部注水，但这些已不重要……

我们在水中接吻、爱抚、做所有浪漫的事，然后他用散发着栀子花香气的大浴巾裹住我，将我抱进卧室。

"说你爱我。"我下令。

"我爱妳。"他给我一个长长的舌吻，我不知道原来接吻也可以玩那么多花样，他的舌头游走在我的唇齿之间。

"妳的牙齿不整齐，怎么没去矫正？"他问。

我答因为家里穷，所以连拔牙都由家人效劳。

"放心，遇上我，妳将远离贫穷。"

说完，他沿着我的下巴、脖子、肩胛骨、双乳、肚脐……一路吻下去，甚至吻了我的脚趾头。

"现在妳的每寸肌肤都认识我了。"他宣布。

"然后呢？"

"然后我就可以长驱直入了。"他说着风话，而我张开大腿迎接。

~

在海涛声中我们入眠，然后在鸟语声中清醒。昨夜的缠绵还历历在目，我害怕那不过是春梦一场。

"醒了？"乍仑先生翻身拥抱我。

"嗯！睡得好舒服。"

他解释那是因为我的身体得到解放的缘故，人一旦放松，自然有好的睡眠，而好睡眠对他而言尤为重要，因为他的睡眠时间一向很短。

不用他说我也清楚，乍仑先生总是午夜过后才回家，并且准六点在早餐桌上出现，平均大概日睡三、四个小时。

"你有一副铁打的身体。"我说。

"没办法，以前老睡不好，后来发现好质量的睡眠胜过长时间的辗转难眠，所以每天将自己往死里整，直到筋疲力竭才上床，运气好的话可以一觉到天亮，譬如今天。"

知道乍仑先生得到好睡眠，我颇感欣慰，觉得自己帮上忙了。

"走，吃早餐去！"他说。

我一骨碌地爬起："让我先晨浴！"

乍仑先生说那不行，先到先得。

于是我们一起奋力冲向浴室，毫无意外地又在淋浴房里"和谐"了。

~

早餐是自助式的，泰式、中式、欧式皆有，竟然还有小笼包和油条，简直太意外了。

我吃了沙拉、优格、烤面包、炒面、热菜、蛋糕……等，喝了各式果汁和咖啡，把肚子撑得圆滚滚的。

"你怎么不吃？"我问。

乍仑先生只吃了一点儿水果加热茶。

"我吃了，"他翻了一页《泰叻报》，"帕拉迪的早餐千篇一律，我早已不感冒。"

这么好吃的早餐，乍仑先生却没胃口，真是天理何在？等等，"千篇一律"是什么意思？难不成他经常光顾？跟谁？

想到乍仑先生说过不喜欢吃醋的女人，我不想拂他的意，遂噤口。此时一个蹒跚学步的小孩向我走来，模样可爱极了，我蹲下身和她玩耍。

"看，这女孩长得多好！"我对乍仑先生说。

那孩子绑着丸子头，眼睛又圆又大，脸颊红通通的像苹果，让人忍不住想亲她一口。

"嗯！"乍仑先生看了一眼后，马上又回到铅字上。

我一向喜欢孩子，觉得他们个个都是天使，如果我早点儿结婚，孩子大概也这么大了。

"抱、抱、"那安琪儿突然张手要我抱。

我将她抱起，同时极目寻找孩子的母亲，可惜餐厅里人头攒动，我不知道哪个才是。

"带妳去找妈妈哈！"我对小女孩说。

～

"妳想把我孩子带去哪里？"女人气急败坏地过来抢孩子。

我解释孩子走丢了，正帮她找母亲……

"谢谢！"那位同样着急但明显理性多的男人说。

"谁知道她是不是住宿客人？搞不好是外面混进来的。"那母亲仍怀着怨气，话是对自己的老公说，但针对的却是我。

我不淡定了，她怎能这样说话？不道谢就算了，还出口伤人，我正想发飙，孩子的父亲说话了。

"对不起，我老婆太心急，所以口不择言，真对不起。"

看他诚心道歉，孩子也回到了父母身边，虽不高兴，我也只能以德报怨了，没想到……

"这女的我见过，跟个老男人在海边晒太阳，肯定是做那行的，一看就是不正经的女人。"

"别说了，想挨揍吗？"丈夫赶紧制止。

那两人虽然背对着我压低声音说话，但还是被我听到了话屑子。

我是不正经的女人？我感到极度震惊。

强忍住即将夺眶的泪水，我步伐沉重地走向乍仑先生……

第二十三章/胜之不武

乍仑先生问我怎么了？我答没什么，转而问他今天出海不？

"我们可以雇艘小船往南，听说Ao Phai附近能看到大海龟。"他说。

大海龟？我等不及要和它做第一次接触。

船夫听说我们想看海底世界，将小船开往无名岛。那个岛像个巨大的岩石，峭壁几乎成90度，连上岸都有困难，但这不妨碍潜水，我一跃而下。

在清澈见底的海水中，我毫不费力就看到各种色彩斑斓的鱼，它们悠然自在地在水里遨游，自成一世界。

我还看见各种奇形怪状的珊瑚，但浮潜无法近距离观赏，颇为可惜。

"绕到岛后，船夫说运气好的话，可以看到大海龟。"乍仑先生掀开蛙镜说。

于是我们沿着岛屿岸线游去。

岛后的海又有些许不同，大概多了海藻的缘故，海水呈绿色，而且水很深，视线范围内深不见底。

我紧紧跟随乍仑先生，深怕一个不留意就落单，因为这里看不见小船，它在岛的另一端。

当波浪明显加剧时，我越游越害怕，该不会涨潮了吧？！我还在担心，乍仑先生拉我往右，我看见一只大海龟正朝我们游过来。它的头顶有一对前额鳞，四肢如桨，前肢长于后肢，壳呈橙红色，身长约一米，泳姿缓慢中带着优雅，很沉稳的样子。

我想摸摸它，可惜太远够不着，只能眼睁睁看它游走。

"这是我第一次和大海龟面对面。"我兴奋地说。

"妳应该报名深潜课，这样就能在海底和海龟一起游泳。"

这倒是不错的主意，听说深海的生物种类更多，景色也更美。

"回去吧！已经游了近一个半小时了。"乍仑先生说。

于是我们重新戴好蛙镜准备回船上，然而游出去不到五十米，我的左脚好像被什么东西缠住，而且在毫无预警下被一股力量带入水面下，这才发现原来是海藻惹的祸，可怕的是另一端被海龟死咬住（显然那是它的食物）。

我越挣扎，海藻缠得越紧，偏偏海龟还不断往前游，丝毫未察觉另一端的我就要灭顶……

说时迟那时快，一个矫健的身影冲了下来，他将那团"剪不断理还乱"的海藻解开，然后拉着我的手往上游。

当呼吸到第一口新鲜空气时，我忍不住嚎啕大哭。九死一生的感觉太恐怖，除了哭，我不知道还能做些什么。

"别哭。"乍仑先生拥紧我，给予我安慰。

"我再也不潜水了。"我哭着说。

"不潜不潜，言言说不潜就不潜。"他完全一副腻宠的口吻，而且将我从"言言小姐"变成"言言"，亲蜜度上升一级。

几分钟后，我的理智终于回来，情绪不再大起大落。乍仑先生擦干我脸上的泪水，我们一起游回船上。

～

从鬼门关走一遭回来，我的心情很低落，乍仑先生也看出来了，他提议骑摩托车环岛一周。

"我的骑车技术不好，妳载我。"他说。

我完全不相信他说的，会开跑车的人，两轮摩托简直是小菜一碟，然而他的心思我懂的，无非是让我转移注意力，借以远离忧伤。

"好，我载你。"我说。

沙美岛的东西两端由一个小山脉连贯，岛上尽是蓊郁的丛林与翡绿的椰树，与黄褐色的泥地交织成一幅美丽的田园风光。

我和乍仑先生驰骋在绿意葱茏中，任海风扑打着面颊，所有的烦恼也随风而散。当回到棕榈树林立的度假村时，我大致已从生死的梦魇中解脱，回归到正常的生活里。

"谢谢！"我对乍仑先生说，

他问我谢什么？我答谢他不仅是我的贵人还是救命恩人，有朝一日当涌泉相报。

"呵呵！太言重了，别这么严肃，我会害怕，还是轻松点儿，今朝有酒今朝醉，明天的事明天再说。"

好个今朝有酒今朝醉，那么就让我将生命中最好的时光奉献出来，陪乍仑先生恣意挥霍青春吧！

晚餐在房里吃，服务员推来小车，上面是用银罩罩住的精致餐点。

" Cheers!"乍仑先生举起红色的琼浆玉液，" 敬我们伟大的爱情！"

呵呵！我们的爱情的确够伟大，否则我也不会跨越道德伦理的鸿沟，做人人喊打的事。

"能问你一件事吗？"我说。

"问吧！"

"你爱玛妮太太吗？"明知不该问，但我真的好想知道。

乍仑先生答"爱"，让我多少有些失望，原以为他会答"不爱"，这样我的愧疚感会少一些。

"你知道她的私生活……很精彩吗？"虽然有意挑拨离间，但我还是用"精彩"替代"淫乱"。

"知道，但我不在意。"

这就奇怪了，怎么会有老公不在意这种事？太不正常了。

他回答如果有人先后娶了三位老婆，每个都活不长或精神异常，大概都会自动将标准降低。对他而言，只要回家还能看见老婆的笑脸就是莫大的恩赐……

想到乍仑先生的感情世界如此多舛，不禁感到深深的惋惜。

"别，别给我这个表情，"他马上扼止我的同情心泛滥，"我不是圣人，自己的私生活也很精彩，所以不会五十步笑百步。"

虽然画面一下子从云端回到千疮百孔的现实中，但我浪漫的情怀依旧，既然无法撼动玛妮太太磐石般的地位，我的精力便摆在那些小四、小五、小六……身上，誓将她们一一击毙，让乍仑先生只恋上我的床。

"吃！"我夹了一条海参到他碗里，"这个壮阳。"

乍仑先生表情复杂地看着我，大概没想到我也会说风话。

"看什么？我正等着被你蹂躏呢！"

那男人色咪咪地看着我，说待会儿可别求饶，他很会玩，而且玩得很High.

我要他尽管放马过来，小言言正等着小乍仑……

我终于知道什么叫"玩得很High"，我的身体到处是抓痕和咬痕，他还把高尔夫球塞进我的阴道里，疼得我眼泪直流，还好最后取出来了。

"我还以为妳玩过，早知道就不这么玩了。"他亲吻我额头，嘴里说着抱歉。

"没事，过一会儿就好。"我转过身，选择不看他。

我的枕边人又抱了我一会儿后才回到自己的位子上，没多久，我听到轻微的打鼾声。

"没想到妳堕落到如此地步，对得起父母和关爱妳的人吗？"我在自我鞭笞。

"能怎么办？现在脚湿了，总得涉水而过，只要上岸就好，上了岸，我再也不作贱自己。"

就这么一会儿圣母，一会儿婊子的，我终于在清晨的第一道曙光洒进来前走入梦乡。

今天是待在度假村的最后一天，乍仑先生说用过早餐后得准备退房，否则赶不上中午到家。

我知道他为什么提那个时间点，因为玛妮太太下午到，他不想让双方撞个正着。

得，小三得有小三的样，我全力配合。

酒店的早餐果然千篇一律，吃到第三天已经有点儿腻了，所以只意思一下吃了点儿粥配酱菜，再喝点儿热饮便草草收场。此时那个蹒跚学步的小孩又来了，只是这次我失去抱她的兴致。

"妞妞，"那母亲小跑步过来，一把将她抱起，"怎么又跑掉了？如果再被坏人抱走了怎么办？"

她的声音不大不小，刚好让我听得一清二楚，而且特意用了"再"字，明显当我是坏人。

"老公，"我娇声娇气地喊乍仑先生，"去年你给我买的夏威夷海边别墅花了多少钱来着？噢！想起来了，九百万美元。呵呵！没想到我一年就赚到，还是躺着赚，太爽了！比那些一年难得住上几天高级酒店的黄脸婆强多了，还好意思质疑别人是混进来的。"

那孩子的母亲铁青着一张脸，临走前不忘丢下一句："不要脸！"

我有了小胜一局的快感。

"怎么，跟人闹别扭了？"乍仑先生瞧出不对劲。

"没办法，遇到疯子只能下猛药。"

"下次别这样，显得Low."他的眼光回到报纸上，"把心思放在专业上，用实力说话，别人就伤不了妳。"

"知道了。"我小声地答，突然觉得胜之不武。

乍仑先生提到专业和实力，让我忽然忆起杰森给的英文功课还未完成，而几个小时后我将代替玛妮太太上课，再怎么着也得交功课，于是催促乍仑先生上路。

"走吧！"他将咖啡一饮而尽，然后站起身来。

第二十四章/回家的路

刚一进门，杰森后脚就到。

"I am sorry. I didn't finish my homework." 我对自己未能及时完成作业感到抱歉。

相较于我的内疚，老师更好奇今天为什么是我上课。

我答玛妮太太上清迈洗Spa，所以把课时赠送给我，还有，自己到沙美岛玩了一趟，刚刚才进门。

"No wonder you didn't finish your homework. By the way, did you go there alone? Is the island interesting?"

我答好玩，还看到了大海龟，不是独行，跟朋友一起去。

"With who?"

我暗自祈祷他不会问和谁一起去，但他还是问了，我只好把许久没联系的安卓拉来当挡箭牌，顺便带上他的女友，以免被误会这是"开房"之旅。

杰森说毕业后还有联系的朋友弥足珍贵，他很羡慕我……

我哼哼呀呀地带过，希望他赶紧转话题，还好水灯节将至，我们便从这个浪漫的节日说起。

～

今天是额外多出的课，但杰森还是上课到六点。他说如果不想错过一月份的大学申请，最晚12月底得参加雅思考试，运气好的话能赶上第一轮的申请……

我的老师比我还着急，倒叫我汗颜。

"I will do my best. I promise."我保证自己一定会全力以赴。

他说他相信我的承诺。

上完课，我送老师出门，不料在餐厅被叫住，只是这次换成乍仑先生，不见玛妮太太。

"高速公路塞车，我太太大概夜里到，若不嫌弃，老师也一块儿用餐吧！"男主人开口邀请，杰森很大方地坐下来。

此时Ann捧来一大盆的青木瓜沙拉，她给了乍仑先生两大勺、给了杰森两大勺、却只给我一小勺，大部分还是红辣椒、大蒜、罗望子，主角青木瓜少得可怜（还好我不好这一味，也就不计较了）。

乍仑先生照例说了赞美的话，但Ann没有像往常一样的娇羞，反而面无表情地走开，看得出来心情不佳。

我算是不挑食，粗糙的食物也能吃，但这次Ann真的煮差了，鸡肉干巴巴的没入味、鱼肉是散开来的（可见不新鲜）、冬阴功汤没放柠檬草、酸辣牛肉竟然是甜的……

乍仑先生算好脾气，不仅赞美了厨子，也给足了面子（每道菜都吃了点儿）。反观杰森就没那么世故，他把鱼肉纳入口中，皱了皱眉，不再吃第二口。

"沙美岛的鱼好吃，有机会你可以到岛上大啖海鲜。"乍仑先生试着转移注意力，没想到转错方向了。

杰森问男主人什么时候去的？他答两天前。

“这么巧？季小姐也去了，你们没碰上面吗？”

“没有，要有，肯定邀她一起玩，因为一个人玩很无趣，是不是？言言小姐。”

乍仑先生把聚光灯打在我身上，我恨不得挖个地洞钻进去。

“听说泰国的岛屿很美，可惜我的工作满档，季小姐也要准备雅思考试。”杰森竟然哪壶不开提哪壶。

我心中大呼不妙，果然……

“你该不会想邀请言言小姐一起去吧？”乍仑先生问。

杰森很坦然地表示和我谈得来，年龄又相近，如果一同出行应该是不错的玩伴。

“那可不行，据我所知，言言小姐已经名花有主了，你这是横刀夺爱，恐怕不妥。”

“Oh sorry！我不知道有此事，一直以为季小姐单身。”杰森话是对乍仑先生说，眼光却看着我，表情很受伤。

“现在知道也不晚，保持距离为佳，省得陷入感情纠纷里。”

乍仑先生貌似善意的提醒，让用餐氛围一下子降至冰点。

“我吃饱了，你们慢用。”杰森站起身来，怎么看都像是落荒而逃。

待人走后，乍仑先生要我别忘了自己的身份，如果想两边游走只是自取其辱。

“我吃饱了，妳慢用。”现在换乍仑先生起身。

餐桌上只剩我一人，我把青木瓜沙拉里的花生米捡出来，在空盘子上排成心形，再注入蕃茄酱，顿时血淋淋的，像我泣血的心……

玛妮太太是午夜过后进的门（因为听到河东狮吼声，我才发现时间已晚）。

"我的老天！这个时间点有什么好吵的？"我将凉被盖住头，仍抵挡不住排山倒海而来的嘶吼声。

"你还是不是人？连我的身边人也染指？你真是咸湿不忌呀！"玛妮太太咆哮着。

几秒钟后，我才反应过来，吓出一身冷汗。

"糟糕！东窗事发了，玛妮太太该不会下楼捅我一刀吧？！"想至此，我赶紧下床锁门并搬来重物堵在门后。

就这么心情忐忑地度过下半夜，直到鸡鸣声四起。

早餐桌上乍仑先生一脸疲态，倒是Ann露出久违的笑容，不知是不是我多心，简直是春情荡漾、魅力四射。

如果昨晚的晚餐勉强算及格，今天的早餐则丰盛得如同庆丰收。瞧！巴掌大的蘑菇在盘中闪着油光、德式香肠又肥又大、小蕃茄颗颗饱满、蛋炒得蓬松、薯饼煎得恰到好处……

"Ann是怎么了？一会儿米其林大厨，一会儿厨房菜鸟，让人真心看不懂。"我说。

"她的厨艺一向在水准之上，只是昨晚失手了。每个人都有失手的时候，不足为奇。"

话说得没错，但她的转变也太快了，连对我的态度也不一样，昨晚看我像仇人，现在又笑脸相迎，叫人不知作何反应。

"别理她！"乍仑先生打了个哈欠。

我想起凌晨的争吵声，他大概没睡好觉吧？！

"你太太是不是发现了？"我压低声音问。

"发现什么？"

"你我之间的奸情。"

他答没有的事，要我别多心。

既然这样，玛妮太太所说的身边人指的是谁？我思考了一下，顿时灵光乍现。

"难不成……"

"拜托，凌晨已被拷问过，我不想再经历一遍。"乍仑先生捂住头，很痛苦的样子。

看他的反应，八九不离十，难怪Ann喜上眉梢，原来昨晚被宠幸了。

"我吃饱了，你慢用。"我站起身离席，心里堵得慌。

知道乍仑先生"不忠"的事实，我感到五味杂陈。按理说我不是他太太，充其量只是个妍头，根本没资格生气，但我就是不知道哪根筋不对，一个早上像个随时会引爆的汽油罐。

我以为玛妮太太今天不会下楼用午餐，但我错了。

"沙瓦迪卡！"我向她问好。

她好似听不见。

"清迈好玩吗？"我再问。

这次她听见了，回答还行，也就那样了。

我们安静地用着餐，还好午餐没出错，否则我要以爲Ann在试图挑战玛妮太太的底线。

"我不在的时候，家里有没有异样？"我的雇主问。

异样？我问什么意思？

"我老公说去沙美岛，但颂帕善太太否认有此事，所以我怀疑他根本没出门。今晨我回家，发现他才进门，是从厨房的方向走来，而厨房后面是Ann 的住所……"

我斩钉截铁地答乍仑先生的确出门了，我敢打包票。

"替我盯着点儿，现在的人很坏，专做背后捅刀的事。"

我感觉又被玛妮太太扇了两耳光，心情很是郁闷。

早餐桌上，乍仑先生递过来一张银行卡。

"这是什么？"我问。

"妳的生活费，一个月一付，数字多少端看妳卖力的程度。"

这么快？我以为要等我申请到美国学校，他才会开始支付。

乍仑先生答这种事情还是慷慨一点儿好，他对女人向来不小气，但有三点得事先讲好：

一、别管我，管也没用，我不受管。

二、关系存续期间不准有其他男人，如有，我将中止对妳的资助。

三、星期日固定行使妳的义务，其他的日子随叫随到，当我需要妳时，会在妳的房间门把上系上红丝带。

老实说，乍仑先生的条件并不苛刻，在我能接受的范围内。

"成交。"我答。

"那好，祝我们的关系和谐且长久，Cheers! "他以果汁代酒，隔空敬了我一杯。

今天星期二，又是我上课。

经过昨晚"不愉快"的谈话，我很害怕面对杰森，还好他表现如常。不，正确地说，应该是更一板一眼，把自己当成老师，而不是……朋友。

上完课，我告诉他，希望有机会和他一游泰国的岛屿。

"可是……"

我抢答没有的事，我和前男友早在出国前就已分手了。

"妳的意思是乍仑先生说谎？"

这一问把我给问倒了，期期艾艾地表示乍仑先生并没有说谎。

"那是什么意思？"

"乍仑先生不知道我和前男友分手了，所以……"

"原来如此，"他松了一口气，"那么我们可以交往吗？"

都说外国孩子对感情的表达很直接，但我没想到会这么直接。

"如果考完雅思，你对我的心意不变，到时我们再交往。"

"我是不会变的，第一眼看到妳就有怦然心动的感觉，既然妳想专心准备考试，暂时不谈恋爱，我能理解，毕竟我也希望能和妳在纽约继续情缘。"

我的"缓兵之计"被误解，也好，美丽的误会胜过丑陋的事实。

你若问我为什么要"脚踏两条船"？ 我也答不上来，大概路走偏了，难免幻想有朝一日还能回到正轨上。乍仑先生无疑就是那条歧途，而杰森的小清新和光明磊落则是我的小太阳，也许哪天走累了，我还能循着亮光找到回家的路……

"好，等我，等我考完雅思。"我对他微笑。

第二十五章/万劫不复

好几天没做玛妮太太的衣服，得赶紧开工才行，考虑到布料不够，我急需上帕胡拉市场一趟。

出门前意外碰见巴颂，他说母亲要他上中国城买腊肠和熏鸭，我们便约了一道儿去。

如果你以为住进豪宅，出门无需带腿，那就大错特错了，家里的司机只供主人差遣，员工除非得到允许，否则一律搭乘公共交通工具。所以当巴颂提议用摩托车载我时，我举双手双脚赞成，因为曼谷的最高温可达40多度，我可不想在烤炉里行走。

对于第一次来到曼谷中国城的游客来说，拥挤的人群和错综的街巷极易勾起"似曾相识"的喜悦，那些香火鼎盛的庙宇、那些黄灿灿的金店、那些鱼翅酒楼、那些潮汕、福建、广东话乡音……在在让人感受到华丽气息以及浓浓的乡情。

为了完成巴颂的任务，我们直奔有70年历史的老字号-林真香，它在中国城十分有名，主要贩卖肉脯及干果类食品。

买好腊肠，又到玉峡铺带上一只熏鸭后，我们往三聘街走去，那里有我要的布料。

"等等，我取钱。"

由于玛妮太太要我实报实销，我得先代付，看见ATM机，马上驻足。

取出几张褐色票子后，我突然强烈想知道乍仑先生究竟给了多少生活费，于是拿出另一张银行卡，当屏幕上显示250,000B时，十足吓了我一跳，又多数了一遍。，确认他给的正是25万泰铢后，一时头昏脑热。

我不曾赚过如此多的钱，可以这么说，自从开始工作，我的存款就从未超过￥50000，而乍仑先生一出手就抵过我多年的储蓄，而这还只是"一个月"的生活费 而已。

我浑浑噩噩地离开取款机，感觉很不真实。

走没几步，我问巴颂有没有中彩票的经验？他说没有，还反问我是不是中彩票了？

"没中彩票，但有中奖的感觉。"我答。

~

买完彩锦和丝绸，我又买了昂贵的真丝缝线，离开店家后，巴颂说我不一样了。

"哪里不一样？"我问。

"以前的妳会货比三家，然后砍价，今天却专挑贵的买，而且没砍价。"

那孩子观察入微，在收到乍仑先生的打款后，我的心态有了一百八十度天翻地覆的转变。一个能月付25万泰铢给小三的人，我何苦替他省钱？

摩托车在车水马龙中穿梭前行，经过暹罗广场时，我要巴颂放我下车。

"请将我的东西带回去，我还有私人物品要买，待会儿会自己打车走。"我对那孩子说。

巴颂看了一眼四周的高楼大厦，提醒我这里的东西很贵。

我谢了他，说自己不会乱花钱，太贵的东西不买，他这才放心地离去。

待车影消失，我内心的声音马上对自己喊话："开什么玩笑？！当然得挑贵的买，这才对得起'做小伏低'的挫败感。"

于是我不仅买了几件以前看过，一直舍不得买的华服，还买了Gucci包和Jimmy Choo的鞋。

吃完昂贵的怀石料理后，我转战情趣用品店，买走几款不同样式的性感内衣，又在店员的推荐下买了润滑液，听说擦了之后，动作再大也少有疼痛感。

∾

今天的晚餐是广式菜肴，有腊肠炒荷兰豆、茶叶熏鸭、煎酿茄子、蒜蓉粉丝蒸扇贝、芥蓝牛肉等。

吃饭当中，玛妮太太问她老公今晚上哪儿玩？乍仑先生答去宋会长家打桥牌，太太们可以打麻将。

"我打得不好，经常输钱。"她唉声叹气。

"没关系，输了我买单。"

知道乍仑先生打牌去，看来今晚我能把衣服赶出来，但做什么好呢？ 嗯……就做一件式小礼服吧！以皱褶代替其他装饰，背部镂空，简约中带着性感……

"想什么？问妳话呢！"

我想得入神，以致雇主问我话，全然未察觉。

"什……什么？"

"看妳，灵魂真出窍了。"玛妮太太睨了我一眼，"我问妳晚上都做些什么？"

我答写英文作业、做衣服、睡觉。

她说我过得像修道院里的修女，完全没有豆蔻年华女子该有的活力，接着面向自己的老公："你公司不是有一些未婚的工人吗？介绍给季小姐，省得她在漫漫长夜里胡思乱想。"

我把那个自以为是的女人恨得牙痒痒的，凭什么她嫁老板而我只配和工人谈朋友？太小看我了！

"言言小姐长得美，一定有很多追求者，不劳我们费心。"乍仑先生四两拨千斤。

玛妮太太替自己的"多事"提出解释，她说她也是一番好意，怕我太害羞，错过了婚姻。

"不用了，如果要找工人谈朋友，我宁愿单着。自己是大学毕业生，不是中专生，我怕和他们谈不到一块儿去。"

听到"中专生"，我的雇主脸上青一阵紫一阵的，因为她的学历不高，只拿到中专文凭。

"言言小姐，妳能到厨房跟Ann多要一碗白米饭给我吗？"乍仑先生故意将我支开，好避免一场舌枪唇战。

～

我到厨房，Ann不在那里，自己便盛了一碗饭，打算回去交差，此时突然传来微微的呻吟声。

"是Ann吗？"我心想。

Ann的住所在厨房后面，放下碗，我往那里走去。

我住的虽然是无私人卫浴的单间，但好歹是钢筋混凝土建筑，而资历明显比我长的Ann却住土房，屋顶还是茅草盖的，虽然占地不小，但一点儿也不精致。

"呵、呵、呃、呃、嗯～"

越靠近土房，呻吟声越大，感觉Ann可能病得不轻，我果断跑过去敲门，奇怪的是呻吟声戛然而止。

是Ann开的门，她的脸色潮红但衣冠整齐，看不出有何异样。

"妳怎么了？ Are you ok?"我中英文并用。

Ann一副不明所以的样子，反叫我迷惑，难道自己出现了幻听？

我耸耸肩，在对方一头雾水的注目下回到餐厅。

"饭呢？"玛妮太太问。

糟糕！还在厨房里。

"我……我回去拿。"我很窘迫。

"不用拿了，我吃饱了。"乍仑先生开口制止。

"现在知道我是多么好的雇主了吧？！她这个人整天迷迷糊糊的，也不晓得脑袋都在想些什么？"玛妮太太转向我，"上来帮我挑衣服吧！也只有这个时候妳还派得上用场。"

听到拔达逢夫妇出门的声音，我后脚立马跟上（想去小木屋把玛妮太太的衣服赶出来）。

一走出房门，赫然发现门把上系了条红丝带，那代表乍仑先生需要我。

"是今晚吗？"我在脑中打了个问号。

Namu送来宵夜没多久，乍仑先生也开门进来。

"我从桥牌桌上偷溜出来的。"他解释。

"小心被老婆发现你不见了。"我边用画粉在布上画线边说。

他要我别担心，他太太正在麻将桌上厮杀，即使到桥牌室找人，他的搭档个个都是说谎高手，绝对能编出一套合理的说辞。

天下乌鸦果然一般黑！

"快到床上来，我等不及了。"乍仑先生随即命令我。

我要他先到房里躺下，待会儿给他惊喜。

听到"惊喜"二字，我的金主色咪咪地看我，用眼神早先一步将我身上的衣服扒光。

待我穿上性感内衣，风情万种地出现，乍仑先生立即饿狼扑身。

"你说的话算数吗？只要我卖力，生活费会往上加。"

"当然，钱对我来说从来不是问题。"他答。

于是我将他压在底下，说："让我来。"

我使出浑身解数，直到把他最后的一点儿精力也榨干为止。

"言言，"乍仑先生喘着气，"我不知道原来妳有那么大的潜力，差点儿看走眼了。"

我有什么潜力？当一个人把礼义廉耻全抛开，没有做不出来的。

"放心，"乍仑先生吻了我的发，"跟着我，妳一辈子不愁吃穿。"

我躺在他怀里，听着心跳扑通扑通地击打着，乍仑先生还有心跳，而我呢？为什么觉得身体被掏空了？

"你爱我吗？"我问了全天下女人都会问的问题。

"爱与不爱有差别吗？"

我答当然有差别，至少不会觉得自己廉价。

"呵呵！妳可不廉价，一个月花了我25万泰铢，是穷乡僻壤的泰北妹子十年都赚不到的数字。"

原来乍仑先生真当我是"买来"的。

"你难道对我没有一丝真情实意？"我天真地问。

"还是醒醒吧！我怎么可能对妳真情实意？妳想找忠心，别找我，我帮不了妳。"

说完，他起身穿衣。

也是，偷吃的时间不宜过长，乍仑先生得赶回去参加下半场的牌局。

我又在床上待了会儿才起身走向起居室，继续未完成的工作。

既然乍仑先生说得如此明白，我也不再抱有希望，当务之急是如何在这个男人身上榨取更多的钱财，有了钱我才能独立，过上自己想要的生活。

"没错，就是这样，要嘛要人，要嘛要钱，总不能两者皆空吧？！"我如是想着。

第二十六章/苦不堪言

杰森说我的英语有长足的进步，为了奖励我，他想请我看电影《The Notebook》，七点那一场，看完他去上班，我则自行回家。

"我……有事，还是考完试再说吧！"我想起乍仑先生，他不会高兴我和一个小鲜肉外出。

杰森很失望，但没有勉强我。

上完课，我们被玛妮太太叫住，她说乍仑先生去老挝打猎了，过几天才会回来，要老师坐下来一起吃饭。

"妳怎么没跟去？"我问。

"我跟过一次，住的是茅草屋，吃的是野味，蚊虫还特多，连个厕所也没有，谁去谁倒霉！"她答。

既然乍仑先生不在，我没有理由拒绝杰森的邀约，不是吗？

"I can go to see the movie with you tonight."我压低声音告诉我的老师。

没想到玛妮太太的英语进步神速，她用餐巾快速擦了嘴，说："你们要去看电影？算我一个，正愁今晚无处可去。"

谁知遭到杰森的拒绝，他说这是两个人的约会，玛妮太太加入不合适……

"你们在交往？"我的雇主很惊讶。

"不算是，季小姐想专心准备考试，我只负责让她在百忙之中释放压力。"

玛妮太太说那她也参加考试，让老师负责释放她的压力。

"哈哈！妳真幽默，"杰森转向我，"我们还是赶紧走吧！免得赶不上开场。"

杰森带我去的是暹罗天铁站附近的Lido电影院，设施及装潢都很简陋，有一种老香港电影院的氛围，放映的都是小众电影或老片，票价100泰铢。

"先进、豪华的电影院哪里都有，但想要复古味就只有这里了。"他说。

在泰国，所有的电影院在播放前都得照例来一段带有国王视频的国歌，全体观众必须起立致敬，否则被视为藐视皇室，最高可判刑十五年。

唱完国歌，我们终于可以坐下来看片，看的是十年前的老片，剧情讲述40年代初期的爱情故事：艾丽跟着她的家人来到海边小城水溪镇，他们计划在那里度过一个凉爽的暑假。当时的艾丽是个十几岁的青春少女，在一次派对上认识了当地男孩诺亚，一段美丽的初恋便悄然发生了。

虽然艾丽是个富有人家的千金，而诺亚只是当地工厂的穷工人，但这不妨碍他们享受爱情的幸福与甜蜜，眼看着小情人就要成为夫妻，突发的第二次世界大战却无情地将他们分开。

战争结束后，诺亚从战场上回来，他找不着艾丽，而伊人已经和一位富有的军人结婚了……

几十年之后，有个老头儿在疗养院里向一位老女人读着一本褪色的笔记本，虽然她的记忆已模糊，但脑海里依然记得那段曾经的恋情。

这位垂垂老去的女人就是当年的艾丽，而向她讲述爱情故事的人，正是为她守侯一生的诺亚……

看完电影我哭得稀里哗啦，这正是我想望的爱情，那么的纯粹而自然，既不过分用力也没狗血剧情。

"妳的泪点真低啊！"杰森递过来面纸，"下次不带妳看这类的电影了。"

我哽咽地说下次还看，这种清新又隽永如水的片子恰恰是我喜欢的。

"怎么办？我越来越喜欢妳了。"他微笑，露出洁白的牙齿。

我的心因此被撩拨了一下，杰森的阳光和单纯照进了我益发黑暗的心，我配拥有那样的爱情吗？

"你上班要迟到了。"我提醒他。

他看了时间后说还来得及陪我走到天铁站。

并肩而行时，杰森自然而然地牵起我的手，我没有拒绝。

一个礼拜后的清晨，乍仑先生回到家，带回来一只野鸭和两只野兔，其余的大概已进五脏庙。

"我不在时，妳想我吗？"早餐桌上他问。

自从乍仑先生走后，我再次感受到当小三的尴尬处境。那人出门只会告诉原配，而且在消失的七天里没给我打过电话，倒是从玛妮太太口中，我知道除了老挝外，他还爬山涉水到金三角买了块翡翠赌石，打算回国后将它打磨出来，估计能大赚一笔。

"想，很想，想得睡不着觉。"恶心的话不用钱，我乐得给他口惠。

"我也想妳，在梦里干了妳无数回。"他在我耳边低语，更显污秽。

我不动声色，想着今晚大概逃不掉了。

晚餐桌上看到乍仑先生带回来的猎物，有清炖全鸭汤及红烧兔肉。

"你就不能打点儿别的？鸭肉和兔肉已经吃腻了，况且这里的市场也有卖。"玛妮太太抱怨。

乍仑先生答那还得天时地利人和才行，打猎是看到什么打什么，这次他们意外打到一只猴子，还就地在野外给猴子开脑，那只猴子睁大眼睛看着吃它脑花的人，满眼的仇恨……

"Excuse me."我站起身冲向厕所大吐特吐，泪水弄花了我涂好的眼线。

我讨厌所有的霸凌者，那只猴子的仇恨心理我懂的，它原在丛林里快乐地逍遥着，既没阻碍谁，也没伤害谁，某天拿管枪的人走进来剥夺了它的小确幸，还将它生吃下肚，这岂是"仇恨"二字能解？

"言言小姐，妳还好吧？是不是讲的话吓到妳了？"我走回餐厅，乍仑先生关心地问。

我答没有的事，大概天气热中暑的缘故。

"我让Ann帮妳刮痧吧！她刮得很好，马上就能神清气爽。"

我说不用了，但晚餐过后Ann还是拿着刮痧板过来，大概是接到乍仑先生的命令。

"It's not necessary . 不需要，走！"我试着表达拒绝之意，但Ann听不懂，一点儿也没有离开我房间的意思。

与其和她"鸡同鸭讲"，倒不如妥协为快，因为乍仑先生还在小木屋里等我呢！

想至此，我快速脱了衬衫趴在床上，她扯了扯我胸罩的肩带，意思是胸罩也得脱。

"No, I don't want."我说我不脱。

她又拉了一下细肩带，我翻了个大白眼，把胸罩也给脱了，Ann这才开始为我刮痧。

刚开始的力道还行，我也很享受，没想到后面的力气越来越大，我能感觉到皮肤被刮开的惨痛。

"Enough!"我跳起来对她怒目相视。

Ann反倒笑得花枝乱颤，收起刮痧板走人。

"搞什么嘛？！"我反手摸了摸后颈背，还好没流血，但很疼，像在伤口上撒盐。

乍仑先生像一匹饿狼似地啃食着我的每寸肌肤，再大开杀戒，将我的五脏六腑全捣碎，只留下满地疮痍。

"这是什么？"完事后，他撩开我的长发问。

"Ann刮完痧的结果。"

乍仑先生皱了皱眉，大概也觉得出手重了。

我趁机告状，说Ann当单亲妈妈久了，身边又没个男人，情绪难免出问题，这是颗隐形炸弹，不得不防。

"没事，我偶尔会安慰安慰她。"

安慰安慰她？啥意思？我问是否安慰到床上去了？

"哎！女人就是小心眼，我若天天找妳，妳才要哭爹喊娘，恨不得别人做了妳的工作。"

乍仑先生的意思很明白，拔达逢家的三位女性都被他雨露均沾了。

我很生气，但连生气的资格和名目都没有，这让我更生气。

"你都是什么时候找Ann的?"我质问。

他答想找总会匀得出时间。

"你也给她生活费吗？"我想起自己的25万泰铢，Ann得到的会比我多吗？

"别和Ann比，她不一样。"

"不一样？哪里不一样？"

乍仑先生火了，他要我别忘了自己的身份，还有，别管他，我越管，他跑得越远，到时候我什么都得不到……

想到我的梦想还得靠金主资助，便吞下委屈与耻辱，开始低头吻他，乍仑先生被我吻得意乱情迷，很快又再来一发。

"季言言呀季言言，难道这就是妳的宿命？"我边想边瞪着天花板，尽管乍仑先生非常奋力拼搏，我却身心分离，苦不堪言。

第二十七章/屈服

翡翠原石外有一层风化皮包裹着，无法看出内里的成色好坏，需经切割后方能知道质量。通常卖家会用锉刀或砂条把部分风化皮擦掉，露出极小的内里以供买家观察，但切口或擦口处均为局部，不能说明翡翠的全部，即使用强光电筒照射，也只能看到内部的种水好坏及瑕疵绺咧的多少，不能判断颜色的正偏亮阴，存在很大的风险性。俗语"一刀穷，一刀富，一刀穿麻布"，说的就是翡翠赌石，赌涨只占万分之一，绝大多数都会以失败告终。

此时乍仑先生请来的打磨师傅正坐在自己带来的打磨机前，买来的翡翠赌石在阳光下发光，约有一个小型化妆箱大小，虽然深绿色的原石只露出不到二厘米见方，但颜色很透，光泽如脂肪，不免让人有所期待。

师傅琢磨了半天，得出的结论是：若里面全是翡翠原石，斜着从中间位置打磨，可抠出约十个宽版的贵妃手镯，另外还可以开出几个边角和环形胚。

乍仑先生听了无异议，同时提醒他压胚时钻头千万别错位，否则容易蹦出裂痕。

打磨师傅喏喏称是后，主人走开，只留下拔达逢家的工人围成一圈作壁上观。

"你怎么不在场观看？"我小跑步跟上。

"太恐怖了，花了我五千万泰铢，我怕里面是空的。"

原来乍仑先生也会害怕，不像他一贯"视金钱如粪土"的潇洒。

"我帮你盯着，如果是好毛料，怕有人会顺手牵羊。"我说。

"太好了，妳去盯着，回头给妳好处。"

有了乍仑先生的承诺，我将大任揽在身上。

～

当风化皮被剥开时，吃瓜群众发出了赞叹声。我是宝石的门外汉，但其浓郁的绿还是让我倒吸一口气，这打磨出来岂不是价值连城？

我赶紧回屋报告好消息，乍仑先生听了很高兴，把一干人马全轰走，自己亲自坐阵，午餐时间还例外地邀请师傅共餐。

就这么打磨了近三天才把所有毛料全利用殆尽，连细小的颗粒都收了起来，听说可以转卖给珠宝商。

刚开始我对翡翠还兴致勃勃，后来就索然无趣了（不过是昂贵的石头，况且与我没半毛钱关系）。很快我便将心思重新放在英语学习上，考试只剩一个月，再不加紧练习，恐怕赶不上第一轮的申请。

～

肉骨茶是一种流行于东南亚一带的食物，是用猪肉、猪骨搭配中药煲成的汤，吃时伴以白饭或油条。显然拔达逢家更青睐后者，即便是怕麻烦的玛妮太太也抓起油腻的油条啃了起来，以致手腕上的帝王绿贵妃镯子跟着晃动，让人不由自主地多瞄上几眼。

此时Ann端来茶水，倒茶的动作格外轻柔、缓慢，我因此注意到她的左手无名指上戴着同样毛料的翡翠戒指，让我妒火中烧。

玛妮太太是原配，她得到最大、最好的镯子无可厚非，怎么连身份低微的Ann也有个一厘米宽的环形戒指，且戴在无名指上，分明与明媒正娶的大太太叫板，同时也让我难堪，原来我什么都不是，地位比Ann还次。

"我吃饱了。"我站起身来，一肚子火。

乍仑先生问我是不是晚餐不对味？我答是，吃饭像在吃中药，让我食不下咽。

~

今晚心情不好，我不想去小木屋，只想待在房里。

"扣、扣、"

难不成是乍仑先生？我跳起来去开门。

可惜门外站着Ann，她的手里捧着一碗汤面，大概是乍仑先生下的旨意，因为见我晚餐没怎么吃。

我谢了她，心里喜滋滋的。乍仑先生总是这样，在我即将放弃时又向我示好，让人始终狠不下心离去。

送来的汤面热乎乎的很好吃，我连吃了好几口，直到发现一只硕大的绿头苍蝇沉在碗底，这才大呕特呕起来，连胃酸都吐了出来。

"那女人是故意的！"我愤恨地想着。

~

今晚是玛妮太太的Happy Night，代表乍仑先生放飞。我打算前去告状，把那个狠毒的女人大卸八块，可惜他不在房里，我的敲门声得不到回应。

乍仑先生去哪里了？

想起他曾说过偶尔会安慰Ann，难不成……

我愤而下楼，往厨房的方向走去。

本来我还有所期待，毕竟巴颂在家，做母亲的怎么可能在儿子面前风花雪月？但看到巴颂惯停摩托车的位子上空无一物，再想到今天是周末，年轻的孩子不会乖乖待在家里，遂有了不祥的预感，果然……

"哼，呃，呀……Yes,Yes,Yes……"别看Ann的英语不好，讲起Yes却字正腔圆，顺溜得不得了。

我好整以暇地等在土房外，就想看那个色鬼什么时候完事。

等到打死第十一只蚊子，那个色欲熏心的男人才走出来，一脸的意犹未尽。

"妳怎么在这里？"看见我，他有些讶异但绝无愧疚之心。

我说Ann叫床的声音太大声，让人无法入睡。

"是吗？"乍仑先生一脸怀疑。

我掩面逃回房内，觉得自己像个傻子，连抓奸都没底气，简直一败涂地！

今天是星期天，乍仑先生做画的日子。按照协议，我白天就得上班，以应付他的不时之需。

我东摸西摸地不想出门，直到听到Ann喂食鸡仔发出的咕咕声才惊醒过来。

"季言言，妳再不去巩固妳的地位，很快就要被Ann给out
了。"我对自己喊话。

于是梳妆打扮，再喷上蛊惑香水后，我往陶瓷岛走去。

已是下午一点，我大汗淋漓地上到二楼，长桌上有未撤的
碗盘，显然乍仑先生已用过午餐。

"妳今天晚了。"男人在画架后面做画，声音听不
出情绪好坏。

"嗯！读书读晚了。"我跳上床，呈大字躺着。

外面的蝉声大作，伴随着呜呜呜的空调噪音，没什么比这个
更催人眠……

"别睡，把妳的工作先给做了。"乍仑先生喊着。

我的工作？我下意识去解钮扣。

"不是，我要画手，妳过来当模特儿。"他说。

我只好坐起身来，依着他的指示摆出兰花指。

"好了。"近半小时后，我才得到特赦。

"别忘了付我担任模特儿的费用。"说完，我躺回床上。

"当然，"乍仑先生也跟着上床，身上有油彩的味道，"这是
谢礼，比Ann的值钱。"

望着他递过来的翡翠坠子，碧绿的颜色让我想起万木吐翠的
森林，原来在乍仑先生心里，我比那个蛇蝎女人重要。

"这下开心了吧？！"他问。

"嗯！"我用力点一下头。

所以当金主又开始对我毛手毛脚时，我连反抗的意识也无，任由他践踏、蹂躏。

完事后，我没忘记告状，说Ann在汤面里塞进一只绿头苍蝇，是下作的行为。

乍仑先生充当和事佬，他答天气热难免有苍蝇，不能硬说是Ann的坏心肠。

"可是……"

"够了！要不要听Ann是如何细数妳的罪状？"我的枕边人失去耐心，"我的太太只有一位，其他人都是可有可无，如果妳到现在还搞不清楚状况，那只能说明妳既幼稚又愚蠢，而我很难和这样的女人保持长期稳定的关系。"

乍仑先生很严厉，可恨的是我竟屈服在他的淫威之下。

"知道了。"我将头搁在乍仑先生的胸膛，柔顺的像只猫，"以后不告状了。"

"这才是我的好女人！"他翻身将我压在底下，开始第二回合。

第二十八章／漂亮的垃圾

由于考试将至，在征求玛妮太太的同意后，我带着巴颂上街，打算采买一个月的服饰，这样便能空出更多时间准备考试。

"一个月的服饰？那得花好多钱？妳有吗？"巴颂问。

不得不说那孩子心思缜密，我没想到的，他早先一步想到了。

"让我查查账户吧！"看到商场里的ATM机，我停下脚步。

果然户头里的钱不够支付一个月的服饰钱，在拨打电话请求玛妮太太支援前，我忽然想起乍仑先生的生活费。

"何不先用他给的钱？反正玛妮太太随后会补上。"我拿出另外一张银行卡。

当屏幕上显示几天前有人汇款一百万泰铢（相当于人民币20万元）给我时，我被惊吓到。乍仑先生果然大方且言出必行，我的听话与配合为我带来四倍的加薪，有什么比这个赚得更快？

"需不需要我回家跟玛妮太太要钱？骑摩托车很快的。"巴颂体贴地说。

我要他别折腾了，我有的是钱。

为此，那孩子多看了我两眼。

曼谷的主要百货公司和商场集中在Central World, Siam及Terminal 21等商圈，我和巴颂马不停蹄地走马看花，硬是在六个小时内全部采买完毕。

衣服统一让商家送货，省去很多麻烦，但零碎的饰品、帽子和丝巾等只能手拿。看那孩子大包小包拎着，很是辛苦，我说请他吃东西以表谢意，老实的他竟一再婉谢，我只好佯称自己肚子饿，他才跟着我一同走进Mr Jones' Orphanage.

这是一家在曼谷迅速蹿红的甜点品牌，店内主题以火车、泰迪熊、飞行器等为对象，除了有童趣之外，每桌还有坐台的玩具熊陪吃饭。这些泰迪熊可以通过认养带回家，老板再把认养得来的钱捐到孤儿院......

虽然装潢好、寓意佳，但无可口的东西可不行，还好我点的几款人气甜品都不失水准，然而那孩子却迟迟不动勺。

"商场里的餐厅得额外付税及服务费，会在原价上多加17%。"他提醒我。

"不用担心，我有钱。"

巴颂再度多看我两眼，几次欲言又止后，他说还是喜欢以前的我多一些。

"以前的我和现在的我有差别吗？"我问。

"有，以前的妳像戚风蛋糕，满口的蛋糕味；现在的妳像在蛋糕上挤满了各色奶油，让人尝不出原来的味道。"

那孩子巧妙地用蛋糕形容我，太贴切了，我的确已经失去了原味。

"也许有人更喜欢多种口味的混合。"我仍死鸭子嘴硬。

"我就不喜欢，有些东西还是单纯点儿好。"

哎！我也想单纯，但单纯不能当饭吃，何况我已经不单纯了，只能破碗破摔，过一日算一日……

"吃，这么瘦要多吃点儿。"我很伤心，但还是假装无所谓的样子，频频劝巴颂多吃点儿。

"Hi."一个杀马特女郎向我走来。

她顶着五颜六色的长发，画着很浓的妆，服装很个性化，全身上下戴着稀奇古怪的首饰。

我一时没认出这位怪诞形象的女青年，硬是怔了好几秒钟。

"这么快就忘了我是谁？我是殷梦梦呀！给过妳名片。"

我想起来了，她从小萝莉变成不良少女，难怪我认不出来。

"你们谈吧！我回家了。"巴颂说。

本来我还想留住那孩子，可是他说功课没写完，我只好放行。

"小男友？"殷梦梦在巴颂的椅子上坐了下来。

我答没有的事，他是雇主家厨子的孩子。

"原来他是Ann的儿子。"

我把即将到口的红茶放下，问她可认识Ann？

"不认识，不过乍仑先生曾提起他家的厨子厨艺很好，甚至会制作北京烤鸭，所以被我记住了。"

"乍仑先生？妳认识乍仑先生？"

"当然认识，他是我的客人之一，虽然有一些不好的性癖好，但出手大方，所以被我列入甲级客人名单内。"

我有些微快，几个月前她被乍仑先生唤为"垃圾"，我或多或少还轻视过她，没想到现在和她一样同流合污，惟一的差别是她得面对生张熟魏，而我只卖给一个人。

"妳如何收费？"我想起我的一百万泰铢。

殷梦梦说干这一行有以小时计，也有包日或包月，乍仑先生通常交易一次给她两万泰铢，不过不是天天有，譬如这两、三个月来，他就不曾找过她。

当然不了，我已经顶替她的工作，乍仑先生何需找她？

见我郁郁寡欢，殷梦梦转而问我是不是被那个色鬼缠上了？

"没，没有的事，我是有专业能力的大学生，怎么可能出卖肉体？太夸张了！"我拿出护卫的盾牌。

"说的也是，我若有妳的条件，才不会把大好青春卖给这样的人。听说他的前几任老婆都受不了他的多情，要嘛发疯，要嘛抑郁而终，而他却越来越有钱，这世界就是有这等奇葩事！"

和殷梦梦说话并不令人愉快，我只想赶紧结束谈话。

面对我的逐客令，她不以为忤，离开前还要我代她向乍仑先生问好。

我又在位子上坐了会儿才起身。

知道乍仑先生"游戏人间"后反让我心安，既然他不会为任何人停留，想当然尔，当我抽身时一定能全身而退，毫不费力。

$\sim$

我的雅思考试被安排在来年的一月五日，两个礼拜出成绩，刚好来得及递交月末的留学申请。

"只要如常发挥，绝对没问题。"我的老师给我吃定心丸。

我说我还是感到害怕，问他能不能陪我到考场？

"恐怕不行，机票订好了，12月25日，圣诞节当天。"

这么快？我无来由地感到悲伤。

"你是这些日子以来唯一一道清新的风，你走了，我不知道是否还能忍受生活里的乌烟瘴气？"我说。

"那么赶快来纽约吧！我带妳去看自由女神像、帝国大厦和曼哈顿夜景，还会带妳去吃全纽约最著名的玉米松饼及乳酪三明治。"

啊！纽约，美国的第一大城，世界的金融中心兼时尚之都，我也想去。

"希望最终的结果对得起我曾经的付出和牺牲。"我有感而发。

"当然会，一定会，妳考试时我会用传心术将答案一一传给妳。"

杰森不知道为了去纽约实现梦想，我做了何等牺牲，那可不是单纯的"焚膏继晷"可以比拟。

"一定啊！一定传给我，否则我会考个大鸭蛋。"我故作轻松地答。

"妳很不专心。"乍仑先生离开我的身体后抱怨。

虽然玛妮太太同意这个月我不必为她做新衣，但乍仑先生可没放过我，所以百忙之中我还得人肉快递给他。

"快考试了，压力难免大些。"我解释。

他说压力大才更应该来一发，做爱有助缓解压力。

也许乍仑先生说的对，我的抗拒并不是考试带来的，而是有其他原因。

"能不能……能不能考试前都别做爱？"我小心地问。

乍仑先生反问我何时考试？我答两个礼拜后。

"那可不行，我的身体等不了那么久。"

"难道你希望我考试不通过？"

"通不通过不关我的事，事实上不通过更好，如果妳到纽约，我找谁做爱做的事？曼谷到纽约没有直达的班机，来回至少需要40个小时。"

也就是说一旦我远度重洋，乍仑先生想找我，还得费好一番功夫，这……这实在是再好不过的安排。

"小别胜新婚嘛！到时是重质不重量。"我给他糖吃。

"我不是慈善家，撒钱也有个度，表现好俾多点儿钱；表现不好，少给点儿，妳该不会以为今晚的表现也能让我多掏钱吧？！"

乍仑先生不愧是个老手，知道什么时候给饵，什么时候让人饥饿，什么时候威胁，什么时候利诱……

我想起了殷梦梦，她是垃圾，我算什么？

乍仑先生答我也是垃圾，不过是漂亮的垃圾。

说完，他再次向我扑来，"这次专心点，下个月我还给妳那么多钱，嗯？"

第二十九章/抵触

上完今天的课等于和杰森告别，后天他就要飞回纽约了，不知这一去是否还有见面的可能？

他仍然叨叨絮絮着考试的注意事项，我却心不在焉，内心苦逼到不行。

"Do you still keep that promise?"上完课，他问我是否还说话算话？

"What?"我不明所以。

他说我曾经允诺过，如果考完试他的心意不变，我答应和他交往。

"是……是的。"我没忘记那个承诺。

"Well, 就想告诉妳，虽然妳还没参加考试，但我的心意不变，请不要忘了再过几天妳就是我的女朋友了。"他对我俏皮一眨眼。

杰森是出生在美国的ABC, 读的是NY大学的酒店管理系，比我小一、两岁，有个传统又严厉的母亲，这就是我知道的全部。

他没提到家境，我也不知道他有没有购房计划，买不买得起车？找不找得到稳定的工作？……这些都不是我关心的事。

乍仑先生已经给了我钱，我现在缺的是爱情，只要杰森给我全部的爱，我不在乎他是不是个穷小子。

"我知道这个时候提出邀约很不合适，但是……如果不是很勉强的话，明晚的平安夜能不能陪我一起过？"他问。

在这个佛教国家里，一般人不会将它与圣诞节联想在一起，然而事实并非如此。每年的这个时候，东西方游客蜂涌而至，不仅可以避开严寒，还可以欣赏到各种设计独特的展示活动，其中最吸引人的是五彩缤纷的圣诞灯会，届时大楼、公园、天桥、灯柱乃至著名的突突车都会以各种彩灯装扮，让泰国成为名副其实的梦幻世界。

"好，明晚八点你来接我。"我说。

杰森听了很高兴，嘴巴在笑，眼睛也在笑。

约在八点是为了避人耳目，因为知道拔达逢夫妇在平安夜肯定有节目。没想到隔天一走出房门吃晚餐，我又看到门把上系着红丝带，顿时没了力气，乍仑先生怎么就这么精力旺盛？他难道没有累的时候？

"今晚是平安夜，好歹也吃火鸡，怎么吃起北京烤鸭来了？"玛妮太太抱怨。

"想吃火鸡，待会儿的派对上有，我可不想吃火鸡吃到吐。"乍仑先生答。

火鸡肉其实很柴，真不知为什么圣诞节非得吃它不可？我有中国胃，Ann做的北京烤鸭才对胃，我连续吃了好几份。

"今晚妳没节目吗？"我的雇主将目光打在我身上。

我答没有，快考试了，正好利用来读书。

玛妮太太说自从离开学校后她就发誓今生今世不再参加任何考试，真不知是谁发明的酷刑，将人往死里整！

"妳不喜欢考试，不代表别人也不喜欢，毕竟在这个不公平的社会里，考试还是相对公平的。"乍仑先生持平地说。

玛妮太太耸耸肩说爱考的考，穷女孩的确需要这些外在的东西陪嫁，否则嫁不出去……

"啧啧啧！瞧妳说的，好像把言言小姐贬为穷人了。她是有梦想的人，我相信有朝一日妳会高攀不起。"

乍仑先生总是这样，懂的在鱼饥饿时撒鱼粮，以致我常常忘记自己是条被桎梏的鱼。

"派对上有姜饼屋吗？"我问乍仑先生。

他答应该有，那是再普通不过的圣诞食品。

"我希望今晚能得到一个，那是我儿时的梦想。"我故意说。

为此，玛妮太太投来狐疑的眼光。我假装没看见，将鸭肉放进饼皮里，卷起来纳入口中。

曼谷的灯会从轻轨拉查当里站开始，游客可以从这里往中央百货的方向前行，沿途会有丰富多样的灯饰，包括四季酒店门口的大型圣诞树、半岛广场门口的蜡烛造型圣诞灯、君悦酒店门口的姜饼屋以及湄南河沿岸的驯鹿雪橇装饰等，形成一道绝无仅有的视觉飨宴。

"高兴吗？"杰森问我，他的大手正包住我的小手。

我答高兴，这里很有过节气息，我已经很久很久没这么开心过。

"喜欢姜饼屋吗？"他又问。

我答喜欢，从小我就想拥有一个姜饼屋，那是儿时的梦想。

杰森忽然驻足指着糕饼店橱窗里的摆饰，问："妳梦想中的姜饼屋像不像这个？"

那是个用焗好的姜饼组合而成的迷你小屋，上面有杏仁、蜜饯、糖果做的装饰，约一个鞋盒子大小。

"差不多是。"我答。

杰森紧接着凑上前去，鼻子都快贴在玻璃上了："快来看，屋顶上写了字。"

好奇的我赶紧上前，果然褐色的屋顶上有用白色糖霜写的英文字：**Jason loves Yanyan.**

我还没从震惊中清醒过来，他已经拉着我的手推开糕饼店的大门。

我抱着包装精美的盒子，心里怦动无比。姜饼屋不贵，一张褐色票子就能买下，但贵在心意，这是我收过最好的圣诞礼物。

"很抱歉，我没有为你准备礼物。"我很愧疚，自己早该想到，怎么就这么不上心？

"谁说没有，妳准备了最好的礼物给我。"说完，他低头给我深情的一吻。

我从来没得到过那么令人感动的吻，它像沙漠甘泉，又像久旱后的小雨……

"回去后想妳怎么办？"他拥紧我，想把我塞进他的躯壳里。

"只要你一声令下，我会立刻插上翅膀飞到你身边。"我稚气地答。

此时此刻的我是个纯情女子，心里只容得下杰森一人，他爱我，我爱他，如此而已。

~

和圣诞老人拍完照，杰森邀我上船欣赏湄南河的夜景，然而我没忘记门把上系的红丝带。

"晚上11点半有《Studio Classroom》的英语广播，我不想错过。"我很轻易就找到借口。

杰森很失望，但支持我的决定，因为我的努力是为了以后能和他在同一个城市里生息。

~

我风尘仆仆地赶回小木屋，一打开门，立即被长桌上的巨大姜饼屋给吓住，它像售楼处的模型屋，甚至有车库和秋千。

"喜欢吗？"对于我的迟到，乍仑先生没有责备，反而急于知道我是否喜欢这个惊喜。

我答喜欢，不忘将杰森送的"小"姜饼屋藏在身后。

"快过来，"乍仑先生把姜饼屋的大门卸下，"吃，加了双份蜂蜜和肉桂，不知好不好吃。"

我听话地吃下"大门"，该怎么说呢？不难吃但味道太重，好像打翻了所有的调味料。

"好吃。"我点头。

"妳可以留着慢慢吃，现在还是赶紧上床，为了等妳，浪费了不止半小时，我怕我太太要起疑了。"

我要他先到床上等我，我随后就到。

这是第一次我有了强烈的"抵触心理"，刚从杰森的怀抱里离开，身体还留着他的气味和温度，而我却要投向另一人……

"言言～"乍仑先生呼唤我。

"来了。"我放下杰森的圣诞礼物，步伐沉重地走向金主。

这是第一次我有了强烈的"抵触心理"，刚从杰森的怀抱里离开，身体还留着他的气味和温度，而我却要投向另一人……

"言言～"乍仑先生呼唤我。

"来了。"我放下杰森的圣诞礼物，步伐沉重地走向金主。

第三十章/不自量力

雅思考试分为四个部分：听、说、读、写，其中"说"对我而言最为困难，如果会失分，大概这个部分失分最多。我暗自祈祷上天给我安排一位慈眉善目的考官，能睁一只眼闭一只眼地让我低空飞过，可惜来者是个严肃的女考官，一看就是欲求不满，我的心开始直线下落。

她问了几道考古题，譬如自我介绍、童年回忆、对某个社会现象的看法等，我早有准备，所以回答得中规中矩，直到……

"What's your dream?"她问我的梦想是什么？

我答成为世界知名的服装设计师是我的梦想，而第一步是踏上纽约学习。

她接着问为什么是纽约而不是其他城市？

"Because it's a modern city and also …… my lover is over there."我答因为它是个时尚之都，而且……我的爱人在那里。

那个女考官因此多看了我一眼，于是我鼓足勇气告诉她，我深爱我的男友，分开的日子每分每秒都很难熬，只有爱过的人才懂得个中滋味……

女考官听完后有些动容，但很快克制住情绪。

" Thank you, Miss Ji."她关上录音器，代表口试结束。

我向她道谢后，起身离开。

等待考试结果是个煎熬的过程，加上想念杰森，我一头栽进服装设计和制作中，想借忙碌忘记"不踏实"的感觉，人也益发的沉默。

" 不是考完了？怎么还是没放松？"乍仑先生抚摸着我紧绷的肌肉问。

我告诉他因为不知考得好不好，所以患得患失，难免放不开（其实是厌恶他的碰触）。

" 再这样下去，我不喜欢妳了，妳最好赶紧回到原来的状态。"乍仑先生推开我。

知道金主打算撤资，我赶紧腻了上去："别不喜欢我，你不喜欢我，我怎么办？我现在只有你了。"

乍仑先生很得意，仿佛施恩般地说那得看我的表现，外面的莺莺燕燕何其多，价钱都不比我贵，如果我没有危机意识，马上会有人取代我，到时连哭都来不及，因为我那个穷困的原生家庭可出不起昂贵的留学费用……

我用嘴堵住他的唇，马上以行动表忠诚，乍仑先生被我撩得意乱情迷，很快陷入我的温柔乡。

"给。"他穿好衣服后递给我一条白金链子，"刚好配妳的翡翠坠子。"

乍仑先生曾经送给我一个翡翠坠子，毛料非常饱满圆润，绿底，雕的是鲤鱼跃龙门，寓意很好，可惜没有链子，所以一直被我收进上了锁的抽屉内，不见天日。

"太好了，这样我就能戴着上街。"我高兴地说。

乍仑先生转而要我注意安全，他说曼谷街头常有飞车党，专门抢夺行人身上的珠宝。

知道自己还被人关心着，我答应会小心，平时财不露白……

"妳一个人在外要有个什么，我也难以和妳的父母交代。人言可畏，我可受不了住家外面有人烧冥纸或抬棺抗议，所以……请保护好自己。"

这就是乍仑先生，每当我的心向他靠拢，他马上将我往外推，严守嫖客和被嫖者间的安全距离。

也罢，我收起浪漫情怀，不再对他怀有不切实际的遐想。

通过视频，我知道杰森回到学校开始最后半年的课程，那将会是昏天地暗的学期，因为得交大量的论文。

我少不了为他加油打气，他也不改乐观的态度，说自己一定能成功戴上学士帽。

" Hi."一个满脸雀斑的洋人忽然在镜头前出现，" My name is Harry. Could you tell your boyfriend not to ask me to buy takeaway all the time?"

杰森推了他一把，要他赶紧滚。

"怎么又吃外卖？为什么不出去吃？"我能猜出外卖不外炒饭、炒面或汉堡、披萨。

他解释因为去年成绩不够好，今年没拿到奖学金，加上到泰国实习也没存下钱，只能节省开支……

知道爱人经济窘迫，我提出汇钱给他。

"妳哪里来的钱？何况妳还得存钱付学费，还是省省吧！我一个大男人有什么闯不过的关卡？"

知道杰森不是吃软饭的，我的心因此得到莫大的安慰，想和他厮守在一起的想法就更加坚定。

"听着，姜饼屋已被我吃完，你得存钱再买下一个。"我说。

"没问题，言言想要什么，杰森就算砸锅卖铁也要买给她。"

我听了喜滋滋，就为了这份真诚，即使荆棘丛生，我也要捍卫我俩的爱情！

知道今天可以上网查雅思成绩，吃完早餐我就回房到电脑前守候，也许是时差问题，成绩一直没出来，直到近12点，在我点击不止百次的情况下终于现身：Listening: 6, Reading:6, Writing:7, Speaking:6.5, Total: 6.5。

我高兴得手舞足蹈，开心得不得了，同时感谢口语考官，她太仁慈了，我原先以为能得6分就该谢天谢地。

想到杰森也会急于知道这个好消息，我赶紧和他视频。

"太好了，恭喜。"杰森在睡梦中被我吵醒，但不以为忤，依然祝贺我。

看他睡眼惺忪的样子，我放他去睡觉，说等他清醒后再聊。

关上电脑，我心情大好地往餐厅走去。

今天的午餐并不特别，冬阴功汤、香茅虾、肉松炒茭白、无骨凤爪、菠萝炒饭等，都是泰式家常菜，但我吃得津津有味，还不时哼着小曲儿。

"看来妳今天心情不错。"玛妮太太说。

"是的，比中彩票还高兴。"

玛妮太太看了我两眼后，问我是不是和杰森好上了？富家子弟是不会看上穷女孩的，还是别做梦吧！

"什么？！富家子弟？"

"没错，他父母是华语电台的负责人，父亲叫唐家山，母亲叫唐李月娥，两人在美国商界和政界都是响叮当的人物。那个姓余的能当选纽约市议员，华语电台功不可没，没日没夜地给他宣传。"

我说她一定搞错了，杰森向来低调，出手一点儿也不阔绰，不说住在学校宿舍里，他还吃5美元一份的快餐，怎么可能是富家子弟？

"不会错的，他说父母住在列克星敦大道，我一听就知道来头不小，还好纽约姓唐的名人不多，上网一查就查到，还多亏页面上有张家庭照，算是铁证如山。"

大概为了彻底击垮我，她继续爆料唐爸爸和唐妈妈不仅有钱有势，还是虔诚的天主教徒。

"那又如何？"我问。

"天主教徒信奉婚前守贞，所以私生活混乱者基本没戏。就我所知妳在中国有个交往甚密的男友，应该已不是完璧之身。我不知杰森是不是信奉天主教，但在那个环境中长大的孩子多少会受影响。"玛妮太太的纤纤小手抓起凤爪啃了起来，"他大概也对妳发乎情止乎礼吧？！难怪我抛了无数媚眼，他甩都不甩。"

她的一席话无疑醍醐灌顶，杰森的确是位谦谦君子，连上床的性暗示也无，和乍仑先生的猴急完全不同。还有，不说我那拿不出手的家庭背景，我连处女都谈不上，更别说现在沦为被包养的小三……

“我吃饱了。”我意兴阑珊地起身，和之前的意气风发判若两人。

~

我毫不费力就找到那张家庭照，唐爸爸西装笔挺，唐妈妈穿着旗袍，杰森和弟弟分站两旁，一看就是保守又和乐的一家人。

“我怎么配得上人家？简直是痴心妄想、不自量力！”我很绝望，内心的希望之烛也瞬间熄灭，我又跌入黑暗之中。

第三十一章/扫地出门

申请NY服装学院需要8-12张手绘作品及CD-R数码作品集，这个我早有准备，至于两封推荐信……我打算请我在校期间的指导教授及另一位跟我关系不错的《传播学》讲师写。

没想到我的"小"请求遭到魏教授无情的拒绝，他借口忙没空写。想起他老人家的英语不行，这大概是主因，遂试探性地问能不能由我草拟，他负责签名就好？当然，我会附上中译文。

"先发过来再说。对了，听说泰国的燕窝品质不错，可以抗肿瘤、防止老年痴呆，而且分等级，野生的海岛燕窝最佳，是否如此？呵呵！年纪都这么大了，我还没吃过燕窝呢！"我的教授发来邮件。

什么嘛！这不是明摆着要我上贡吗？

泰国的岛屿很多，南部甚至有两千多公里的海岸线，是野生金丝燕的驻足处。它们野外觅食，汲取大自然的精华再吐出高质量的唾液，按生产地之不同有海岛洞燕及屋燕。前者生活在海岛中，吃的要比后者好，吐的自然也金贵，价格每100克约在30，000～60，000泰铢之间。

我咬了咬牙，花5万泰铢买下两盒顶极燕窝分送给教授和讲师（虽然后者并没有开口要）。

哎！人在屋檐下不得不低头。

由于荷包大出血，我在推荐信中把自己写成未来的华伦天奴，就等着让魏教授及讲师签名认证。

知道自己不配拥有爱情，我一边忙于学校的申请工作，一边放浪形骸，让乍仑先生在床上欲仙欲死。

"言言，妳的爆发力十足，我快被妳榨干了。"他喘着气说。

我反问这样不好吗？

他答好，现在的他只想和我做爱，不做第二人想。

都说"士为知己者死"，既然遇上伯乐，我使出浑身解数，誓让乍仑先生再来一发。

他翻身将我压在底下，虽然眼中仍流露贪婪，但明显已力不从心，试了好几次才成功。

"不，不行了，今晚到此结束吧！我没力气了。"

我把凉被拉过来盖住裸露的躯体，心里冷哼一声，原来乍仑先生也就这么点儿本事！

破碗破摔，自弃的结果将我推向无底的深渊，没了羞耻心，什么肮脏的举止都做得出来。潘金莲算什么？查泰莱夫人算老几？连日本女优都得排队向我学习呢！

"言言，"乍仑先生轻声唤我，"有没有听过换妻俱乐部？哪天我带妳见习一下。参加者都是有头有脸的人物，妳一定会是抢手货。"

"好呀！"我强忍住泪水，"绝对不会让你丢脸！"

"就知道妳是我的宝贝，"乍仑先生从后拥住我，"最近手头上有个项目在找资金，如果妳能帮我搞定这些人，我不会亏待妳的。"

"呵呵！小菜一碟，再多人来也不怕。"

乍仑先生显然很满意我的回答，耳边很快传来轻微的鼾声。我用力将他推开，他嘟囔两句，又沉沉睡去。

这是第一次我想用绳索将某人勒毙。

他怎能如此自私和不尊重人？然而……这不是我咎由自取吗？是我先放弃了尊严，又怎能责怪他人践踏及做贱呢？

哎！还有谁的人生比我更不值？

我越想越愤慨，越想越羞愧，遂用双手死死掐住自己的脖子，想一死百了，奈何还是在求生欲下松手了。

"季言言呀季言言，妳连死都不敢，真是窝囊废一个！"我边自嘲边泣不成声，很快湿了枕套。

～

由于自卑，我刻意疏远杰森，没有结果的恋情还是别开始，做人要有自知之明，想麻雀变凤凰？呵呵！下辈子吧！

面对痴心汉不断的视频请求及雪片般飞来的邮件，我狠心做到视而不见、纹风不动，直到一个叫Harry的人发来邮件，我才正视起这件事。他说杰森不吃不喝，把自己关在宿舍里，再这么下去要出人命了。

Harry是杰森的舍友，两人住在同一间房里，所说具有一定的可信度。

考虑再三，我给杰森发了邮件，说自己为了筹学费，兼了好几份工，每天睡不到四个小时，实在没空和他联系，他不也有论文要写？咱们还是各司其职为佳……

我很快收到回复，杰森说知道我好好的，同时自己也没被甩，还有什么比这个消息更激奋人心？他会专心写论文，也祝福我早日筹到学费，别忘了他在纽约等我……

看完，我咬住下嘴唇，努力不让自己哭出来。

杰森不知道在短短的一个月里我已赚到8万美元，除了来自乍仑先生的犒赏外，换妻俱乐部的大老板们私下也会给小费，多则十几万泰铢，少则两、三万，钱来得如此容易，我早已忘记没钱的滋味了。

今天的午餐是绿咖喱鸡配香米饭，虽然椰香浓郁、辣味逼人，是一道下饭的美味料理，但仅此而已未免太寒碜，好歹也来盘炒青菜。

由于雇主没开口抱怨，我也只能将不满往肚里吞。

"妳最近很忙，经常没在家里吃。"玛妮太太挖起一勺盖饭说。

"不好吗？少一张嘴巴吃饭能让妳多买一双鞋穿。"我将对Ann的怒气转嫁到雇主身上。

"说到鞋，我注意到妳买了不少双，衣服也是，每天换着穿，这是咋回事？别告诉我中了彩票。"

我答的确中彩票，财神爷给我送钱来了。

玛妮太太翻了个大白眼，明显不买单。

"项链该不会也是财神爷送的吧？！"她忽然盯着我的脖子问。

我想起今天穿的是一字领的套衫，白金链子肯定很抢眼。

"不是财神爷送的，"我把翡翠坠子从衣服内拉出来，"是我的男人送的。"

玛妮太太一看坠子和她手腕上的镯子有一模一样的毛料，顿时炸开了锅："谁？谁是妳男人？妳倒是给我说清楚！"

我懒得辩解，放下勺子打算躲进房里，但玛妮太太不依，她抓住我的手不让我走。

"妳说是谁就是谁，我无异议。"

没想到我的不配合为自己带来厄运，玛妮太太反手给了我两个耳刮子，说我挖她墙脚，是白眼狼，会不得好死！

"谁挖妳墙脚？妳看见了？"我捂住火辣辣的脸颊，"自己一天到晚给老公戴绿帽，还好意思抓奸！"

可想而知，我的雇主会有多生气！她抓起桌上杯盘往我身上扔，第一个躲掉了，第二个就没那么幸运，不仅西瓜汁淋了我一身，玻璃杯还正中鼻梁，顿时鼻血直流……

也不管我已狼狈不堪，那个愤怒的女人冲上来就是一顿好打，趁我不备还踹了我两脚，害我差点儿直不起腰来。我正想反击，被闻声赶来的巴颂及其母亲拉开。

"不要脸的贱货，抢人老公，看我不打死妳才怪！"她嘶声裂肺地喊，若不是被Ann挡住，我肯定又要挂彩。

虽然我也有话要说，但毕竟对方是受法律保护的原配，我说什么都没底气。

"我载妳去医院吧！"那孩子说。

玛妮太太仍在背后咒骂个不停，我已被巴颂带出屋。

"别忘了通知乍仑先生。"说完，我感到万分委屈。

～

医生用凡士林油纱条塞进我的鼻孔里，由于出血量过多，反复填塞了几次才止住血，疼得我泪水直流。

"医生说回去记得服用消炎药，以免感染。"巴颂居中翻译。

我噢了一声，转而问乍仑先生来了没？他支支吾吾了半天，我的心因此跌落至谷底。

由于鼻子贴着纱布，我感到难为情，不想搭巴颂的摩托车回去，遂提议打车，费用由我出。

"那个……乍仑先生说别回家，暂时住在陶瓷岛上的小木屋，他已经差人将妳的行李送过去了。"巴颂低着头说，仿佛说错话的人是他。

不，不会的，我是受害人，怎么最后被扫地出门的人是我？

我有一肚子的疑问和不平，但显然巴颂给不了答案。

"你能陪我过河吗？"我有气无力地问。

第三十二章/冰释前嫌

乍仑先生一连数日都没来小木屋，连我的手机也不接，彻底人间蒸发。倒是Namu很尽责，不仅衣服洗了、地扫了，每日还定时提供三餐和宵夜，让我暂时没有生活上的不便。

这一天我闷得慌，趁着Namu在抹桌子，我找来纸笔画了一女一男，女的有纤细的身材、黝黑的皮肤、泼墨似的长发，一看就是Namu；男的则健壮如牛，有六块腹肌，一看就是她男友。

我指着那个肌肉男问在哪里？Namu叽哩呱啦了半天，我还是没听懂，于是她抓起笔来画了个白薯形状，又在白薯上画了栋房子，我因而知道她男友回马来西亚盖房子了。

知道能和Namu"笔谈"，我赶紧抓住机会，指着书架上层的三个相框问真相，显然那个年轻女孩对乍仑先生的前三任老婆不熟悉，她露出迷惑的眼神，让我感到气馁，原以为会问出点儿名堂。

我还没走出失望，她忽然抓起笔画了一个男孩和一个女人，然后指着男孩说"Bashung"，又指着女人说"Mae"。

Bashung? ……巴颂？ Mae? ……妈？难道指的是巴颂和他母亲？

Namu 紧接着又画了栋二层房子，底层架空，看着像是我们所处的小木屋。

"哇哇哇～"她学婴儿的哭声，又指指卧室。

莫非……莫非巴颂出生在这个小木屋里？

" Namu ～"

听到屋外有人喊，Namu冲向窗口和楼下的人对起话来，没多久，她走出房门，连道别的话都没说。

我不关心Namu去了哪里，倒是关心巴颂怎么会在小木屋里出生？看来那对母子和乍仑先生的关系不一般啊！

乍仑先生的书架上有几十本书，设计衣服之余我也会翻看一下，虽然以泰文书居多，仅有的几本中文书又是以繁体字书写，但我仍看得津津有味，原来繁体中文并不难猜。

当我正读着白先勇写的《台北人》，沉浸在早期的台湾生活里，忽然听到有人上楼的声音。我看了一眼时间，晚上九点多，Namu竟然提早送宵夜，这很不寻常。

"言言～"听到乍仑先生的呼唤声，我赶紧放下手中书冲了过去。

来者和十几天前的他无异，依然是世故中带着内敛，城府很深，不能让人一眼看透。

"你来了。"我说。

"我来了。"他答。

暴力事件后再相见，我以为乍仑先生多少会关心我的伤情，但他什么话都没说，迳自走向房间。

我跟了过去，看到他开始动手脱衣服，心开始淌血。

"我……来例假了。"我弱弱地说。

"Shit."他气得踢了床脚一下，抱怨自己白跑一趟。

"你大老远跑来就只为了做爱？没有话对我说吗？"我內心渴望得到关爱。

"当然有话说，明天跟我回家解释，就說妳是纳瓦先生的女友，项链是男友从拔达逢家买来送给妳的。"

纳瓦先生？我想起那个猪头男，身上总有去不掉的油腻味道，不知道的人还以为他是餐厅里的油炸师傅。

"不去，我跟纳瓦先生不熟，肯定穿帮。"

"那怎么办？我太太已经大闹天宫好几天了，吵得我脑袋儿疼。"他捂住太阳穴坐在床上，仿佛真的很头疼。

我说我哪里也不去，就想待在小木屋里，他若怕没法儿交待，可以说我暴毙而亡。

"啧啧啧！好端端的干嘛咒自己？妳死了我怎么办？"他温柔以对。

这是很奇怪的一件事，每当我靠近乍仑先生，他会用力将我推开，见我转身想走，他又腻了上来，我永远不知道他葫芦里卖的什么药。

"这样吧！"他将我拉向他，让我坐在他的大腿上，"妳回去帮我灭火，这个月我多给妳五十万。"

想到撒个谎就有十万元人民币进账，何乐而不为？

我豪爽地答应了，顺便道出心中疑惑："Ann不也有翡翠戒指？怎不见你太太大发雷霆？"

乍仑先生答翡翠戒指是他太太送给Ann的，借以感谢她平日的辛劳，当然，不喜欢戒指的样式也是原因之一。

原来如此，难怪她一见到我身上有似曾相识的翡翠会对号入座。

"我也太胆大妄为了。"我说。

"知道就好，下次别再老虎头上拔毛，给我添麻烦了。"

我亲了亲他脸颊，算是Say sorry，他反身将我压在底下，手也不安份起来……

就在双方都欲火焚身时，上楼的足音忽然传来。

"肯定是Namu送宵夜来了。"

"我不吃，妳吃，"乍仑先生坐起身来，"反正今晚什么也做不了，我还是趁早回去吧！"

Namu送来的是圆子甜汤，将糯米粉和蛋清揉成七彩圆子加入浓浓的椰奶里，起锅前再打入一枚生鸡蛋，顿时香气四溢，然而今晚的我却胃口全无，好像有什么闹心事正在进行。

吃完宵夜，我又读了会儿《台北人》，直到嘴里哼着歌的Namu上来收碗勺。

看着那道苗条的粉红色风景在眼前晃动，我忽然忆起一个多小时前她穿的是白色T恤加牛仔短裤，怎么才一会儿工夫就换成粉红色吊带裙？

我抬起头来仔细观察心情大好的她，是的，连发型也变了，之前扎着马尾，现在将长发放下，很是妖媚！

" Namu, sui mak mak."

我忍不住说她美，也不知发音是否正确，但显然Namu听懂了，白玉般的脸庞浮上两朵粉色小花，更显娇俏，可惜在这么动人的时刻里，却被我发现她脖子上有吻痕。

"她的男友应该更小心点儿才是，吻痕一般一个星期左右才会消除。"我心想。

然而下一秒钟我忽然灵光乍现，Namu的男友不是回马来西亚盖房子了吗？难不成时空穿越了？

我想起了乍仑先生，他兴冲冲地赶来怎能败兴而归？肯定找了替代品，有什么比近在咫尺的家务员更便利的了？

我愤而起身将Namu手上的托盘用力一扫，碗勺坠地发出"哐啷"一声。

"啊～"她惊叫一声，对我的忽然变脸投来不解的目光。

我懒得理不要脸的女人，转身回房，甩门的声音震耳欲聋，整个屋子因此摇晃了起来。

"纳瓦先生是妳男友？"玛妮太太投来凌厉的眼神。

"是的。"

"项链是他买来送给妳的？"她又问。

"是的。"

玛妮太太陷入沉思。

"呵呵！现在误会解开了，言言小姐妳可以搬回来，这几天我太太正愁没人帮她搭配衣服呢！实在……"

"等等，"玛妮太太制止自己的老公发言，转向我，"妳现在打给纳瓦先生，把手机调成免提，问他项链是不是他买来送给妳的。"

完了，我不会讲泰国话。

我慢吞吞地拿出手机，脑子也开始活络起来，还好我机灵，一拨通电话，马上用英语问候对方。

纳瓦先生很讶异我会打电话给他，很是兴奋，他问我的老相好在哪里？我答乍仑先生还没下班，晚点儿会回来。

" Are you lonely ? I can see you now."他问我寂寞不？他现在可以与我会面。

我的余光扫向乍仑先生，他倒是一脸镇定。

" No, I am busy . Maybe next time."我答正忙着，也许下次吧！

挂上手机，玛妮太太问我怎么说起英语来了？

我答自己不会说泰语，纳瓦先生不会说普通话，双方当然得用互通的语言沟通，反正在电话中他已承认项链是他买来送给我的，这不就好了？

见玛妮太太闷不吭声，我心里可乐了，杰森一走，她的英语程度果然又回到解放前。

" 就说嘛！是妳胡思乱想，我和言言小姐要真有什么，纳瓦先生会放过我吗？他是这里的赌场老大，势力大得很，再怎么着我也不会在太岁头上动土。"乍仑先生一表忠心。

玛妮太太再次以沉默作答，但明显不再"一脸凶相"。

见情势好转，乍仑先生喊Ann开饭，顺便叮嘱她拿来陈年老酒，他要和冰释前嫌的两个女人干杯。

第三十三章/毕业典礼

我和玛妮太太维持着表面的和谐，也就是说我照样替她搭配服饰，她照样冷淡对我，不同的是她时不时会突袭我，譬如突然敲我房门或打电话给我，直到确认乍仑先生不在我身旁为止。

虽然烦了些，但也有好处，我的"夜不归宿"因此有了堂皇的理由—呼应男友纳瓦先生的召唤。

"嘟……嘟嘟……"

乍仑先生正在我身上卖力，听到手机响，他要我别接，于是我们同时忽略那扰人的声音。没想到对方不死心，一而再、再而三地拨打，害我们兴致全无，草草了事。

"嘟……嘟嘟……"当手机第N次响，我终于接听了。

"妳在哪儿？怎么不接电话？"玛妮太太质问，口气很不友善。

我对乍仑先生做了个噤声的手势后答刚洗完澡，问她有啥事？

"我老公不见了，刚刚还在宴会厅里。"

"不见了？"我故意发出惊讶的声音，"那得赶紧找，需不需要我打电话报警？"

玛妮太太答不用了，也许他到外面抽烟，这是个什么鬼地方？屋内不让抽……

挂上手机，我笑得像个疯子，因为乍仑先生真的抽起烟来，只不过地点相距20公里。

"看来妳太太是心有灵犀一点通。"我乐不可支。

乍仑先生说那倒好，待会儿身上的烟味正好可以圆谎。

是呀！圆谎。

从开始不伦之恋起，我无时无刻不在圆谎，有时连自己也分不清楚哪个是事实哪个是谎言，而且谎话信手拈来完全不费吹灰之力。

"我已然成为说谎专家，这还得拜你所赐。"

"快别这么说，就是因为在乎对方，不忍对方受伤才撒谎，说到底是心软，妳别又陷入死胡同里。"

自从和乍仑先生在一起，我的三观受到很大的冲击，欺骗和放浪不再那么难以接受，"爱、性、金钱"三者对我而言已界限不清，有时单独成立，又有时融为一体。

"我走了，"乍仑先生把抽到一半的烟按入烟灰缸里，"怕老婆找太久起疑心。"

我很大方，要他赶紧走，因为11:30的英语广播快开始了。

～

广播电台说曼谷在未来24小时内有热浪来袭，气温将高达45度，提醒广大市民注意防暑……

45度是什么概念？把生鸡蛋打在柏油路面上能煎熟，所以当邮差先生将一封航空挂号信交到我手里时，心中不禁升起崇高的敬意。

我要那个衣服半湿着，脸红得像关公的人稍等一下，然后快速冲进厨房拿冰可乐。

都说施比受更有福，看邮差道谢后马上开瓶咕噜咕噜地喝起来，仿佛那是救命的药水，我也因此感受到施予的幸福。

回到开足冷气的房间里，我终于能定下心看是谁发来的挂号信，等我看到NY服装学院的Logo时，心开始往下沉。

在我的想法里，学校对被录取者必定会有许多事情交待，譬如：开学日、学费、校规、注意事项……等，但手中的信却薄如一张A4纸，可见是封拒绝信，三言两语把遗憾的话说完。

我意志消沉地打开信封，没想到随之而来的正面语气马上让我从地狱回到人间，再上升至天堂，我……被录取了！

欢呼过后，我跳起《烧鸡被烤》，那首泰国人很High时会跳的舞。

边舞我边唱着：拉姆当扫高，拉姆当扫高，外拉姆当扫再乃，赛乃一，浪来，赛乃呀，浪来，个当来塞得可冷可冷，个当来塞得可冷可冷……

歌词翻译下来就是：烧鸡被烤，烧鸡被烤，屁股被烤棍叉，叉左边，叉右边，太热了，太热了……

搭配现实中的热浪天气，真是太应景不过，只是我的滑稽表演，不巧被从窗前走过的Ann看在眼里，她对我投来奇怪的眼神。

我很尴尬，索性跳起艳舞，双唇微张，眼神迷离，边摇屁股边自摸，像蛇一样地上下蠕动……

Ann 铁青着脸走开，仿佛看到什么肮脏的画面，而我则像打了场胜战似地大笑不已。

~

知道自己离梦想又更近一步，我迫不及待想和他人分享喜悦，第一个浮上心头的不是父母、不是乍仑先生，而是远在纽约赶写论文的杰森。

他好吗？有没有按时吃饭？想我吗？……

年轻的外国孩子向来爱得快，去得也快，许久不见，杰森大概忘了我吧？这样也好，本来就不是同吃一锅饭的人，就让桥归桥路归路，彼此不留挂念。

~

"真的录取了？"乍仑先生停下扣钮扣的动作。

我用力点一下头，期待得到他的嘉奖，然而他只是继续穿衣的动作，连领带都打得无懈可击。

"你……不高兴？"我小心地问。

"高兴，小老婆就要飞上枝头变凤凰，有什么不高兴？"

于是我告诉他得先汇第一学期的学费保留学位，同时宿舍费也得预缴，一年近一万五千美元。

"妳若住校，我如何找妳？别开玩笑了！"

我说不开玩笑，纽约租房紧张，有钱不见得租得到。

乍仑先生说中低价位的房当然不好租到，要租就租高档的公寓，既安全又隐秘，拿来偷情正好。

听金主打算替我租个好窝，我开心极了，一跃跳上他后背："真的？你愿意租高档公寓给我？"

"那自然是，还是那句老话，就看妳的表现，表现好，当然有糖吃。"

就为了这句承诺，我把他穿好的衬衫弄乱，还在他的肩胛骨上留下爱的印记。

"妳真淘气，吻痕不容易去除，这下我太太又有话要审了。"

想起神经质的玛妮太太，我笑得直不起腰来："去，告诉她半夜被狐狸精给啃了。"

乍仑先生边摇头边整理自己的衣服，并且三申五令别再碰他，他只有这件花衬衫，弄坏了，待会儿回到会所不好交代。

我回床上呈大字形躺下，呵呵呵地笑个不停。

啊！还能再怎么自弃？我觉得自己简直无耻到了极点。

新生十月份开学，乍仑先生说九月底会陪我上纽约租房、开银行户头，做一切金主该做的事。

我问他买不买车给我？他答等我拿到驾照再说，于是这些日子除了应付玛妮太太及乍仑先生外，上驾训班成了最重要的事。我的理想是奔驰500或宝马i3，相信在我的软磨硬泡下一定能手到擒来。

这一天吃完早餐，我正要外出上早上八点的驾训课，没想到阴部感到瘙痒，伴随灼热及疼痛感。本来想上完课再看医生，但实在太痒了，怕在教练面前出丑，所以将摩托车一拐上市立医院看诊。

那位女医师会讲流利的英语，看完我的生殖器后，面无表情地宣布我得了疱疹，要打五天的阿糖腺苷，每天还得定时涂抹药膏，暂时不能有性生活，免疫力好的话不会复发，但若再患就不好说了。

疱疹？天哪！我竟然得了性病？！难道……难道乍仑先生不知道自己有病？

女医师答有人是带菌的隐性患者，不见得会有病症，又问我是不是只有一位固定的性伴侣？

"……Of course."我答当然，但心里七上八下的，"换妻俱乐部"每月固定集会两次，也有可能是他们当中的一位传染给我。

" I guess you want to have a healthy baby in the future， so……be careful."女医师递给我药单，顺便叮咛我若想要将来有健康的宝宝，一定要小心。

说的太对了，再这么放浪形骸下去，我搞不好会生出爱滋病宝宝，那就不妙了。

～

因为这病，我开始思考和乍仑先生之间的关系。"换妻俱乐部"肯定不能再继续，连同最近的燕好也必须停止，否则事情闹大了，我也遭殃，只是要如何拒绝精力充沛的金主呢？

正当我百思不得其解时，一封邮件适时来到。

杰森说七月二日他就要正式穿上学士服，他好想在毕业典礼上看到我，因为在这么重要的时刻里，他就想和我分享喜悦……

知道杰森顺利毕业，我的心无来由的一阵欣喜，差点儿就要回复Yes，等到平静下来，我才想起自己一身的罪孽，怎好玷污那好孩子的圣洁心灵？何况他的父母一定会到场，我不美，资质一般，身体又有脏病，肯定过不了火眼金睛那一关，所以还是躲远一点儿吧！

我捂住脸，懊恼着连参加一位朋友的毕业典礼都自惭形秽，这人生是何等的不堪，等等，我何不借此机会到美国一趟？只要远远地看着心爱的人戴上学士帽就好，至于乍仑先生……我不也找到好借口不用和他巫山云雨了？

想法一落实，我兴奋非常，立马上网购买机票。

第三十四章/HELP

我告诉乍仑先生NY服装学院有个送旧迎新会，就安排在两个礼拜后，自己是外籍学生，英语又不好，事先认识学长姐有助尽早融入团体。

"六月底开送旧迎新会？这也太奇怪了，还没开学呢！"乍仑先生边玩我的肩带边说。

我把肩带拉回原位，说："送旧当然得赶在毕业典礼前，否则大四生都走了，怎么送旧？"

"也许美国大学和泰国大学不一样，不管了，想去就去，多久回来？"乍仑先生这次玩我的丁字裤，把松紧腰带当橡皮筋弹。

我将他的毛手推开，告诉他这是五天的行程，扣除中转停留的时间，实际在纽约也不过两整天。

"停留时间太短，我不去了，别忘了帮我买枫树汁，听说纽约的枫树汁不仅味美，而且具有极高的保健效果。"

我还没答好，乍仑先生的嘴就凑上来，我赶紧避开。

"怎么了？"他问，明显不开心。

我答例假来了。

"怎么又来了？没多久前不是才刚来过？"

我说自己的例假一向不准，有时一个月来一次，有时半个月来一次。

"妈的，"乍仑先生气得将枕头往墙上扔去，"还让不让人活？我应该找一个一年四季都不来例假的女人！"

看他真的生气了，我温柔以对，告诉他不做爱，我照样能让他得到高潮，然后低头吻他，从上到下……

～

午餐桌上，我告诉玛妮太太将和男友上纽约玩，请她放行五天，回来我买个Gucci包送她。

"名牌包我多的是，不差这一个。妳想去就去，我向来不拆散恋人。"

我谢了她，低头吃凉拌酸辣虾。这道菜的鱼露放多了，略带腥味，不知道为什么泰国菜总爱滴几滴这种鱼酱油？

"别怪我多嘴哈！纳瓦先生在外的名声不好，妳自己看着办，到时候别哭爹喊娘就是。"

我又谢了她，这次吃的是泰式西米肉酥丸，有点儿像港式水晶饺，非常劲道Q弹，算是Ann最近为数不多的新品。

玛妮太太吃得很慢，眼光倒是固定在一处，她在看我，目不转睛的。

我很烦，头抬也不抬地表示自己绝对不会哭爹喊娘，请她放心。

"妳去纽约，杰森也在纽约。"她忽然说，用的是不急不缓的语气。

我的心因此喀噔了一下，玛妮太太提杰森，难道她看出什么端倪来？

"呵呵！纽约大得很，想碰到一个认识的人比登天还难，何况我和杰森早不来往了。"我故做镇定地说。

"不对，和纳瓦先生那样的人在一起是不可能容光焕发的，妳的脸亮得见春，我总觉得怪怪的，妳肯定有秘密，而且是个大秘密……"

我听了哈哈大笑，说她想多了；我的容光焕发是因为纳瓦先生承诺让我在纽约买买买，没什么比购物更能让女人精神百倍、满面春风的了。

"是呀！纳瓦先生什么都没有，就是有钱，妳也算是傍了个大款，看来就要咸鱼翻身了。"她说。

~

我不知道自己算不算咸鱼翻身，但经济条件比以前好太多倒是事实。

为了不让远在中国的父母起疑，我的"收入"只有我知道。短短半年的工夫，我已存了近五百万泰铢，加上一屋子的衣服、鞋、包，俨然小富婆一个。然而我仍不知足，不仅去纽约会情郎的费用要乍仑先生出，而且还要到了零花钱，妥妥的一万美元入袋。

"从俭入奢易，从奢返俭难，省着点儿花呀！否则金山银山也不够用。"乍仑先生叮嘱，不无抱怨之意。

蛇吞象的故事我听过，但我不认为自己贪，女人最美的时光就那几年，我把大好青春及最佳状态的肉体都奉献给乍仑先生，他还有什么不满意？何况我还因他得了性病，要说付出，我的付出恐怕比他多得多，拿他一些钱也应该。

当然，这些话我是不会说出口的。

"例假应该结束了吧？！"乍仑先生拥住我，"我们是不是该……"

"哎呦！我的肚子疼。不行，我得上厕所，你先到床上等我。"

不等他反应过来，我冲到木屋底层的解手间，而且一待就是一个多小时，直到乍仑先生下楼并且扬长而去，我才灰头土脸地走出来。

哎！为了不把性病传染给金主，我也算是业界良心了。

然后的然后，我装病，因此有了绝佳的理由不去小木屋，自然避开男欢女爱，只是此起彼落的咳嗽声让我的喉咙发痛，看来演戏也没那么简单。

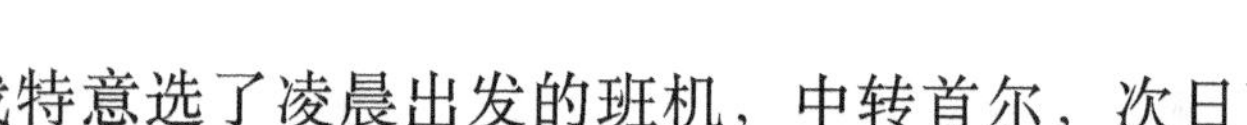

我特意选了凌晨出发的班机，中转首尔，次日下午能抵达肯尼迪国际机场。如此一来有小半天的时间休养生息，隔天才能以最佳状态参加杰森的毕业典礼。

为了不错过重要时刻，我订的是距离NY大学约八百米远的凯悦酒店，地理位置好，购物吃饭方便，房间面积也大，有个阳台，在阳台上看纽约的城市景观应该很惬意。

因为只待三天两夜，除了参加毕业典礼之外，我还想看帝国大厦和大都会博物馆，当然，为了满足自己的购买欲，我把第五大道也纳入行程里。

今天的NY大学非常热闹，男女老幼的脸上无不挂满笑容，相互问候与祝贺。

我看见有人卖花，虽然明知没有机会当面送花给杰森，但我依然买了一束，看起来比较像是来参加毕业典礼的亲友团。

依着路标指示，我来到阳光草坪，那里已架起了小型的主席台，几架大型摄像机严阵以待，准备录下这历史性的一刻。

来观礼的人很多，座位不够，我只好像多数人一样站着。阳光很强，我怕晒，躲到银枫树下。

时针指向十点，毕业典礼准时开始，美国国歌奏起，旗手们举着各院系旗帜依次入场，后面跟着教师代表及应届毕业生们。

整个仪式井然有序，在校长及教师代表致辞过后，紧接着是学生代表致辞。当主持人唤Jason Tang出场时，我感到无比的震惊，原来杰森如此优秀，让我始料未及。

台上英姿勃发的他首先感谢母校带给所有学生的关爱和教导，即便当他们做错事被学校踢屁股时（此时传来哄堂大笑声），紧接着他谢谢家人的支持与提携，如果不是父母给奥巴马总统打电话，他恐怕没机会站在这里讲话（又传来爆笑声）。

" This is an important day and we want to make it as memorable as possible for everyone involved……"亦庄亦谐的开场白后，杰森回到该有的严肃，开始中规中矩地致辞。

五分钟的演讲在热烈掌声中结束，乐队开始奏起别离曲，一千多名毕业生起立面向亲友挥舞手臂，许多人留下激动的泪水，这其中当然包括我。

噢！杰森，眼看你就要离开学校走向人生新的旅程，我寄予深切的期许与祝福，同时也是告别的时候。再见了，我的爱人；再见了，我曾有过的梦与希望……

"Do you know where Johnny is ?"一个齿摇发落、步伐蹒跚的老爷爷问我Johnny在哪里？

我拭去眼泪答不知道，此时有个七、八岁的熊孩子从身旁飞奔而过，嘴里发出尖叫声，害我吓了一跳。

"真是淘气！父母怎么不管管？"我心里咒骂着。

然而接下来的一幕才真的让我吓破胆，那位老人捂住胸口，两眼上翻，嘴里发出"噢"的一声后，应声倒地。

我赶紧将手中的花往旁边一扔，蹲下去喊着："Are you ok?"

老人的手向我伸来，似有千言万语，但已发不出任何字句。

"Help!"我抬起头向人群求助，心里怕得要命。

第三十五章/唐爷爷

人群很快聚集过来，有人打电话叫救护车；有人大声询问是否有医生在场；还有人蹲下来试图和老人交谈，但老人依旧开不了口。

我注意到一个细节，那老人捂住胸口也许是心脏出了问题，但手指却指向上衣口袋，里面似乎有东西在。

"May I ......"我往他的口袋里掏，果真被我掏出一个透明黄色小瓶，里面有白色片状物，瓶身写着Nitroglycerin Tablet.

我还没来得及反应，有人将瓶子抢走，从里面取出一片压在老人舌下，然后小心翼翼地扶他坐起。

"这是硝酸甘油片，我爷爷有冠心病心绞痛。"

在这种情况下与杰森见面不在计划内，虽然我渴望与他面对面。

"爸，"一个穿旗袍的中年女士蹲了下来，"别担心，救护车马上到！"

"是的，爸，什么都别想，调整呼吸，一切会没事。"另一个穿西装的男士接话，他是杰森的父亲。

糟糕！唐家人都到了。

我默默站起身往后退去，想在神不知鬼不觉中离开，尤其救护车已来到，正是人仰马翻的时候……

"言言，快，咱们也跟过去。"杰森向我伸手，同时转头面向父母，"她就是我跟你们提起过的女友，是她救了爷爷。"

我想否认和拒绝，但唐妈妈过来挽住我的手："感谢的话先不说，我们上医院。"

就这么着，我被押着一同上了医院。

唐爷爷的病情很快控制住，只需观察24小时，若无大碍即可回家。

"太好了，这都得感谢言言，如果不是妳呼救，情况恐怕不乐观。"唐妈妈对我出奇的友善，并且将一切好运归功于我。

"不是这样的，换成任何人都会伸出援手。"面对无来由的夸赞，我感到不适应。

没想到唐爸爸因此对我赞赏有加，他说我不仅心善而且不居功，实在难得，看来杰森没看走眼。

"那当然，看是谁的孩子。"杰森的回话既没否认自己的慧眼又同时赞美了父母，这才是说话的艺术。

已过中午用餐时间，唐爸爸嘱咐杰森带我出去吃饭，病人由他们照顾即可。

"晚上请季小姐来家里吃，我让阿姨添几样菜。"唐妈妈笑盈盈地说。

杰森问我有没有特别想吃的？

我答没有，随便吃吃吧！

"好不容易来一趟怎么可以随便吃吃？"他说。

结果杰森带我去Smith & Wollensky（股神巴菲特办天价慈善午宴的餐厅），我以为那样的店必然相当昂贵，没想到包括酒水，人均不过一百美元。

"看过《The devil wears Prada》那部电影没？里面的女魔头指定要吃的就是这家的牛排。"

不会吧？！这就是我曾经非常着迷的电影《穿着普拉达的恶魔》里的场景之一？对照这栋绿白相间，上面插满美国国旗的建筑物以及店内以胡桃木色为主基调的装潢……没错，就是这一家！

"再告诉妳，Smith & Wollensky这个店名是老板随意从电话本里翻到的，真是随性得可以。"

哈！没想到一家店还有这么多故事。

我和杰森边吃美食边话家常，谈完近况，他问起NY服装学院给消息了没？

"我……我被录取了。"

"Really？太棒了！妳真是保密到家，连今天的毕业典礼也是，我差点儿以为妳不来了。"

我只好说是为了给他Surprise.

"这的确是个大惊喜，若不是爷爷当时突发心脏病，我一定上前给妳一个拥抱。"

提起唐爷爷，我忽然记起他问我Johnny在哪里而不是Jason.

"呵呵!Johnny是我爸的英文名，再告诉妳，我爷爷不仅心脏不好，还有老年痴呆症，他总以为今天是我爸的毕业典礼。"

杰森用戏谑的口吻说，我却感到些许的难过。

"你不觉得悲伤吗？"

"Come on. 生老病死乃人生必经的过程，如果一直沉浸在悲伤里就没办法迈开步伐，况且爷爷一直受到很好的看护，今天的事件是个意外，母亲帮我和父亲照相，才一会儿的工夫爷爷就不见了，害我们好找。"

我想起杰森还有个弟弟，遂问他怎么没来？

"妳怎么知道我还有个弟弟？"他问。

真糟糕！我不应该知道他还有个弟弟才是。

"你……你提起过，怎……怎么自己倒忘了？"我支支吾吾起来。

"我提过？"他笑了，"看来记忆力不行了。"

杰森接着解释他弟弟是西点军校的学生，学校恰巧有行军活动，所以不克参加。

我"噢"了一声，不再追究。

"来纽约有何游玩计划？"他没忘记尽地主之谊。

我答明晚的飞机回曼谷，就想利用剩余的时间看看帝国大厦和大都会博物馆（为了符合"节俭"的形象，我没说想上第五大道败家）。

杰森说两天的时间的确有点儿赶，但只去两个景点也足够了，吃完饭他先陪我看帝国大厦。

我微笑答好。

第三十六章/难解之题

帝国大厦始建于1930年，曾为世界第一高楼，如今仍和自由女神一样成为纽约永远的地标。它既是一座多功能的写字楼，也是纽约的重要景点之一，大量的游客每天在楼底下排队等候登顶。

由于午饭吃得晚，加上没有买city-pass，愣是排了两个小时的队，上楼顶时已近黄昏。

"其实这个时间点来最好，夕阳及夜景同时都能看到。"杰森安慰我。

和其他大楼没什么不同，登高望远总让人心情愉悦，但帝国大厦还是要登的，它象征着一个时代与一种情怀，登过后才能在心中笃定地说："嗯！这就是纽约。"

"让我帮妳拍张照吧！"杰森提议。

虽然已届夏天，但高处风大，照了几张都是脸孔被乱发遮住的模样，一点儿美感也无。

"Excuse me."杰森唤住一个大学生模样的白人，"Could you take a photo for us?"

"Sure."那洋人接过相机就要拍，杰森要他等等，然后轻轻抓住我的发置于身后，像发圈似的，这下子我终于能露出完整的一张脸。

"瞧！多美！"杰森给我看拍照后的效果。

是很美，夜幕降临，华灯初上，背后是俯瞰而下的纽约夜景，像一颗颗五颜六色的宝石不小心撒落在黑色天鹅绒上，那般的璀璨与耀眼。

杰森纠正，美的是我，不是夜景。

我要他别开玩笑，不说别的，光肤色偏黑就足够将人打入万劫不复的地狱里……

"怎么办，我就喜欢黑美人。"他嘻皮笑脸起来。

我答纽约的黑人还会少吗？从这里往下扔石子，大概有 1/4 的机率击中黑的。

杰森听完哈哈大笑，他说让我们试试吧！

只见他走向铁丝围栏，高高举起手中的相机正要往下扔，被我凌空拦下。

"有病是不？会砸死人的。"

"就想试试妳的道德正义感，不错，过关了。"

我也知道杰森是开玩笑的，"好家庭"出身的孩子怎么可能做伤天害理之事？想至此，我怯步了，待会儿还有一道关卡要过，怎么办？

"那个……能不能别去你家吃饭？中午吃太多，现在一点儿也不饿。"

杰森说不饿就少吃点儿，他家人都很平易近人，何况他父母一早对我有好印象，没什么需要担心的。

"可是……"

"一句话，只要妳感到不舒服，我马上送妳离开，I promise！"

话都说到这个份上，再推拖就矫情了，我只好怀着戒慎恐惧的心和他一道回家。

据说从第五大道向东到列克星敦大道是纽约最昂贵也是最受欢迎的住宅区域，被称为"黄金海岸"。这里居住着纽约最富有的一群人，是真正的富人区，一套一居室公寓就要一百万美元起，而且以每年15％的涨幅增长着，更别提杰森的家是拥有五居室的豪华公寓，门口有戴礼帽的管家负责开门，大堂的地砖和墙砖全是微晶石，电梯靠指纹启动。

"季小姐，妳来了。"唐妈妈到电梯口迎接。

原来整个23层都是他家的，一出电梯就是玄关处。我忽然感到胆怯，这样的富贵人家不是我高攀得起的。

"唐妈妈好。"我怯生生地喊。

"快进来，"唐妈妈挽住我的手，"家里很少有年轻客人来，妳是第一个被杰森带回家的女孩。"

听她这么一说，我忽然有了底气，脊梁骨挺得直直的。

我们在有半个篮球场大的客厅坐下，一个梳着巴巴头，身穿白上衣黑长裤的妇人走了进来，她为我们呈上果汁，说待会儿开饭。

"这是刘阿姨，"唐爸爸介绍，"为了妳的到来，滷了拿手的红烧肉，肉香引得楼上的狗吠了一下午。"

不用他提醒，我一出电梯门就闻到香气了，肚子因此咕噜咕噜地叫起来。

"谢谢刘阿姨。"我说。

"别客气。"刘阿姨笑了，露出亮晶晶的金牙，"大少爷是我看着长大的，知道今晚他带女友回家吃饭，我当然得呈上好酒好菜。"

唐妈妈接着说刘阿姨是她从苏州老家带过来的陪嫁丫鬟，也算是杰森的半个妈，小时候把屎把尿的活儿，全让她包揽下来。

"没错，谁若想伤害少爷，我第一个站出来！"

刘阿姨的义气惹来大笑声，我勉强微笑，但心里磣得慌。我从未想过伤害这和乐的一家人，更别提对我一往情深的杰森，但万一……我真怕这个忠心的仆人会提刀向我索命。

"唐爷爷好吗？"待刘阿姨走后，我赶紧换话题。

"他很好，知道是妳救了他，迫不及待想和妳见面，被我拦下，说以后见面的机会多的是，他还是乖乖留在医院等待放行。"唐妈妈答。

"我……明晚回曼谷。"我赶紧明说。

杰森因此将我的状况简单交待一下，说我现在替一位住在曼谷的有钱太太搭配服饰，又说我才华洋溢，会是以后的Vera Wang，而最最重要的是我已考上NY服装学院，十月份以后会待在纽约，结束两地相思之苦。

"果然是人才啊！"唐爸爸对我大加赞赏，话锋一转，"说到服装设计，王会长的公子Gary娶的就是小有名气的设计师，曾替Kim Kardashian设计过礼服。"

唐妈妈紧接着做补充，她说这个女设计师比较靠谱，不像Gary之前交的那一个，父母拿社会救济金，两个哥哥是监狱常客，女孩虽然也是大学毕业生但私生活混乱，像这样的家庭就得敬而远之，免得惹祸上身……

不知为什么，听着听着，我的底气便渐渐流失，脊梁骨也软了下来。

"季小姐，妳家里人都是做什么的？"唐妈妈的剑一出鞘，果然让我肝脑涂地。

哎呀！我那破败的家怎好说出口？

"吃饭了。"刘阿姨适时来解围。

我赶紧说红烧肉实在太香了，害我饥肠辘辘。

"那么开动吧！别让客人饿坏了。"唐爸爸说。

除了红烧肉，桌上还有腌笃鲜、四喜烤麸、咸烧白、油爆河虾、熏鱼、香酥腐皮卷等，都是道地的本帮菜。

待各就各位，唐妈妈要杰森领饭前祷告词。

"天上的父，求祢降福我们，赐我们所用的食物及一切恩惠，因我们的主基督，阿门。"他们三人胸前画十。

果然玛妮太太说的没错，他们一家都是天主教徒。

祷告过后，唐妈妈说："刘阿姨和我一样是苏州人，但她的烹饪可不止局限在苏浙菜，中国各省的名菜她都会做，妳吃吃看就知道。"

被红烧肉吊起了胃口，我现在吃什么都觉得香，何况每道菜都浓油赤酱的，光看色泽就能让人流口水。

"好吃。"我咬了一口红烧肉，伸出大拇指赞扬。

是真的好吃，肥而不腻、酥而不烂、甜而不粘、浓而不咸，还有什么比得上刘阿姨的手艺？

那个眼睛笑得眯成一条线的仆人要我好吃就多吃点儿，然后满意地离去。

"妳看，我们全家都喜欢妳，妳的担心是多余的。"杰森在我耳边低语。

"嘿！"唐爸爸假装生气，"怎么说起悄悄话来了？不行，你得公布出来。"

杰森回答他没说什么秘密，只是要我赶紧把家世交待一下，因为他也很好奇……

没想到好不容易错开的话题又被那个蒙在鼓里的人给捡回来，我宁愿将杰森说过的悄悄话一五一十地昭告天下。

"妳爸妈是做什么的？"见我不主动交待，唐妈妈开门见山地问，而这道题恰恰是我不愿解的。

"他们……"

第三十七章/谢谢你爱我

我的父母都是实诚的乡下人，家里开土特产店，母亲偶尔做些泡菜、水煮花生之类的东西在店里寄卖，虽不富裕，日子过得倒也滋润，然而摆在杰森那显赫的家世及优渥的生活条件前，这无疑是低下的、卑微的。我难以想像当唐爸爸唐妈妈知道我们一家人全挤在店后的狭窄空间里过活会是什么样的感受与心情？

"……像这样的家庭就得敬而远之，免得惹祸上身。"我想起唐妈妈说过的话。

噢！不，我不能让他们像看难民似地看我，尤其深爱我的杰森配得上养尊处优的公主。是的，我一定得当一回公主，哪怕只是海市蜃楼。

"我的父亲开外贸公司，就是将中国的老干妈、辣条、方便面等销往国外；母亲则是美食专栏作家，教家庭主妇如何做菜。"我总算在大方向不变的情况下编了个美丽的谎言。

"原来华人超市里的货来自你家呀！"唐妈妈颇为惊讶。

"是的，我家几乎包办所有海外华人超市的铺货工作。"

唐妈妈紧接着问我母亲在哪个平台写专栏？她好上网学几道菜，省得他们父子老嘲笑她五谷不分。

真是糟糕！我没想好这一步，都怪平常不看美食专栏，这下子真要出丑了……

"妳母亲该不会是恋恋夫人吧？！"唐爸爸问。

谁？谁是恋恋夫人？管他的，反正现在找不到替死鬼。

没想到我的承认换来惊叹声。

"原来妳母亲真的是恋恋夫人，她是个美食家，写的几本食谱和美食札记都卖得非常好，连这里的市立图书馆都能借到。"唐妈妈面向唐爸爸，"我们的华语电台前几年曾想做跨境连线采访，可惜她太忙，被婉拒了。"

"这下好了，有言言牵线，还怕恋恋夫人不同意？！"杰森也来凑热闹。

我笑得很勉强，说自己试试，但无法保证，因为母亲有时忙得连我的手机也不接。

"既然妳父母都是成功人士，家住哪里？北京还是上海？"唐爸爸问。

我怎能告诉他X省X市X县X乡X村X大街中段南行6o米是我家？

"我父母在全国各地都有房地产，但为了上班方便及安全性着想，他们目前住在上海黄浦江边的'汤臣一品'，每天面对27o度的无敌江景。"不知为什么，谎话一开讲就停不下来，而且洋洋洒洒地自动加油添醋。

既然挑起了房子话题，唐爸爸和唐妈妈开始讨论起中国的疯狂房价，直呼amazing.

从他们雀跃的神情中，不难看出我的身价正蹭蹭蹭地往上冲。

"看来妳父母和我父母一样都是穷养小孩，难怪妳节省度日，连我的课时费都付不起。"杰森的怪嗔无疑下了一场即时雨，让我的谎言得到最大程度的保护。

"是的，"我忙不迭承认，"虽然家境富裕，但父母一心想培养我经济独立，所以大学毕业后我全然靠自己，没向家里拿过一分钱，连即将就读的NY服装学院，其学费和住宿费也是……我挣的。"

话一说完，我感到些许的窘迫，叉开大腿挣钱也是挣，但毕竟不光彩，然而唐家人没察觉到我的异样，他们的脸上布满喜悦，有谁比我这个自食其力的名媛更适合当唐家儿媳妇？现在只剩下最后一道题了……

"季小姐，妳的条件这么好，想必追求妳的男孩子一定很多吧？！"唐妈妈问。

我答追求者甚众，但真正交往过的只有一个，后来因两人的婚恋观不同而分开。

"什么婚恋观？"杰森问。

"我认为婚前守贞很重要，但前男友不这么认为，所以我们和平地分手了。"我面不改色地一气呵成。

"好，好，好……"唐爸爸唐妈妈彼此微笑点头，简直不能更满意了。

杰森也对我笑，大概在他的脑子里，我是千年难得一遇的白雪公主。

这是一顿宾主尽欢的晚餐，饭后杰森送我回去，知道我住在五星级酒店里，他已不觉得奇怪，我也庆幸自己不用撒谎，并且邀他上去坐坐。

"我父母很喜欢妳。"我把泡好的即溶咖啡递给他，他说。

我答这是显而易见的事，看他们的表情就知道。

"我很高兴我们都是低调的富二代，有相当的文化背景和家世，相处起来冲突会比较小。"

我反问他，如果我的条件没那么好，父母只是没文化的乡下人，他对我还有兴趣吗？

"这个嘛……"他踌躇起来，"美国年轻人谈恋爱不会有太多想法，喜欢就在一起，若提到结婚，考虑会多一些，但最主要还是看两人合不合得来。"

我喜欢杰森的回答，不卑不亢，这才是爱情该有的面貌。

"那么……你是否信守婚前守贞？"我战战兢兢地问。

杰森答他不是虔诚的天主教徒，虽然有信仰在，但如果女孩已经不是处女，他也不冬烘，只要一心一意对他即可。

啊！我爱死眼前的这个男孩，他是我这些昏暗日子以来仅有的阳光，是我灭顶之前的救生索，如果这世上还有救世主，那必定是他，我要用生生世世的忠贞与爱恋予以回报……

"妳……妳怎么哭了？"杰森拭去我的眼泪。

我答因为感动。

"感动什么？"杰森摸摸我的头，"有时妳真傻气！"

"傻就傻，都说傻人有傻福。"我主动去抱杰森，在他温暖的怀抱里，我幸福得想死去。

大都会博物馆是美国最大的艺术博物馆，与英国的大英博物馆、法国的卢浮宫、俄罗斯的艾尔米塔什博物馆并列世界四大博物馆，不仅展出绘画与雕刻，还有花毯、乐器、服装、装饰品……等展览。

博物馆很大，逛一天也逛不完。我们租了两个讲解器，在五大展厅里来回穿梭，获益匪浅。

"肚子饿吗？"已是中午时分，杰森问。

博物馆的门票是捐赠式，想给多少就给多少，所以出去吃饭不碍事，顶多进来再给 1 美元，但今晚的我得飞回曼谷，而想看的埃及墓穴、王羲之书法真迹、杜西欧的《圣母与圣婴》……等，都还未见着，我不想抱憾而归。

"那么在博物馆里吃吧！是称重付费方式。"他说。

餐厅很大，可供选择的菜品也多。我拿了炒饭、沙拉外加两只鸡翅，竟然要价 30 美元，简直坑爹！

"早知道就出去吃，肯德基全家桶不过 15 美元，还给一大瓶可乐。"我气愤地说道。

杰森一句话也无地注视着我，嘴角有了笑意。

"What?"我问。

他答没事。

没事就是有事，我要他知无不言、言无不尽。

"好吧！我说了妳别多想。去年我妈的朋友给我介绍对象，那女孩说她挺喜欢吃肯德基，但后来不再吃，因为吃便宜的食物容易掉价，她必须确保日常所吃、所用都是高级品才符合身份。"

呃！有钱人的思维果然不一样，即便像肯德基这么大众化的食物，在我老家还得坐几站公交车才吃得到。

"呵呵！"我强颜欢笑，"只是打个比方，何况父母不资助我的开销，我得一分钱扳成两分用……"

没想到杰森忽然握紧我的手，说："我就是喜欢这么接地气的妳，那些穿华服、不知民间疾苦的芭比永远也无法和妳相比，妳才是我要追求的。"

啊！我多么想在遇到乍仑先生前遇到杰森，那么我就不用在地狱里沉沦。

"谢谢！"我说。

杰森问我谢什么？我答谢谢他爱我。

"就说妳傻气，爱是不用道谢的。"他说。

爱真的不用道谢吗？那么就让我感谢上苍让我遇上杰森。有了他，我才活得像个人，而且是幸福的小女人。

第三十八章/自由

清晨，我拖着笨重的行李跌跌撞撞地进门，一个人影从楼上冲了下来，看到是我，很开心的样子。

"回来了？"他问。

"嗯！"我有气无力地答，坐了二十几个小时的飞机，谁还会有好脸色？

乍仑先生说待会儿开饭，吃过早餐再回房休息，倒时差是很累人的。

是很累。

我趁机抱怨经济舱的座位又窄又小，加上旁边又坐了个两百斤的胖子，他的肉都搁到我的辖区，我被挤成一道闪电，几乎无法入眠……

"我以为妳买的是商务舱。"

真是糟糕！我跟金主要了商务舱的钱，转身却订了经济舱，因为想拿差价买这季最新款的Valentino印花裙。

"哈！没睡好，看我胡言乱语地把商务舱说成经济舱。"我赶紧更正。

还好乍仑先生不在乎（或者假装不在乎），他说待会儿餐桌上见，然后转身上楼。

"给。"我把上机前临时在机场买的枫树汁递给他，一共十二瓶，"贵是不贵，就是重死了，简直在练臂力。"

"谢谢！年纪大了不得不吃些保养品，否则难以应付妳的需求。"

刚从清新、纯洁的世界走来，马上又掉进肮脏、污秽的泥沼里，简直让人生无可恋。

我闷不吭声地吃着加上蜂蜜的香煎土司，把说风话的乍仑先生晾在一旁。

世故的他大概察觉到我的不悦，转话题说他们夫妻在两天前的聚会上遇见纳瓦先生了。

"噢！他好吗？"我喝了一口黑咖啡，闲闲地问。

乍仑先生说这得问我，因为听说我跟纳瓦先生到纽约旅游了。

哎呀！我怎么忘了这事？

"这下子怎么圆谎？我……我去参加送旧迎新会，一……一个人。"

"看妳啰！说谎不是妳的强项吗？"他反问。

"什么意思？"

乍仑先生没回答我，用刀划开荷包蛋，里面的蛋液流了出来。

Ann来唤我吃午饭，我含糊不清地答不吃，然后翻过身又沉沉睡去。没想到每隔几分钟就听到敲门声，简直阴魂不散。

"知道了，别敲了。"我对着房门喊。

"什么时候回来的？"玛妮太太问。

我答清晨，确切时间记不清，但吃了早饭，所以肯定在七点前。

"纽约好玩吗？"她又问。

我说还行，一个人去了帝国大厦又参观了大都会博物馆，还到Smith & Wollensky牛排馆吃牛排。

玛妮太太问我怎么会是一个人？纳瓦先生呢？

"那个渣男！"我愤愤不平，"竟然背着我找小三，是可忍孰不可忍，我马上放他鸽子，自己独自上纽约散心。"

乍仑先生说的没错，说谎的确是我的强项。

玛妮太太显然很满意我的回答，还教我如何开口要分手费，纳瓦先生有的是钱。

"错在他，拿他一些也应该，况且我确实需要钱……"我答。

看玛妮太太等着我解释，我知道是时候打开天窗说亮话了。

"去过纽约这个大都市后，我才感觉到自己的渺小与不足，所以……我打算到那里游学一阵子。"

"妳该不会以为我会为妳留职停薪吧？！"她问，明显不太开心。

我说这一去恐怕不是短时间能回得来，我也不好意思站着茅坑不拉屎，她可以另外觅人。

玛妮太太考虑过后答这样也好，把我留在这里夜长梦多，怕她老公有不安份的想法。这次她要雇个大帅哥，省得防偷、防抢、防小三。

话虽不中听，我也不追究了（原以为我们的雇佣关系会以大打出手收场，若真能安静地、平和地离开，也算美事一桩）。

"季小姐再过一个半月就要到纽约游学，这样也好，换换搭配师能让人耳目一新。"玛妮太太在晚餐桌上率先宣布我的辞职。

"是真的吗？"乍仑先生明知故问。

我也很入戏地承认，并且不忘谢谢他们夫妻近一年来的照顾。

"纽约物价不便宜，我要他向纳瓦先生多要些分手费，这年头绝不能便宜那些花心男！"玛妮太太像是邀功又像是给自己的老公下马威似地说。

"呵呵！是得多要点儿，纳瓦先生不缺钱。"乍仑先生说，然后转头问我为什么和纳瓦先生分手？

我答那个死鬼被我抓到不忠的事实。

玛妮太太很感慨，她问这世界还有纯情男吗？若有，大概得在婴儿堆里找。

不知为什么，我忽然想起了杰森，他就是纯情男，和他告别后，我才懂得相思苦，走路时想他，吃饭时想他，睡觉时想他。想他的灿烂笑脸，想他的幽默睿智，还想他的温柔体贴，这样的好男人是上帝赐予我的，是千载难逢的机遇，我要将他牢牢握在手里，不让他从眼前消失……

"……可以吧？"玛妮太太问我。

什么？！我请她再说一遍，刚刚走神了。

"我说既然妳要走，就把衣服赶出来，我也不做过分要求，一个半月总能赶出十五件吧？！"她重复说过的话。

我答试试，但心里叫苦连天。我不想再回到小木屋和乍仑先生有肌肤之亲，这让我感觉背叛了爱人。

然而乍仑先生不懂我心思，以为多了巫山云雨的机会，所以笑得很开心。

"言言小姐的衣服做得好，是该多做几件。"他说。

"妳没听妳太太说我得在离去前赶出十五件衣服来吗？"我正在裁布料，乍仑先生从背后扑来啃我的脖子。

"不过是十几分钟的事，耽误不了太多。"他开始解我的裤头。

我打掉他不老实的手，正色地答不行，今天不行、明天不行、后天不行、大后天也不行。

"妳知道自己在说什么吗？没有我的资助，妳上得了纽约？估计撑不了几个月就断粮了。"他怒目相视。

我也想过这个问题，美国不允许留学生在校外打工，顶多只能在校园内申请临时工作（譬如到学校餐厅打杂等），以最低工资1小时10美元计，一个月能赚个几百美元。寒暑假就比较糟糕，只能打黑工，听说给的时薪还达不到最低工资，又得防移民局抓人，可说是腹背受敌。

"这是我的问题，不劳你费心。"我不假辞色，"从现在起，桥归桥路归路，你是我雇主的老公，我是你老婆的雇员，如此而已。”

“呵呵！去趟美国回来就不一样了，好个桥归桥路归路，得，我不碰妳，别又回头找我！”

看乍仑先生气冲冲地走了，我颓然地坐了下来。

没有乍仑先生的资助，我的确很难单靠一己之力完成四年的学业，还好我未雨绸缪，已在他那群狐朋狗友处搜刮到约合人民币近一百万元，省着点儿花应该不成问题。

“终于，终于摆脱这个孽障了。”我喃喃自语，然后趴在桌上痛哭失声。

第三十九章/无言以对

我和乍仑先生"相敬如冰"地过了好几天。

"听说下礼拜有大暴雨，也好，天气热，下点儿雨能带来凉意……"

"日本太太说现在有一款免烫除皱喷雾，只要轻轻一喷，不仅可以去除异味，还能把衣服上的轻微褶皱抚平……"

"我最近在看泰剧《为爱所困》，里面有个新人Yoshin长得满漂亮的，没想到竟然是人妖，呵呵呵……"

我和乍仑先生很有默契地不置一语，光听玛妮太太一个人唱独角戏。

"守夏节到了，Ann说明天早上得到寺庙参加布施活动，不单给和尚，也寓意着献给自己已逝的亲人。你去吧！早上我起不来……"

乍仑先生仍神游在自己的世界里，他闷不吭声地吃着椒麻鸡，对玛妮太太的问话毫无反应。

"这是怎么了？聋了还是哑了？问你话呢！"

"什么？"乍仑先生大梦初醒，"问我话？我还以为妳是对言言小姐说的。"

我的金主将聚光灯转到我身上。

"我不是泰国人，布施活动就不参加了。"我表明立场。

"没人要妳参加，"玛妮太太将我晾在一旁，转头面向自己的老公，"这是怎么了？已经好几天阴阳怪气的，见谁都没给好脸色，是不是那个工程黄了？"

乍仑先生答没有的事，让她别瞎想，明天一早他会和Ann到寺庙布施，这是泰国的重要节日，肯定得去……

守夏节从每年的泰历八月十六日开始，和尚们闭关三个月，在此期间接受信众的供养（这是有原因的，因为守夏节过后整个泰国进入雨季，农民也在这个时候耕种，和尚若外出，很容易会踩死田里的庄稼和昆虫，这是罪过，所以有此传统与节日）。

知道乍仑先生明天会和Ann外出，玛妮太太饭后将我拉到一旁说悄悄话。

"妳也跟去，帮我盯着点儿，我早怀疑他们两人暗度陈仓。"她说。

一会儿成为玛妮太太的眼中钉；一会儿又被她拉到同一阵营，这玩的是什么把戏？

"不，我是服饰搭配师，不是抓奸大队，我拒绝做工作以外的事。"

我的雇主立马塞给我五张褐色票子，说："记住了，得拍照存证。"

这真是一件奇怪得不得了的事，原配竟然要小三去查小四

（当然，也有可能我的排名在Ann之后）。不管如何，我接下了任务，失去乍仑先生的包养费，我急需挣钱。

隔天吃过早餐，Ann带着饭菜和日常用品上了乍仑先生的车，我也赶紧跳上巴颂的摩托车（希望他不急着用车）紧随其后。沿途到处是由小学生组成的布施队，他们手里捧着一个黑色的钵，沿街让老百姓给钱布施。

在中国城的寺庙里，我终于找到被跟踪的两人，他们很恭敬地奉上供品，并且合力用蜡烛水铸造了一根蜡烛交给和尚点燃，这代表替生命注入光芒。

在旁人眼里这不过是一对寻常夫妻，乍仑先生甚至偶尔会做扶肩揽腰的亲密动作，全被我的摄像头捕捉到，但这说明不了什么。

布施活动结束后，那两人上了车，眼看是往回家的路，我不禁松了口气，心想经过宗教的洗礼，乍仑先生肯定心无邪念，然而我还是太高估他的自制力，因为兰博基尼"过门而不入"且往著名的RCA大街驶去。那里有各种下流的酒吧和上空秀，旁边的酒店也不逊色，提供的配备绝对让人瞠目结舌，说是堕落街，一点儿也不为过。

等那对奸夫淫妇真的下车走入闪着红光的暧昧酒店时，我顿时没了力气。

"真是狗改不了吃屎，没了我，乍仑先生的性生活照样过得精彩，看来离开他是对的，这样的人能托付终身吗？"我边想边按下快门。

～

我把所有容易引起误会的照片通通收集起来发给乍仑先生，只留下没争议性的给玛妮太太过目。

"看来我误会他们了。"我的雇主收起照片说。

我同意，还加油添醋地说Ann就是乡下农妇的模样，如何跟貌美的她相比？一个天上，一个地下，毫无可比性……

"得了，这个月的薪水我会多给妳一些，辛苦了。"她说，然后撕下一片香蒜面包塞入嘴里。

午饭过后，玛妮太太照例睡午觉，乍仑先生也在这个时候来电，他问我那些照片是怎么回事？

我答他太太给我下任务，拿钱的手短，我正要把照片呈上……

"别……"他马上阻止，"说吧！要多少？"

"难道……难道你以为我在勒索你？噢！不，我不做这种事，这会上刀山下油锅，不得好死……"

乍仑先生要我别再演戏了，敢做还怕开口？五万泰铢够不够？反正我也没拍到什么实质性的东西，他想抵赖还不容易？只是怕麻烦而已。

"反正我不勒索人，你自己看着办！"我匆匆挂上手机。

没多久，我收到银行发来的短信通知，十万泰铢妥妥进账。

我和杰森仍然尽可能地每天视频，曼谷的早晨是纽约的晚上，通常说完话刚好准备上驾训课（我也知道离开乍仑先生，买车注定无望，但学费已经缴了，不去可惜）。

"我买了一辆05年的二手别克，还不坏，妳来时我载妳去兜风。"杰森说。

我答好，如果自己的路考通过，也许可以和他换手开。

我们又讨论了一下未来可能会有的旅游路线，他突然将我拉回现实，说这些日子以来投的简历全石沉大海，如果不行的话，他打算到新泽西州试试，同学说那里好找酒店的管理层工作……

"不，"我急了，"你给我在纽约好好待着，不许到别的地方，听到没？你若走了，我如何找你？"

杰森听完哈哈大笑，他说新泽西州离纽约不过200公里，开车一、两个小时就到。

"我不管，你就得待在纽约，这么大的城市还怕找不到工作？"

其实我想说的是以他家的政商背景，在纽约找个五星级酒店的管理层工作简直易如反掌，但话终究没说出口，因为我相信傲骨嶙嶙的杰森不会想靠父荫谋职，这对他来说不啻是种耻辱。

"那……好吧！妳来纽约之前我若还找不到工作再做他想，现在的我迫不及待想离开父母自立。"

我不敢相信那么漂亮的公寓，杰森竟然想离开？

"再漂亮也是父母的，我要挣钱买自己的房子，惟有经济独立，人格才能独立。"他说。

好个经济独立，人格才能独立，这也是我努力的目标……

快乐的时光总是短暂的，我看了看表，是时候该出门上驾训课了。

杰森微笑跟我说拜，不忘抛来一个飞吻，我一时兴起，直接回吻在电脑屏幕上，看心爱的他做势要昏过去，我乐不可支。

曼谷的白天很热，为了上驾训课，我擦了防晒油，又拿了

件薄衫，正要关上电脑出门时，一封邮件适时送到，我顺手点开。

那是村里的冯老师发来的，自己的父母不会使用电子产品，很多时候都是央求村里学识最高的冯老师代发邮件，这次也不例外，只是……

等我读完邮件内容后，内心砌好的雕梁画栋轰然倒塌，难道……难道我受的苦难还不够，一切又要重头开始？

我捂住嘴，无言以对。

第四十章/破茧而出

冯老师在邮件上转述一年多前有个服装华丽的女子上父母的土特产店购物，出手阔绰，还说自己原来开便利店，若不是经人介绍知道R公司的理财产品，到现在还窝在一个十平米不到的小店里……

父母一听来劲，问她是什么理财产品？这么神奇！那人满嘴跑火车，说R公司做黄金买卖，还有什么比黄金更保值？只要将钱投入，最高年化收益率能达到35%，另外还有聚餐、抽奖、祝寿、免费游等活动。

这一来，父母心动了，小小地投资了一万元，发现按季结算的利息准时到账，于是胆子一大，把辛苦攒下的钱全投了进去，没想到拿了五季的利息钱后，该公司人去楼空，父母的钱打了水漂，还因向亲戚朋友借钱投资而背了一身债。

"言言，爸爸对不起妳，原想赚了钱盖个大房子，让全家住得舒服点儿，媒人上门提亲也能给妳长脸，没想到欠下这么多钱，我真没脸见妳，还是死了算了……"这是由父亲口述，让冯老师写下的。

邮件中没写究竟欠下多少，但肯定不是个小数字，否则父亲也不会给远在泰国的我"报忧"。

我愁眉不展了好一会儿，直到又来一封邮件，还是冯老师发的。

"我不清楚妳家人到底欠下多少债务，但每天有二、三十人上妳家闹，其中以开修车店的老徐反应最激烈，因为他把儿子的彩礼钱借给了妳父亲，现在儿子娶不上媳妇，他打算到妳家自焚抗议……"

我知道徐叔，人不坏但脾气大，他说要自焚应该是气话，但难保不会一言不合动起拳头，我想起父母那羸弱的身躯,怎堪一顿暴打？

【冯老师：请转告我父母，今天我就给他们打款，五天之内一定到，勿烦恼。】

发完邮件，我拿起包赶赴银行。

～

我把90%的存款全汇给了父母，剩下的钱只够买张去纽约的机票及付第一学期的学费，其他诸如生活费和住宿费基本无望。

"还留什么学？真是痴心妄想！"我趴在床上欲哭无泪。

～

杰森在屏幕那端兴高采烈地说着参加派对所发生的趣事，我有一搭没一搭地敷衍着。

"妳怎么了？"他问。

我答没什么。

他说我的声音泄了密，我一定有烦心事，还是说出来，也许他能替我出谋划策。

"我想……也许……也许去纽约留学这件事太匆促，外国月亮不见得比较圆，还不如回中国读研。"我说。

"言言，妳知道NY服装学院是这方面的翘楚，妳准备了那么久的时间却临阵退缩，不觉得可惜？"

哎！谁说不可惜？现在最懊恼的人就是我，但能怎样？没钱还能变出个鸟来？

"是可惜，可是……"

"我一直想把妳介绍给我的朋友，他们早想会会我那才华洋溢的设计师女友，现在妳不来，我只好跟着妳回中国，顺便见见我未来的岳父岳母。"杰森故作轻松地说，却把我给吓坏了。

不，绝不能让杰森去中国，他一去，我的西洋镜岂不是被拆穿了？

"呵呵！我开玩笑的，花了那么多的时间与精力，怎能说放弃就放弃？你放心，我一定来纽约，砸锅卖铁也要来。"我说。

~

被打脸是很尴尬的一件事，但我没别的路可走，除了回头找乍仑先生，我看不出还有什么快钱能解燃眉之急。

"只要赚到四年的学杂费就好，赚到了我就金盆洗手不再干龌龊事。"我自我安慰。

主意一打定，我等不及迎接明天的朝阳。

~

"你和Aɴɴ的照片我都删除了，十万泰铢我不要，还你！"

乍仑先生边吃早饭边细细观察我，然后用不急不徐的语气问："妳这演的是哪一出？"

"我不是演戏，而是……而是看你对Ann这么好，我……我吃醋了，所以做了不理智的事，你罚我吧！你怎么罚我都不会有怨言。"

乍仑先生笑岔了气，他说我的演技更上一层楼了，该拿奥斯卡奖。

"你这么说，我当真要生气了，我现在每晚每晚地想你，想到睡不着觉。"我梨花带雨，除非乍仑先生吃了秤砣铁了心，否则肯定会动容。

然而他依旧不动声色，我的心因此七上八下的，难不成他真的不要我了？像甩一只破鞋一样地甩了我。

直到他啃了猪手又喝完汤，还抽完一根烟，我才听到回音。

"听着，我不知妳为何回头找我，这不是我关心的重点，但这次妳得表现出诚意来，否则我是不会接受妳的。"他说。

我忙不迭点头，说自己诚意十足，只有他说不出的，没有我做不到的。

"得，最近政府的工程一直标不下来，我一查，发现纳瓦先生和主事的人很熟，妳去帮我搞定这件事。"

"纳瓦先生？那个色鬼？"

"没错，就是他，妳的前男友。"乍仑先生说着笑话，我却笑不出来。

这叫作茧自缚，这叫自食其果，这叫自做自受……然而我有什么办法？这是自找的。

再一次把自己的尊严踩在脚下已经不能用"命运多舛"来形

容，我可以不受辱，我可以扬长而去，我可以活得俯仰无愧，但一想到杰森……

啊！我多么爱他，爱他的每根头发、每寸肌肤、每个细胞、每道气息……即使用全世界去交换，我也在所不惜，何况是出卖肉体。

"好的，我帮你搞定，你来安排时间。"我义无反顾地说。

纳瓦先生把一沓纸钞塞进我的Gucci包里，还约了我下周见。我点了个头，整理好衣服后快速离去。

再两个礼拜我就飞纽约，和纳瓦先生见面的机会不多了，趁着能捞我就多捞点儿，何况他不小气，给了我不菲的夜渡费。

哈！没错，就是这样，我把男人侍候好，他们给我钱，让我去实现梦想，这有什么不对？有什么不可以？

然而……为什么我那么心累、那么迷茫、那么的不知所措？

回到拔达逢家，在按下对讲机前，我竟然情不自禁地趴在门柱上痛哭流泪。不，我不喜欢面对生张熟魏，也不喜欢被当成性玩具，但我无法也改变不了命运。我已经是只破罐子，惟有大捞一笔再从良才有重生的机会，才有破茧而出的可能。

"杰森，对不起……对不起……我爱你……"我边哭边呐喊着。

第四十一章/偶遇

因为心情郁郁，我把所有的精力都放在衣服制作上，惟有在设计的领域里，我才能暂时抛开烦恼的人间事。

面对一件件唯美绝伦的华服，玛妮太太笑开了脸，加上我离别在即，她难得宽容，我们遂有了第一次雇佣之间的蜜月期。

"我是过来人，当面包有了，就该找爱情，别像我，防老公像防贼似的。"她说。

我问她如果没有面包该怎么选？

"没有面包就去制造面包，然后回头找爱情。"

我接着问若没有能力制造面包呢？

玛妮太太将即将入口的虾饼放下，正色地说别人有没有能力制造面包她不清楚，但我绝对有能力，尤其最近做的几套衣服都非常出彩，已经有许多太太向她打听是从哪里买来的，若不是我出国在即，肯定能收到不少订单。

"真的吗？"我仍半信半疑。

"妳有这方面的才华，假以时日一定能大放光彩，自己若能开个工作室，倒不失为谋生之道。"

玛妮太太的一番话不啻在黑暗中替我打开一扇窗，如果连一向挑剔的雇主都"无可挑剔"，我的设计之路显然有走下去的必要，也替我的"牺牲"找到了强而有力的借口。

"谢谢，能得到妳的肯定是我莫大的光荣。"

此时玛妮太太皱了一下眉头，双手捂住太阳穴，很痛苦的样子。

"怎么了？"

"没什么，老毛病，又头痛了。"

我说头痛不能忽视，还是上大医院检查一下吧！择日不如撞日，就今天，我陪她去。

"不用了，我的洒咪已经为我买了头等舱机票回中国探亲，说是提前送我的情人节礼物，我就留在中国做检查吧！"

泰国的情人节又叫水灯节，是一个能充分体现泰国青年男女旖旎恋情的节日。无论城市或乡镇，到了这一天，恋人们相约到河边或湖边放水灯，一起为爱祈祷，但……那是11月中旬啊！提早两个月送礼未免太过牵强？

当然，我知道那不过是乍仑先生的司马昭之心。

我的机票订在大后天的凌晨，而玛妮太太前一天飞中国，衔接得天衣无缝。之前我还在想乍仑先生要以什么样的理由好离家一个星期，原来这就是答案！

"言言啊！也许话说得不好听，但我真的高兴妳离开。我老公是管不住老二的人，我怕妳我之间会因他产生嫌隙，最后不欢而散。"玛妮太太说。

我感到愧疚，她的老公早管不住老二，我们已经背着她苟且很久了。

也许不知情才是最幸福的。

～

" 到了纽约，给妳租个公寓，顺便开银行户头，十万美元以下的车妳可以挑一辆。"乍仑先生边喝香槟边说。

"二十几个小时的航程，你现在就开喝，真不怕醉酒。"

"醉了更好，刚好一路睡过去。"他又叫了第二杯。

也许我多心，那个颧骨很高的空服员已经飘来好几次关心的眼神，对我们的"老少配"很感兴趣的样子，让人很烦躁。

我多么希望同行的是同龄人，这样可以减少很多关注。

" Excuse me, do you think he needs a blanket?"空服员还是走了过来，问我乍仑先生是否需要毯子？

我转头过去，原来喝了两杯香槟的乍仑先生真的睡着了。

" Yes, please give my uncle a blanket."我答。

空服员知道旁边坐的是我的"叔叔"，露出理解的笑容，我也终于松了一口气。

行恶的人总是比较敏感，我很高兴终于把情人摆在合适的位置上。

～

听说巴卡拉酒店是纽约最豪华的酒店之一，位置好，离第五大道和现代艺术博物馆都很近，而最最重要的是离NY服装学院也不远，方便办事及快速了解周边环境。

下了车，酒店门僮马上过来开门及提行李，是个颜质高的精壮小伙子；前台也是貌美的服务员，态度非常恭敬、友好。

酒店从大堂到房间内部都是亮闪闪的水晶，有水晶灯、水晶杯、水晶酒具……连漱口杯也是水晶的，真是名副其实的"水晶宫"。

由于是下午抵达，离晚餐还有一段时间，乍仑先生提议喝酒店的下午茶，我无可无不可地跟过去。

说是一个礼拜的假期，但把飞行时间算进去，前后待在纽约不过五天，要想在五天内找到合适的租处肯定得依赖中介，可惜中介带我们看的几处都不甚满意，不是隐秘性差就是不能马上入住，另外面积大小、楼层高低、环境氛围……等，也没能符合我们的要求。

"要不，住酒店吧！每天有专人打扫，还包早餐、宽带及水电，隐秘性好且不用付大笔押金。经理也说了，长住还能打折扣，算下来贵不了多少。"乍仑先生说。

我想想也是，租房总要求你尽可能的长租，其他费用也多，我又懒，不爱煮饭和打扫，住酒店再合适不过，何况我喜欢这里，房间设计走的是法式轻奢路线，与水晶相得益彰，真正做到"高端大气上档次，低调奢华有内涵"，让人颇为惊艳！

"好呀！你付得起当然没问题。"

我翻着服装杂志，乍仑先生则在旁玩我的头发，一会儿卷成一朵花，一会儿又将它置于人中扮起《加勒比海盗》里的杰克船长。

"无不无聊啊你！"我头抬也不抬地说。

"是无聊啊！"他将我的杂志扔到床下，"让我们干点儿不无聊的事。"

二十分钟后，我捡起地上的杂志继续翻看，留乍仑先生在一旁大喘气。

乍仑先生说十万美元以下的车子可以任选一辆，本来想买标准款的宝马，但看到敞篷跑车后，我改主意了，死缠烂打地要金主给我买。

想着不过多三万美元，乍仑先生豪气地刷了信用卡，我高兴地跳起来拥抱他，也不管有旁人在场，直接奉上法式湿吻。

那个印度裔售车员看傻了眼，握笔的手没拿稳，让圆珠笔直线落地。

我开心地拥着乍仑先生走出售车中心，身上都是名牌货，手上还挽着不久前在第五大道血拼而来的战利品，光看行头，谁说我不是富家女？谁说我不是天之骄女？

当我和乍仑先生正风头无两地行经西十街时……

"言言～"

听到有人唤我，我转头过去，不禁倒吸一口气，竟……竟然是杰森的母亲，她和另外两位珠光宝气的贵妇就站在街头。

"唐……唐妈妈好。"说完，我的手离开乍仑先生的胳膊。

"好，我就跟我的好姐妹说认识妳，"唐妈妈的眼光落在乍仑先生的身上，"这位是……"

"他……他是……"我的声音竟然不由自主地打颤起来。

第四十二章/梦醒时分

"他……他是……"我尴尬地转向乍仑先生，"是……uncle，我父亲的……弟弟。"

乍仑先生不禁莞尔，随即大方地承认："是的，我是言言小……侄女的uncle."

我松了一口气，乍仑先生果然反应快，能见机行事，但唐妈妈就不好控制了，她主动交待自己是杰森的母亲，而杰森正和我谈恋爱……

"噢……是吗？"我的金主对我投来询问的眼神，我的心因此跳得好快，"腹背受敌"大概就是这种感觉。

"我……我和杰森在泰国认识，他是我的英文老师，我们彼此有好感……"我希望乍仑先生能接受这不咸不淡的说法。

那个表面淡定的男人笑了笑，说不知道自己的侄女原来大到可以交男友了，真是可喜可贺！接着邀请眼前的三名中年妇女一同喝下午茶。

我赶紧表示唐妈妈是日理万机的职业妇女，肯定有事要忙……

"不，我们没事，实际上我们正要找个地方坐坐，既然有人邀请，那就恭敬不如从命。"

我担心的事还是发生了，"进退两难"便是我此时的写照，我正想着是不是该佯装肚子痛，好避开即将到来的风暴，然而乍仑先生不给我这个机会，他抓牢我的臂膀往前行，我像只鸭子，被赶着上架。

~

BERGDORF GOODMAN 位于高档百货的七层，能俯瞰整个中央公园，桌椅和餐具都精致到无懈可击。

我们喝着正统的英式下午茶，茶叶有多种选择，茶点则有三层：第一层放咸味三明治，有火腿、芝士、黄瓜等口味；第二层放司康、泡芙和手指饼干；第三层放小蛋糕及水果塔。

"这么说是言言的父母太忙，所以让你陪同入学？"唐妈妈问。

乍仑先生点头。

唐妈妈借机向同行的闺蜜介绍我那显赫的家庭，包括她们在纽约吃到的中国食品大多由我家进口、赫赫有名的恋恋夫人是我母亲、家住在有无敌江景的上海"汤臣一品"……等。

那两位贵妇噢噢噢个不停，对我投来倾羡的目光，如果地上有洞，我大概会毫不迟疑地钻进去。

"言言有没有说她的父亲是政协委员，和国家主席是拜把兄弟？"

乍仑先生的话一说完，惹来那三人的惊呼声。

"言言，妳怎么没提这事？"睁大眼睛的唐妈妈转头问我。

呵！我为什么没提？那是因为父亲连村官都没机会说得上话，何况是党政高层？

乍仑先生很快代我回答："那是由于言言小……侄女低调又谦虚的个性使然。"

我忍不住笑出声来，低调又谦虚？说的是我吗？

"看来杰森找了个好亲家。"贵妇甲说。

"是呀！哪天也请言言帮我们引见一下，我老公打算回中国开公司，如果有人护航，再好不过。"贵妇乙说。

我期期艾艾地表示父母很忙，如果有机会，当然义不容辞……

这下午茶喝得五味杂陈，我在唐妈妈的心中当然又加分不少，但面对乍仑先生可就不妙了。

我将余光扫向我的金主，他不愧是只老狐狸，将情绪隐藏得很好，丝毫看不出有何异样，让我更加忐忑。暴风雨来临前总是特别宁静，而这种低气压足以让人窒息。

"对了，把杰森叫出来会会言言的uncle。"唐妈妈拿出手机。

不，绝对不可以，杰森一来等于判我死刑，我做势要走，被乍仑先生抓住手腕。

"言言小……侄女，妳想上哪儿去？"他问，慈眉善目的。

"我……我上厕所，茶水喝多了。"说完，我将手用力抽回。

"奇怪，杰森竟然关机了，不应该呀！"唐妈妈望着手机，很是懊恼。

我赶紧表示杰森还没找到工作，也许正在面试当中，当然得关机。

"哎！这孩子就是太实心眼了，工作不愿父母插手，坚持自己来。"唐妈妈不无骄傲地表示。

然后"有骨气"、"将来必有大成就"、"就等着他替唐家扬眉吐气"……等等溢美之词从那两名贵妇嘴里排山倒海而来，而我也"忘了"上厕所，加入谄媚的队伍里。

～

一路上，乍仑先生不发一语，连我主动去牵他的手也被打掉，看来腥风血雨是免不了了。

一进入房间，我马上对着坐在沙发上的金主下跪，把自己的爱慕虚荣、信口雌黄大肆批评一番。

"呵！我对妳那贫穷又破败的家一点儿兴趣也无，妳想如何吹嘘，悉听尊便，我甚至还能替妳锦上添花，但是……"他抓住我前襟，"我倒是很想知道自己是否被戴绿帽了。把妳奉献给哥们儿是一回事，妳私下接活儿又是另一回事，养老鼠咬布袋说的就是妳这种婊子！"

我死死地抱住他的大腿，哭得声嘶力竭，只差没把心挖出来，甚至以父母的性命发誓：若和杰森有肌肤之亲，不得好死！

"哈哈！妳的誓言值个屁？从现在起，我们的交易一笔勾销，妳仍能保有我送的礼物，但敞篷跑车得收回，毕竟我才是车子的主人。还有，今晚打包好滚出去，这酒店与妳无半毛钱关系。"

知道金主要撤资，这一惊非同小可，我将茶几上的水果刀拿在手里，说自己的一片真心被误解，倒不如死了算了……

"我警告妳，地上铺的是昂贵的波斯地毯，血迹很难去除。"乍仑先生不带感情地说。

我赶紧丢了小刀去抱他，再奉上自己温润柔软的唇，手也没歇着，开始解他的钮扣……

刚开始乍仑先生还抗拒着，没多久便弃械投降。他翻身将我压在底下，化被动为主动。我也积极配合，而且非常奋力拼搏，几乎用尽了九牛二虎之力，直到他哀叫一声躺在我赤裸的身体上。

"我爱你！"我吻着他的肩膀说。

"妳不爱我，妳只爱我的钱，但我不在乎，因为我也只是爱上妳的身体。"乍仑先生嘟囔着，"言言呀！我们是同路人，妳想从良是痴心妄想，到时只会自取其辱。"

也许正如他所言，这辈子我不可能洗白，但希望是什么？希望就是"明知不可为而为之"。没有了希望，我跟行尸走肉又有何不同？

" 不管你相不相信，我和杰森真的是清白的，如果我曾经心猿意马过，那也是梦，梦总有醒的时候。"我不忘表忠贞。

这次乍仑先生不再言语，他站起身将衣服穿好，然后沉默地开门走了出去。

第四十三章/被爱情眷顾

直到午夜时分，乍仑先生才进门，他将一沓照片扔在床上。

"这是什么？"我捡起一张看，竟然是我和纳瓦先生燕好时的照片，张张不堪入目，我吓得说不出话来。

乍仑先生表示为了怕纳瓦先生食言，他事先在酒店房间里装了摄像头，不怕他事后不认账。现在正好拿这些照片来制约我，我要嘛净身出户，要嘛做他听话的扯线娃娃，否则他会把照片张贴在唐人街上，让我的小男友及其父母无地自容！

我早知道眼前的男人老奸巨猾，绝不是省油的灯，但我没料到他如此下作，简直不是人！

将一张张春宫图收起后，我点上一把火。

"烧吧！我有底片，想洗多少张都有。"

我说他误会了，这些照片会石沉大海，永无现身之日，因为我将永远成为他的禁脔。

"禁脔？哈哈！这个我喜欢。"

趁着对方心情大好，我帮他脱衣服，嘴巴说着混话：" 来吧！用你那把圣剑贯穿我吧！"

夜来临，剑已出鞘……

乍仑先生替我付了半年的酒店钱，并且拒绝了15％的折扣，换来在酒店里任食任饮、停车免费以及一周三次的衣物干洗费。

"我这个老公做到位了吧？！方方面面都考虑到，让妳无后顾之忧。"他自豪地说。

听到"老公"一词，我很想哭。有老公会以裸照相威胁吗？有老公会为了交际或拿项目，让自己的"老婆"陪睡吗？

"怎么了？这是。"看我掉眼泪，乍仑先生急了。

我说因为会有好一阵子见不到他，心里很悲伤，所以……

"哎呀！我的小公主，怎么泪点这么低？又不是到天涯海角去，我一有空就会飞来看妳，嗯？"他给了我一个吻，然后转身离去。

见他一入关，我马上掏出手机。

"言言，妳在哪里？这几天联系不上妳，我好焦急！"杰森说。

我答叔叔陪我入学，他认为我应该把注意力放在学习上，不喜欢我在这个时候交男友，为了不惹他生气，所以……

"我知道叔叔的事，母亲告诉我在中央公园附近碰到你们，可惜我错过了和他见面的机会。如果相见了，他的看法一定有所不同，因为我是真心喜欢妳，不是玩玩的。"

听杰森这么一说，刚止住的泪水又哗哗哗地流，我没想到在

"看尽千帆皆不是"后，会有一个人真心喜欢我，我差点儿要以为这世界早没了爱情。

"你怎么了？"杰森听到呜咽声，吓坏了。

我答没什么，刚刚有老师问我话，我一紧张，英语说得支离破碎，很怕正式上课后会赶不上其他同学……

杰森要我别紧张，我的英语没那么糟糕，多练习一下，感觉就回来了，还问我在哪里？他现在过来找我，顺便盯着我练习口语。

想起自己已被乍仑先生制约，一定得慢慢疏远杰森才行，否则会两败俱伤。

"别麻烦了，明天开始上课，今天我想好好休息一下。"

"我……明天开始上班，在第五大道附近的瑞吉酒店担任行政助理一职。"他忽然抛出重磅炸弹。

什么？！杰森找到工作了？而且工作地点和我租住的巴卡拉酒店相距不到五百米。

"真是大大的惊喜呀！"

"是的，所以想在上班前和妳庆祝一下。"他说。

我很想答不，多靠近他一步，离危险就越近一步，但转念一想，长痛不如短痛，就让这场没有结局的爱情戛然而止吧！

"好，但是只能会面两小时，我……还有其他事要忙。"

"没问题，我现在就过去！"他说，声音像浸了蜜似的。

巴卡拉酒店不远处有一家著名的连锁餐厅— Fogo de Chão Brazilian Steakhouse，吃的是巴西烤肉，其肉类分别串在一个长约一米带凹槽的扁平铁棍上，然后放在碳火上慢慢烧烤，

期间要刷几次油，烤至两面金黄、肉香扑鼻的时候就可以食用了。

杰森让我用英语点餐。

" Could you give us Caesar salad, the roasted leg of lamb, sirloin steak, 2 caramel pudding and 2 orange juice？please."我点了餐。

服务员走后，杰森说："See, 妳的英语完全没问题。"

我答一般会话可能没问题，专业术语就难了，我怕……

"又来了，怎么那么多害怕的事？有我在妳身边，还怕什么？"

我咬了咬下嘴唇，杰森不知道我正打算分手，他还以为来日方长，让我更心伤。

"对了，怎么住到酒店里？巴卡拉酒店不便宜啊！"

我解释父母嘴上说要训练我独立，但一个女孩在外总是不放心，住五星级酒店至少安全有保障。

杰森点头表示同意，他说纽约是民族的大熔炉，林子大了，什么鸟都有，其中不乏犯罪份子，我父母的考虑是对的。

"还有，他们给了我一辆敞篷跑车及一张每月有2万美元额度的信用卡。"我一字一句地吐出来。

杰森笑了，他说拥有这么多，看样子我很难经济独立。

"没错，我一直是温室里的花朵，手不能提肩不能挑，很抱歉给你错误的印象，我不是你想追求的那种女孩……"

杰森放下手中的羊腿，正色地说："妳生长在那样的家庭不是妳的错，我想追求怎样的人，心里清楚得很，所以……别再自责了。"

哎！话都说到这个份上，杰森竟然听不懂，无奈之下，我只好祭出B计划。

"我……我父亲要我学成后马上和官二代结婚，现在叔叔回家一说嘴，他大为光火，说我如果继续和你交往，书也不用念了，立马回国！"我放下刀叉，"你知道NY服装学院对我的意义，花了那么多的心血，就这么放弃实在不甘心，所以……我们还是分手吧！"

杰森听完后，久久无法言语。

"对不起，长痛不如短痛，与其彼此煎熬，倒不如在还来得及的时候抽身。"我补上一句。

他问什么是还来得及的时候？

"就是说再见时不会感觉太疼痛。"

"好，让我们开心地用完这餐再分道扬镳吧！"他举起果汁敬了我一杯。

知道杰森那么容易就放弃我，心中多少有些失落。原来我没那么重要，原来他没那么爱我，连道别也如此苍促，直接就在餐厅外说拜，送都不送我一程，真他妈的有君子风度……

我心情郁闷地走回酒店。

一踏入大堂，我立马被一个熟悉的人影吸引住。

"你……"我太惊讶了。

"我想了想，还是放不下，我不相信那个官二代会比我好，会比我更爱妳，而且现在已经来不及了，说再见时这里，"他指着心脏，"很痛！"

噢！我该说什么好？从来没想过破罐子的我也会有被爱情眷顾的一天，尤其对方还是那样优秀的男人……

我哭了，大颗大颗的泪珠滚落下来。

他走过来为我拭泪，温柔地说："我相信精诚所至，金石为开，假以时日，我会让妳的父母接纳我，只要妳站在我这边。"

我当然愿意站在他那边，但幸运之神不见得站在我这边。我很难想象当乍仑先生发现我又和小男友藕断丝连时会作何反应，也许将我大卸八块喂狗吃，但我管不了那么多了，干涸已久的心需要甘泉，杰森就是我的即时雨……

"言言，妳愿意等我吗？等我为妳带来幸福的那一天。"他问。

我点了点头，将乍仑先生置于脑后。

第四十四章/催婚

以后当我回忆起在纽约的大学生活时，仍觉得不可思议，我是如何周旋在两个男人之间游刃有余且相安无事的？

杰森很单纯，我们相敬如宾地交往了近五年，亲亲小嘴、拉拉手是有的，但绝没有越雷池一步。他没暗示，我也不主动挑逗，看过太多猴急想上床的男人，我挺享受男女之间纯纯的爱。

他会在街头为我买一束黄蕊雏菊，而我会用交作业剩下的布料替他做一条世上绝无仅有的领带。我们也会合吃一块蛋糕、共喝一杯饮料，然后在雨天齐撑一把伞。那些情侣间会做的愚蠢小事，我们一样也没落下，真真切切又甜甜蜜蜜地度过五个寒暑。

如果我的生命曾经盛开过，那必定是这段温馨有爱的时光。当然，偶尔也会有风云变色的时候，当乍仑先生风尘仆仆地从泰国飞来，我便得变着花样说谎，好让杰森相信我是真忙，忙得连接听电话的时间也没有。还好这样的机会并不多，不说曼谷到纽约往返得四十多个小时，乍仑先生也有了新的伴侣，虽然对方是个四十多岁的大龄剩女，但新婚总是甜美的，多少冲淡想来会我的欲望。

玛妮太太呢？

我到纽约没多久，她被查出脑袋里长瘤，在中国治疗大半年之后还是撒手人寰了。

当知道前雇主遭遇不幸时，我心闷闷不乐，然而乍仑先生仍不改其风流的本性，待在纽约的日子里照样天天巫山云雨，看不出有任何悲伤情绪。

至此，我算是彻底死了心，一个对生死如此淡薄的人，如何要求他对自己有情有义？所以在戴上学士帽后，我断然提出分手。他倒不纠缠，很快答应了，还不忘祝贺我拿到学位。

我知道他必定是厌倦我了，同时，若没猜错的话，他大概已找到替补的人选，也许是个初出社会的小女生，也或许是个纵横情场的老手，然而……与我何干？

"言言，妈妈说中午到唐人街吃饭，爷爷也会去。"

杰森打电话给我时，我正在工作室里接待准新娘。没错，我有了自己的工作室。

与乍仑先生分手前，我有计划的让他入彀，在连续三天的欲仙欲死后，他终于松口在市中心为我租下两百平米的商铺当工作室，并给了不菲的启动资金。他又成了我的金主，只是这次不牵扯到肉体，而是实打实的投资行为。上个月刨除各项开支后，纯利润能达到五万美元，工作室刚开不到一年，有这样的成绩算不错的了。

"爷爷怎么来了？他不是在疗养院里吗？"我问。

杰森说爷爷提前过九十岁大寿，被爸妈接出来聚餐，他也是今天才被通知到。

"好的，我马上过去。"

挂上手机后，我很快拿出以前设计的中式新娘服图纸让对方参考，那个拿不定主意的新娘子更加左右为难。我要她别心急，结婚是大事，得慢慢来，有想法时告诉我的助理，她会记录下来，我铁定能帮她设计一款别出心裁的新娘服，让人眼前一亮……

别看工作室现在"客似云来"，刚开始那会儿什么都接，运动服、潮服、晚礼服、休闲服、校服、工作服……几个月下来，订单却少得可怜。

乍仑先生不愧是商场老手，他说我得专攻一项做口碑，什么都想有、什么都想赚，只会落个界限不明、杂乱无章。

我想想也对，去麦当劳不会想吃牛排，去拉面馆不会想吃披萨，每家店都有主打的项目，若想什么都有，只能去大排档或美食广场，那是做不出品牌的。

至于为什么选定中式新娘服……算凑巧吧！某天，一个华裔女孩走进我的工作室大叹中式新娘服难买（即使有，也是土里土气的货色），兜兜转转半个美国才找到我这家工作室愿意替她设计。

我问她为什么独钟意中式新娘服？她答西式新娘婚纱不难买到，但中国人结婚不得有中国人的样子？她就想披凤袍戴霞冠一次。

这不啻醍醐灌顶。

华人在美国很难买到改良式的中式结婚服，加上做西服的工作室遍地开花，我一个亚洲脸孔很难占上风，倒不如汲取老祖宗的智慧，加上自己的巧思，走不同的路线。

没想到方向抓对了，订单蜂拥而至，中西方人士皆有，算是打开了局面。

我唤来助理，她是个精明能干的上海人，孩子上学后，她二度就业，工作上我只需稍微指点一下，她就能心领神会，算是个好帮手。

"把客人的意见记录下来，回头交给我，别忘了收订金，少一分都不行，我出去吃饭，有事打我手机。"

助理答清楚了，她会把事情办妥。

于是我推开彩色玻璃门，往百老汇大街走去。

唐人街也在曼哈顿区，离我的工作室不远，忙起来，我经常叫外卖，不外炒饭、炒面、咕咾肉……等。

今天祝寿，当然得选口味好、硬体佳的餐厅。杰森说爷爷爱吃鱼，选的是海鲜舫酒楼，我无异议。

"言言，妳来了。"唐爸爸说。

我一看，12人座的圆桌几乎已坐满，独缺唐妈妈。

一一和唐家的亲戚们问好后，我在杰森旁边的位子上坐下，低声问："妳妈呢？"

杰森答她随服务员选鱼去了，顺便交待用什么配菜、怎么煮。

唐人街的海鲜酒楼就是有这等好处，不仅用活鱼，连作法也悉听尊便。

趁着还没上菜，我走到爷爷身边祝他福如东海、寿比南山，并且献上自己亲手织的毛帽当生日礼物（那原是织来送给杰森的，无奈临时被召唤，只好拿此充数）。

我将带着喜庆颜色的红帽子戴在爷爷光秃秃的头上，大家都称赞好看，我也心花怒放、笑颜逐开。

"Thank you. 老婆。"他说。

唐爷爷是当年的中国公派留学生，英语说得顶呱呱，但年纪大了就是这样，不仅中英文并用，还错将我当成他已逝的老婆。

"爷爷，她是言言，我的老婆，不是您的老婆。"杰森笑着解释并且提前替我正名。

"Johnny，你什么时候结婚了？我怎么不知道？"这次爷爷把孙子认成儿子了。

我纠正穿白衬衫的是Jason, 他的孙子；坐在他身旁的那一位才是Johnny, 他的儿子。

唐爷爷噢了一声，仍然半信半疑的。

此时唐妈妈走了进来，不急不徐地坐下。

"谈到结婚，杰森和言言也交往五年，够久的了，是该成家的时候，"唐妈妈转向我，"既然妳父母忙，我和杰森的爸商量好了，下个月飞中国和妳的父母见面，也算正式提亲。"

听完，我吓得半死，而在场的七大爷八大妈却频频点头说早该如此。

"言言，"这次是唐爸爸，"以前妳还在读书，我们不好催妳，现在眼看着连工作也稳定了，是不是该把事情办一办？"

敢情祝寿只是烟雾弹，催婚才是主因？

我转向坐在一旁的杰森，他低下头去默不作声，看样子也是同谋。

"我……工作其实还不稳，时好时坏。"

"言言呀！要赚多少才算稳？就算妳没进账，杰森也养得起妳，他现在已经是五星级酒店的经理，年收入也有十五万美元。"唐妈妈说。

我答我知道，钱不是问题，问题是……

"问题是妳不够爱杰森。"唐爸爸发言了，脸色不太好看。

噢！不，推拖的理由可以是任何一种，但绝对不是这个，我爱杰森胜过我的性命……

唐妈妈说既然这样就赶紧安排见面，他们两老还等着抱孙子呢！

我低下头去，嗫嗫答好。

得到我的正面回应，唐爸爸唐妈妈高兴极了，祷告过后吆喝大家用餐，说鲈鱼是现杀的，肥美得很……

"生气了？"杰森陪我走回工作室，小心地问。

"没有……有……你不该和他们一样共同设计我。"我还是表达内心的不满。

杰森说他已经明示暗示我好几次，每次都被我三、两句话带过，既不答应也不拒绝，把人吊在半空中算什么？他想和我有个家，这不过分！

我知道这不是过分的要求，交往五年，认识的时间够长，是时候走入婚姻，但……我该如何告诉唐家，自己的父母只有初中文化，开的还是个乡村小店？

"妳放心，也许我家不如妳家显赫，但跟多数人比起来，还是拿得出手的，何况我如此爱妳，我相信妳父母会放心将妳交给我。"他进一步说。

哎！越扯越远了。

"让我想想，最迟这周末答复你。"说完，我在杰森的脸上小啄一下，然后推开彩色玻璃门走了进去。

第四十五章/背水一战

日子一天天地推进，眼看明天就是周末了，而我还没想好如何回复杰森，心里很着急。

"季老板，外面有人找。"我的助理说。

我要她先帮我接待一下，但助理说来者不是客人，而是个衣着时尚的男人。

这就奇怪了，我设计的是中式新娘服，有哪个"男人"会指名道姓找我？

我走进会客室，看见一个头顶巴拿马草帽，戴黑框眼镜，上身是圆领T恤搭配飞行员外套，下身着灰蓝色休闲裤，脚上套着帆船鞋的潮男。

"安卓！怎么是你？！"我惊呼，然后上前给他一个拥抱。

"原来真的是妳，我还以为华语电台打的广告是另一个才华洋溢的季大师。"他说。

我要他快快坐下，并请助理倒来茶水。

"说，这几年你哪里去了？"我问。

安卓说当年申请美国学校，他到了南加大读计算机，女友则到西雅图读会计，两地相距近两千公里，光开车能开上一整天，但他还是在有限的时间里拨空去看她，然而空间还是拉开了彼此的距离，他们成了很熟的陌生人。毕业后女友想回国，问他要不要一块儿回去？他想了想，不甘心只拿一张文凭回国，于是两人和平地分手了。

"那么现在呢？读书还是就业？"

"我在IT行业待了一阵子，发现节奏太快，每天累得像条狗，偏偏从事的还不是自己喜欢的工作，于是果断辞职。我现在替服装品牌安排走秀，算是秀场经理，最近接的case是老佛爷。"他答。

老佛爷的原名叫Karl Lagerfeld，德国人，著名的服装设计师。镜头前的他总是摆出一副高傲的脸孔，鼻梁上架着黑超、手拿抓扇、脑后拖着辫子，就是这样一位"墨镜白发长辫人"占领着整个时尚圈的制高点，人称时装界的"凯撒大帝"又称"老佛爷"。

"真的？那要大大地恭喜，这是时尚圈人士求之不得的工作啊！"

相较于我的"大惊小怪"，安卓却是一副"也无风雨也无晴"的淡然。

"无事不登三宝殿，我直接跳入正题。泰国观光局想安排做场国际服装秀，目标直指老佛爷，本来谈得好好的，偏偏老人家突然哪根筋不对，飞到北欧度假了。人不见不打紧，衣服也带走，眼看走不了秀，我却得付出场费，真令人头大！"

呃！没订合同吗？

安卓说这就是症结所在，他几次想和老佛爷订合同都因对方有事而耽搁，眼看日期就快到，他得先把模特儿订下来，否则临时上哪儿找？大牌模特儿冲着老佛爷的名声，纷纷答应下来，没想到……

"怎么样？想不想让Julia Stegner、Isabeli Fontana、Doutzen Kroes……等替妳的服装走秀？"他问。

我吓得合不拢嘴，这些都是国际超模，让她们穿上我设计的中式新娘服走秀？真是天上掉馅饼啊！

安卓说泰国观光局一听说老佛爷撒手不干，很是生气，但也莫可奈何，服装秀已排上行程，箭在弦上不得不发，只是叮嘱这次的设计必须带有中国元素，起码能讨好来自中国的观光大军。

"我了解了，但……为什么是我？"

"适合的设计师有好几位，但我一直下不了决定，刚好车上的华语电台正大吹特吹一位新兴的服装设计师，就想过来看看是不是我认识的老同学。哈！果然是，还有什么可说的？当然肥水不流外人田啰！"

我不知唐爸爸唐妈妈竟然背对我做了那么多的功夫，他们从来不提，真令人感动！

"谢谢！我手上正好有新画好的图纸，要不要先看一看再定夺？"我没被喜悦冲昏头，还得公事公办。

"那个等一会儿再看，让我先把丑话说在前头。"

原来"肥水不流外人田"的前提是我得承担一半的模特儿出场费，而他拥有观光局给的活动费及世界转播权。

"那我有什么？"

"妳有世界知名度，订单会雪片般飞来，有什么比这个更值的？"

我考虑了一下，他说的不无道理，没没无名者总得先做小伏低。

"得，一半的模特儿出场费是多少？"我问。

安卓给了个数字，我倒吸一口气，这……这也太多了，等于开店以来的所有收入全上缴了。

"随妳啰！人生就是一场赌注，是赢是输，说不准的。"

他说得对，人生本来就是一场赌注，我可以死守一家店洋洋得意，也可迈出步伐走向世界，而后者不是我一直以来的追求吗？

我咬了咬牙说："来吧！吸血鬼，让我们进一步详谈。"

安卓嘿嘿两声，算是默认他的商业行为。

走秀安排在6月中旬的国际文化艺术节上，分别在曼谷、芭提雅和普吉岛做三场收费演出，各大电视台会跟进报导，这是安卓的工作。

我的工作则是把演出服赶出来，虽然手上有存货，但我想设计出更好的，所以夜以继日地赶工，因为只剩不到一个月的时间了。

"言言，妳知道什么是'食言而肥'吗？"杰森在手机那端没好气地问。

我答为了得来不易的机运，我不介意肥成一头猪，然后把安卓的到访简单交待一下。

"这么说，接下来的一个月妳会忙得天昏地暗的？"

"没错，悬梁刺股在所不惜。"

杰森沉默良久后说我的梦想很重要，他愿意支持，并且允诺在这段时间内尽量不打扰我，让我能专心做衣服。

噢！杰森，你不仅是我的恋人还是我的良友，看似自不量力的事，你却坚信我能做到。

"我该如何回报你？"

"说什么回报？妳就是这么傻气！老婆这么优秀，我高兴都来不及，妳放心大胆地做去，背后有我撑着。"

杰森忘了"逼婚"，我也乐得装傻。

直到空服员第三次提醒安卓关机，他才勉为其难地关上。

"都搞好了？"我问。

"I hope so. 这是我第一次带队到泰国走秀，千万别搞砸了才好。"他喃喃自语。

我也希望一切顺利，毕竟自己投入不少钱，若被时尚界批评为垃圾，"宣传"变成"反宣传"，那就得不偿失了。

"能问妳一件事吗？为什么华语电台没日没夜地为妳宣传？"安卓问。

我简单介绍了一下唐家。

"原来是交上小开男友了，难怪，那个工作室也是他们家出资的吧？！"

我答不是，是泰国前雇主的老公—乍仑先生出钱投资的。

"真厉害！"他说。

我问什么意思？他答一个人愿意给另一人投钱是需要极大的勇气，何况我是初出茅庐的社会新鲜人，非亲非故的，那人就敢投钱，心真大！

安卓的一番话让我很心虚，呐呐地说："也……也不全然是陌生人，大概他早看出我是和氏璧。"

"和氏璧？哈哈，妳知道发现和氏璧的人被砍去双腿才换来正名吗？可见妳的金主做了一件极冒险的事。"

我听了很不高兴，投资本来就是有盈有亏，何况我的工作室已经开始盈利，可见乍仑先生还是有眼光，我也没让他失望……

安卓要我别生气，他说这话无非是想告诉我，他和乍仑先生一样，也在做冒险的事，毕竟在国际上，我是十八线以外的设计师，这次服装秀若换来差评，我依旧可以回工作室工作，他就没那么幸运了，也许永远从时尚界消失。

知道安卓下了那么大的赌注，我也只能暗自祈祷服装秀千万别出错，这背水一战，真让人有说不出的焦虑与不安呀！

第四十六章/雪花太太

一场秀通常从等待开始，模特儿们等待化妆、等待着装、等待出场。后台同时也是凌乱且慌忙的（忙着用最快的速度脱衣、穿衣、上场）。至于安卓……他当然忙，忙着替着好装的模特儿做最后一分钟的审视，然后催促她们上台。

他是怎么做到在一堆身材姣好又几乎光着身子的女人间来去自如？

看他如此敬业，我也想帮忙，无奈被记者抓住，回答了这家换另一家，同样的问题得回答N遍，到最后我觉得自己成了放音机，只要重复说过的话即可。

台上放的是熟悉的中国音乐，像是《雪山春晓》、《渔舟唱晚》、《茉莉芬芳》、《春到湘江》……等，配合身着中式结婚礼服的亚洲脸孔模特儿，很有一番东方情调，但说好的国际超模Julia Stegner、Isabeli Fontana、Doutzen Kroes……呢？怎么不见人影？

我觑了个空问安卓，他正把凤冠戴在一个五官非常立体的泰国模特儿头上。

"噢！那个……她们原机返回了。"安卓若无其事地说。

原机返回？我问什么意思？

他答因为凤冠霞披更适合穿戴在黑发褐眼的亚洲女人身上。

这是事实，中式服装穿在金发碧眼身上总有说不出的怪，但说好的走向国际呢？没有超模加持，关注度下降不止一半……

安卓让戴好凤冠的模特儿上台后，转身面向我："我也想要大牌走秀，但人家不愿意呀！一听说设计师是个无名小卒，立马逃得无影无踪，我能怎么办？"

原来因为自己没名气，连白花花的银子送出去也没人要，怕拉低身份，下次就接不到好秀。

哎！该说什么好？我的心跌落至谷底。

"听着，我们可以自怜自艾，也可化悲痛为力量，好处是这下子不用付那么多的出场费了。"

我嘿嘿两声，算是自嘲也算是接受了超模离我而去的事实。

我穿着自己设计的"上衣下裳"改良式汉服，跟着两个人高马大的模特儿压轴出场，观众齐齐起立鼓掌，对我投来仰慕的眼神，我想着："泰国人可真热情呀！"

下台后，安卓兴奋地对我说BBC和CNN想对我进行专访，然后拉我来到临时打好灯光的角落。

我不知道这些采访最后会不会播出，听说杂志、电视台访问过后，有时会因为当天的新闻太多或采访的内容不够吸引人而被打回票，反正别以为被采访就一定广为人知，有一定的比例会"石沈大海"。

"终于……"我累得瘫在化妆室的椅子上。

安卓正和一位卸妆中的模特儿有说有笑，看见我，他很快离开模特儿向我走来："今天累坏了吧？！带妳去吃宵夜，走！"

我答不了，自己只想快快上床睡觉。

"妳不饿，我可饿坏了，本来想找个模特儿陪吃，可惜一一被拒。也难怪，这个点吃东西最容易胖，她们的体脂必须维持在17%，否则走秀会难看。来吧！不吃也看着我吃，我不习惯一个人吃东西。"他说。

没想到安卓带我去吃的宵夜竟然是路边摊，有炸香蕉、鱼翅羹、烤肉串、猪脚饭……

我们一家家吃过去，简直欲罢不能，尤其价钱还如此低廉，味道又是如此美味，让人吃得眉开眼笑。

"要吃就吃路边摊，那才叫够味！"安卓说。

我问他怎么就这么熟门熟路？

"自从五年前被一个人拒绝后，我来过这个国家好几次，每次都想'巧遇'这个人，然后当面奚落她几句。"

"谁那么大胆敢拒绝你？"

"妳呀！我说没钱，想到妳的雇主家搭帐篷，妳要我洗洗睡！"

什么？！那么久远的事还记得？

"你可真会记仇呀！"

"没办法，妳的事我总记得牢牢的，好比泪点低、喜欢吃肉、爱幻想……"

我答那可不好，记着其他女孩的事，难怪女朋友要离开他。

不知为什么，安卓有点儿欲言又止的样子，我要他有事快讲、无事退朝。

"那就退朝吧！明天还得早起。"他率先迈开步伐。

～

安卓的确很忙，身为秀场经理总有很多事要接洽，经常见他四处奔波。我倒还好，后天一早才坐大巴到芭提雅做第二场秀，所以隔天我磨磨蹭蹭到近中午。

"沙瓦迪卡。"我一走出酒店，一张似曾相识的脸孔向我双手合十。

我回礼，并且在脑袋里搜寻，这人是谁？

"言言小姐，我是巴颂，不认得了？"

巴颂？我仔细打量一番，那人有清亮的眼睛、黝黑的皮肤及一口洁白的牙齿，和印象中的巴颂同出一辙，不同的是个儿抽高了，声音也变低沉，而且眼瞧着越来越像某人，像谁呢？我想不起来。

"真的是你，好久不见。"

"是好久不见，五年了，我们有五年未见。"

我问他近况如何？继续读书还是就业？

"我在乍仑先生的公司当仓库管理员，收入不错，去年还买了辆新摩托车。"

我恭喜他，顺便问他怎么会在这里？

"乍仑先生在电视上看到妳，知道妳终于成为有名的设计师，特地要我过来接妳去叙旧，他知道妳明天到芭提雅，今天一定有空。"他答。

我来泰国没通知乍仑先生，想着每天的新闻这么多，他不见得会留意时尚圈，没想到媒体的力量无远弗届。

"我……还有事，不去了。"想着会有的火辣场面，我还是躲远一点儿。

"雪花太太也想见妳。"他说。

"雪花太太？"

"嗯！就是乍仑先生的第五任老婆。"

想到我的金主在玛妮太太死后没多久又娶了这个，肯定又是富婆兼具倾国之姿，我太好奇了。

"好，你车停哪儿？"我问巴颂。

第四十七章/风云变色

五年后，拔达逢家除了花园里的凤凰木没了、屋子的外墙重新刷上新漆以及餐桌换了之外，乍一看没什么改变，倒是人物变化比较大。

乍仑先生的两鬓斑白（他咋不染发？），肚腩跑了出来。Ann也是，端来午餐时一照面，肤色暗黄不说，鱼尾纹也多出好几条，反倒初次见面的雪花太太让人很惊艳，虽然四十多岁，但保养得宜，看着也就三十初头，而且体态丰腴，很有"国母"的架势。

"很早就想见见妳，果然漂亮。我先生经常提起妳，说妳冰雪聪明、才华横溢。"雪花太太给我加了好几顶高帽子。

"没有的事，乍仑先生过奖了。"

一脸倾羡的她紧接着问我怎能设计出那么好看的新娘服？既保留传统又不失时尚，难怪能激起那么大的反响，如果结婚时认识我就好了，穿我设计的衣服一定更抢眼、出色……

说得我怪不好意思的，自己不过是运气佳得了那么个机会。

"好的设计师如过江之鲫，我不过是沧海一粟罢了。"

"没想到这么有才华的人还那么的谦虚，真是难得，来，吃片三文鱼刺身吧！朋友一早从华欣的海鲜市场买来的。"雪花太太将橘色生鱼片向我挪了挪。

我向来对生鱼片不感冒，但还是配合着吃了一片，果然新鲜，油脂很多，是上品。

"好吃。"我点头。

雪花太太笑了，慈眉善目的，她说就喜欢看小姑娘吃东西，尤其是漂亮的小姑娘。

我没想到乍仑先生的老婆竟如此平易近人，和我想象中的凶神恶煞截然不同，所以当她问起我的老家在哪里时，我一五一十地全招了。

"我就喜欢乡下，空气好，人情味浓，还能吃到新鲜的蔬果。"她说。

呃！这浪漫的臆想与实际情况严重不符。我的家乡工厂林立，排出的污水与气体让人频频作呕，以致田里长出的东西无人敢吃；人情味就更别说了，一有不合，拳头相向。当然，这些我是不会说的。

"妳的老家在哪里？普通话说得不错。"为了避免尴尬，我赶紧转话题。

她答娘家在马来西亚卖棕榈油，是当地小有名气的华商。

为了让我对棕榈油有更深一层的认识，她不厌其烦地给我科普："棕榈油由油棕树上的棕榈果压榨而成，与大豆油、菜籽油并称为世界三大植物油，拥有超过五千年的食用历史。现今的薯条、方便面、蛋糕、巧克力……等，都有不同形态的棕榈油身影。"

我打哈哈地说如此一来，拔达逢家的食用油就不假他人之手了。

"妳错了，我太太向来只吃橄榄油。"乍仑先生说。

哎！马屁拍到马腿上，我尴尬地笑了笑，把三文鱼刺身纳入口中。

～

知道我住在假日酒店里，雪花太太一定要她老公送我一程。

"有空常来玩啊！"她站在大门口向我挥手。

兰博基尼低吼一声，像子弹似地飞了出去。

"妳太太人真好，一点儿架子也无。"我说，此时雪花太太的身影已经小到成了一个黑点。

"是呀！见过的人都这么说。"

"而且她是怎么了？那么放心大胆地让你送我，也不怕后院着火？"

乍仑先生说这也是他百思不得其解的地方，他太太好像从来不吃醋，这招欲擒故纵倒让他雾里看花，心中很忐忑……

我不禁笑出声来，情场老手也会有不安的时候？

"真是一物降一物呀！"我说。

"不是这样的，雪花她……她好像是我肚里的蛔虫，又好像有读心术，知道我的很多事情，譬如昨晚我俩一起看电视，当妳出现在屏幕上时，她马上开口要我把妳请回家叙旧。我问她可认识妳？她答不认识，心电感应罢了，觉得我们两人的关系匪浅。"

呃！这的确很古怪，我还以为正如她所言，乍仑先生经常提起我呢！

他否认，遮遮掩掩还来不及，怎么可能无事找事？

我的金主说得很诡异，但细究一下不难理解，也许他看电视时不经意流露出色咪咪的眼神，偏偏雪花太太比较敏感，所以……

他再次否认，而且为了证明怀疑不是空穴来风，又举了个例，说他的第二任老婆住精神病院，这个雪花太太是知道的，但吓人的是她竟提醒乍仑先生带凤爪去看病人。

"她是怎么知道病人就爱啃凤爪？"乍仑先生反问。

"你难道没问？"

"问了，她说很多女生都爱啃凤爪，她也就这么认定，但我认为事情没那么简单。"

由于乍仑先生心怀恐惧，我们的对话更像心理咨询多一些。到了酒店，他甚至没下车，很快开车离去。

"那人是谁？"安卓在我背后问。

"我的金主，他投钱让我开工作室。"

安卓看着车背影好一会儿后说："老的可以当妳父亲了，还好。"

我问他好什么？

"已经有一个情敌，再来一个可受不了。"

我捶了他一下，让他别开玩笑，我的心里只有杰森，容不下别人。

"好吧！纯情女，是否有这个荣幸邀妳喝杯小酒，顺便讨论一下接下来的行程？"

"Certainly."我答。

～

不得不说泰国人实在太给面子了，芭提雅和普吉岛的走秀同样获得如雷的掌声，当安卓把当地报纸拿给我看，我高兴坏了。虽然看不懂泰文，但照片不假，占据头版的 I/4，可见受重视的程度。

"欧美的转播权也在接洽中，看来这次的走秀至少账面上不会亏。言言，妳真是我的大福星呀！"安卓很激动。

我也开始做起美梦，也许回美国后订单会如同雪片般飞来，让我在时尚圈站稳脚跟。

"嘟……嘟嘟……"手机响了，是杰森。

我兴奋地在电话中告诉他走秀很成功，不仅上了杂志和报纸，还接受BBC和CNN的专访……

"太好了，就知道妳一定会成功。对了，妳父母叫什么名字？怎么'汤臣一品'的大厦管理员不知道恋恋夫人是谁？"

我打着哆嗦问他在哪里？

"Ha! Guess what? 我和父母现在就在'汤臣一品'的一楼大厅。没办法，妳一直不肯给房号，我们只好突袭。待会儿还得麻烦妳跟岳父岳母解释一下，我们可不是不讲礼貌的野蛮人，实在是妳太磨叽了，我们不得不先斩后奏……"

完了，我吓得拿不稳手机，感觉风云变色，大祸就要临头了。

第四十八章/釜底抽薪

"喂……喂，喂……手机讯号不好，听不见你说的，待会儿打给你。"我匆匆挂断。

怎么办？唐家人在"汤臣一品"，我父母压根儿不住那里，到哪儿变出一对有钱父母来？

我急得团团转。

"怎么了？像踩了狗屎。"安卓问。

我说比那个还糟糕，然后把自己曾经胡诌过的事一五一十地全给交待了。安卓是我的校友，對我的家世略知一、二，我也无庸隐瞒。

"为什么要打肿脸充胖子？这事迟早会被揭穿，难道妳就没想到会有这么一天？"

哈！问得好，我为什么会这样？为什么会那样？如果不是为了留住心爱的人，我何苦作茧自缚？现在怎么办？剧编不下去了，眼看杰森及其父母就要大发雷霆，而我在他们心目中的完美形象也会应声倒下，这是我最不愿见到的事……

我还在喃喃自语，安卓已拨打电话，洋洋洒洒地不知交待什么事。

"好了，"他挂上手机，"告诉妳爱人，房号是1805，待会儿会有佣人前去接他们。"

我吓得目瞪口呆，要他别开玩笑了。

"不开玩笑，学妹是'汤臣一品'某业主小孩的家庭教师，那家人碰巧出国半年，把阿姨也带走，让学妹每天过去料理狗事，给了她不菲的照顾费。"

也就是说让学妹充当我父母家的佣人，这也太冒险了，万一对不上号怎么办？

安卓要我放心，学妹是学校戏剧社的中坚份子，肯定能搞定。只是如此一来欠下人情债，再怎么着也得给她邮寄一套名牌化妆品，算是出场费。

"没问题，钱我出！"

说完，我乐呵呵地拨打杰森的手机号。

～

回到纽约，助理高兴地对我说订单比往常多出好几倍，又问我是不是该多雇几名设计师赶工？

其实我早想到这个问题，鉴于以前的订单不稳定，我迟迟不敢雇人。这次走秀打出了知名度，不仅有来自美国各地的订单，还有海外订单，我的确分身乏术，雇人势在必行。

"好，今天发布征人广告，让他们附上作品集，由我亲自审查。"我说。

助理转身办事去，我也打开电脑处理邮件及重拾因出国而落下的设计工作。

～

“好，你先点菜，我待会儿到。”

杰森来电时，我正和客户面谈。由于新娘子已有身孕，不适合旗袍或强调腰身的设计，我建议采用汉朝礼服，腰上系的长褶能适当地遮住微突的腹部，布料则以大红丝质面搭配五彩凤凰刺绣，营造出华丽典雅的气质，再戴上镀金头饰，尽显贵气……

打发完杰森，我和客户又谈了近一个小时才有了初步方案。

“季大师，我女儿的新娘服就拜托妳了。”新娘妈妈微笑着说。

“哪里，这是我应该做的。”

“看来妳的朋友已经等了好长一段时间了。”那个有着三个月身孕的新娘子提醒我。

我的朋友？糟糕！我把杰森给忘了。

和客人道别后，我赶忙拿起车钥匙，往“成都味道”开去。

一小时前的电话中，杰森问我想不想吃川菜？我无可无不可地答应了，于是他推荐这家隐藏在东四街小巷里的川菜馆。

我把车停在“成都味道”的招牌前，然后下车走了进去。餐馆内布置得很中国，主色调依然是喜庆色，红色的吧台、红色的桌椅、红色的灯笼、红色的剪纸……

“来了？”杰森向我招了招手。

“对不起，”我赶紧道歉，“工作一忙就忘了，等多久了？”

“别放在心上，饿坏了吧？赶紧吃饭。”说完，他舀了一匙的回锅肉到我碗里。

此时我才发现桌上的菜丝毫未动，心里很感动，也捡了一块水煮鱼到他碗里，说：“吃，你才真的饿坏了。”

由于饥饿，我俩没怎么交谈，而是以风卷残云的速度把食物吃得盘底朝天。饭后，服务员问要不要来点儿饭后甜点？我们婉拒了，只要求再来点儿茶水。

"没想到妳的父母真忙，一个去了北京，另一个飞俄罗斯，看来突袭无效，下次还是得预约好时间才行。"他说。

"本来就是嘛！哪有突然就上门的道理？太吓人了！"我娇嗔着。

杰森笑了，眼中闪着捉狭："远征不行只好近攻，Guess what？恋恋夫人就要来纽约了。"

谁？恋恋夫人？敢情我妈就要来了？ Oh no!

由于消息太骇人，我半信半疑，赶紧追问是谁说的。

"当然是你家佣人说的，怎么妳妈没告诉妳？我开始怀疑妳不是她亲生的。"

我要他别乱说话，我妈肯定想给我一个大惊喜，现在被他戳破了，高兴了吧？！

杰森笑得很无辜，我也跟着强颜欢笑，心中却有说不出的苦楚，怎么一波未平一波又起，还让不让人活？

回家后我上网查国内新闻的娱乐版，果然如同杰森所说，下个月恋恋夫人就要来纽约参加一个老牌演员的祝寿宴，餐厅还好死不死地安排在列克星敦大道附近的"杏花楼"，和杰森家近在咫尺，看样子这次我必死无疑，所以当安卓打电话来时，我把气全发在他身上。

"都是你的好学妹捅的篓子，哪壶不开提哪壶，为什么泄露恋恋夫人的行踪？为什么？为什么？……"

安卓要我冷静下来，说学妹不会故意给我找麻烦，我们不在现场，不好给人入罪，当中一定有误会。

"我该怎么办？恋恋夫人不可能半路认女儿，唐家又逼得那样紧，这次肯定完蛋了。"我哭丧着脸。

安卓沉默了一会儿后表示办法还是有的，只看我愿不愿意做？

听到还有活路，我要他赶紧报告。

"妳向杰森承认错误，他若和妳同一阵线，由他去做父母的工作，事情就好办了。"他说。

我顿时泄了气，这招釜底抽薪真够狠，让我死得更快！

"随妳啰！男孩子若是爱妳，杀人埋尸的工作也会做，何况只是接受妳和妳的家庭没嘴上说得光鲜。"

安卓误会了，有没有钱、得不得势是另外一回事，我害怕的是因此被扣上"欺骗"的大帽子，谁会愿意接受已经谈婚论嫁的女友实际上是个大骗子？

知道安卓终究不能带来实质上的帮助，我颓然地挂上手机，人也陷入低糜当中。

第四十九章/莲花的故事

日子一天天地推进，我也一天天地感到焦虑。白天还好，忙碌让我暂时忘却即将到来的窘境；夜晚就难受了，想到杰森会如何看我，我痛苦地想死掉。

当我躺在床上辗转难眠时，忽然听到门口有动静，像是有人塞东西进来，我下床前去看个究竟，果然房门底下躺着一张A4纸。

读完后，我心里喀噔了一下，那是缴费通知，提醒我住宿到这个月截止，如要续租，请联系前台。

我和乍仑先生分手后，他没提让我搬离酒店，我也乐得有免费睡觉的地，现在人家要我搬也正常，我的旧情人没有继续付费的义务，只是这一来，我该搬到哪里去？一屋子的华服与鞋包，总不能租个小屋，再怎么着也得租个两居，在纽约这个国际大都市，没万儿八千肯定租不到。

哎！真是屋漏偏逢连夜雨，烦心事纷至沓来，像有人掐住我脖子，让人喘不过气来。

隔天，我交待助理帮我租个二居，附车位，往返公司最好不超过1个小时，月租金控制在一万美元以下。

"简装修？"助理问。

"精装，且在好小区。"

助理说有难度，但她试试。

雇佣关系久了，我大概能解读助理的意思，她一旦说有难度，那代表基本没戏。

"如果……我再加一千美元。"我无奈做出让步。

助理说清楚了，然后一句废话也无地走开。说真的，我很喜欢这样的员工，简洁、不拖泥带水。

"嘟……嘟嘟……"我拿起座机，是Jenny，我新雇的设计师。

她说想跟我讨论新娘服上的流苏设计，我让她上我的办公室。

我像上紧发条的机器，每天汲汲营营地工作。订单太多也是麻烦，即使多雇了五名设计师夜以继日地赶工，仍有不尽人意的时候。

这一天中午过后，走进来一位满脸怒气的女人，手上挽了个大袋子，我认出她来，她是Jenny的客户。

"这是什么结婚服？！"她将袋子往桌上一扔，咆哮着，"红配绿赛狗屁，懂不懂？！"

我怕影响其他客人，将她请进我的办公室。

"就我所知，绿色流苏是妳提出来的，设计稿也经过妳的同意。"我冷静地说。

当初Jenny说想在腰带上加一圈浅绿色流苏，并且帷裳的部分采用亮绿色的提花布时，我也提到配色问题。红色和绿色互为补色，"画龙点睛"的效果很不错，但大面积同时出现则显得俗气，然而Jenny表示是新娘子主动要求的，我便不再置喙。

"我没这么说，只是随口一提不喜欢结婚服全红，加点儿其他颜色会好些，谁知竟加上绿色，让我成了婚礼上的笑柄。"

客人的说法破绽百出，怎么可能行完婚礼才发现货不对板？我开门见山地问她有何诉求？

"将制作费全额退给我，另外再给予精神损失费，我要的不多，三万美元。"

果然是来讹诈的。

"抱歉，妳的诉求我无法满足，曼哈顿有多家律师事务所，欢迎妳提告。"我起身送客。

那女人愤恨地说要我等着，她会向媒体爆料我的不专业及蛮横态度，很快我会有苦头吃……

我把助理唤来，面对人渣，她可没好脾气，问来者要走着出去还是躺着出去？她是柔道黑带，上一个被她打倒在地的人到现在还没出院，问她要不要也试试？

"行，你们就等着挨告吧！"女人踩着高跟鞋气冲冲地走了。

这是第一次有人指着鼻子说要告我，我不担心，因为美国的法律程序很长，很多人走不完全程，何况我不是无理方，不怕她告。只是这么一闹，让我更加心烦，连续喝了两杯热茶还是没能定下心来。

"季老板，妳上哪儿去？下个客户马上到。"助理在我背后问。

我无力地要她帮忙接待，然后头也不回地走了。

～

在市区逛了好一阵子，依旧没能让心情好转，于是将车子开上东55街，想着也许喝杯酒会好些。

下车后，我将车钥匙交给泊车小弟，然后走进酒店附设的酒吧内，点了一杯新加坡司令。台上的萨克斯手正吹着电影《人鬼情未了》的主题曲，非常动人哀怨。

"终于找到妳了。"

听到熟悉的声音，我转过头去，竟然是杰森。

"你怎么在这里？"

"这话应该由我来问，看到妳的车停在停车场内，我把整个酒店翻了个遍才找到妳，妳怎么在这里？连手机也关了。"

我答心情不好，想静一静，又把下午闹事的人拿来说事。

"服务业就是这样，总要面对形形色色的人，看开点儿，毕竟大部分客人还是通情达理的。"

我主动躺进他怀里，不理他是酒店经理又在上班时间内，就想找个避风港停歇。

"杰森，你爱我吗？"

他笑问这是什么烂问题? 都老夫老妻了还问?

"那么你是爱我这个人还是爱我的条件？譬如家世背景、身高外貌、工作能力等。"我又问。

杰森答人及其条件很难区分开来，它们是一体的，好比车子，你不能只买引擎不买外壳。

听完，我的心下沉了好几公分。

"如果引擎是法拉利，外壳是本田，你能接受吗？"我仍怀抱希望。

杰森说他不开拼装车，所以无法回答这个问题。

此路不通，我只好另谋出路，说自己在网上看到一本小说，女主角叫莲花，从小家境不好，成年后到大户人家帮佣，不幸被户主性侵，户主为了封口，答应送她出国，代价是做他的情人。莲花考虑再三后答应了，一做做了N多年的地下情人直至爱上一位男孩J。J的条件很好，莲花怕对方看不起她，夸张了自己的家世，但纸终究包不住火，眼看谎言即将被拆穿，莲花苦不堪言，她是真的爱J……

"哈哈！这种剧情太狗血了，现实世界里根本不可能发生。"他说，接着分析，"莲花被性侵，首先应该报警，让坏人绳之以法才对，怎么反倒做起情人来？还有，结婚是两家族的事，还是要门当户对才好。莲花的遭遇的确不幸，但不能成为欺骗的理由，我若是J，肯定无法接受！"

知道杰森真实的想法后，我终于释怀，也有心情谈笑了。

"哈！本来就是嘛！一个在天，一个在地，怎好强行拉在一块儿？王子和灰姑娘向来只能活在童话里，这是想当然尔的事，什么烂小说嘛！呵……呵呵……呵呵呵……"我笑出眼泪来。

杰森听到我笑，说他放心了，再过十几分钟有个工作会议，他得先走一步。

我问他下班后能否到我的住处来？我有东西给他。

"好。"他答，不忘在我脸颊上留下爱的印记。

第五十章/再见曼谷

酒店有早、午、晚三班经理，这个月杰森当午班经理，即2pm～10pm，所以当他打电话给我时已经接近午夜，我要他在大堂等我。

下到一楼后，我看到一个高佻的侧影，他有长长的睫毛、高挺的鼻子、性感的唇、小麦的肤色、加上修身的西装、发亮的鞋……噢！我多爱他，那精致的模样像从时装杂志里走出来的人物。

酒店大堂的墙面上恰巧有《妈妈咪呀》的音乐剧广告，演出地点在纽约百老汇剧院，可通过前台订票。

杰森就站在广告前，他看得如此入神，我猜想他将会邀我一块儿去观看，可惜没这个机会了。

"Hi."我唤他。

他转过身来，给我一脸的春天，说："有什么东西给我？最好是好东西，我可是绕了半个城市过来找妳。"

我答肯定是好东西，在楼上，随我来。

如果我说杰森从未到过我的住处，你会不会觉得不可思议？

为了减少"天雷勾动地火"的机率，我们不去各自住宿的地方，而是选择公共场所约会。还好外国人对堂而皇之的亲吻视若无睹，所以纽约的各大景点都留下我们拥吻的画面，但也仅止于此。

所以当我带杰森进入闺房时，你能猜到他会有多惊喜和不解。

"这就是妳的房间？外面的风景很美呀！"此时的他正俯视窗外的纽约夜景。

"是的，有一半的住宿费付给了风景。"我答。

"妳的东西真多，可以开一家小型的奢侈品二手店了。"他看的是我的衣帽间，足足有二十平米大。

我说衣服、鞋、包是女人的胆，没这些怎么唬人？

杰森笑了，问我为什么要唬人？我也笑了，果真是"何不食肉糜"的另一种问法？

"什么味道？"他耸动一下鼻翼问。

"我的味道，"我拥住他，"不信你闻。"

他真的闻了起来，闻我的发、我的脸、我的脖子、我的乳沟……

"妳好香。"他总结。

我说要把身上的香气带给他，然后动手去解他的上衣钮扣……

"言言，"他制止我的举动，"妳确定要？"

"嗯！我们就要结婚了，总得试试合不合得来，不是吗？"我温柔地说。

当杰森进入我的身体后，我感受到前所未有的欢喜，啊！与心爱的人做爱做的事竟是如此美妙。虽然这是他的第一次，有很多不足之处，但在我的调教下，他也得到快感，让我颇感欣慰。

"言言，"他亲吻我，"我想和妳结婚，马上。"

"好。"我答，心里酸酸的。

隔天到了工作室，我马上召开紧急会议，说为了公司长远的发展着想，我将回中国考察一段时间，公司业务暂时由五位设计师共同负责，接待客户的工作则交给助理，有事电话或邮件联系。

散会后，我将助理留下，交给她房卡，顺便交待酒店的房费付到这个月月底，让她找到出租屋后雇人搬家。

"怎么这么仓促？让人措手不及。"她皱起眉头问。

我说自己也是临时决定的，既然有扩展的可能，就得迅速掌握商机。

"知道了，还有事要交待吗？"

我将事先写好的信拿出来，说杰森若上门找我，把信交给他。

助理盯着信封好一会儿。

"妳知道分手总是比较难开口。"我做出解释。

她释然了，说会把事情办好，如有必要，她甚至能开导一下失恋的人。

我苦笑着要她去忙，然后坐下来订机票，当天的机票肯定贵，但我没有别的选择。

~

坐的是深夜起飞的班机，这样明天睁开眼睛时已是白天。节奏快的工作做久了，我倾向有效率地利用时间。

临上机前，杰森打来电话，我没接，为了防止他的继续骚扰，我果断关机。

上机后，整个航程我几乎无法入眠，不只因为邻座是个大胖子，鼾声大作，还因心里有事，无法真正放轻松。

"杰森不会恨我吧？！"我心想。

留给他的信只有寥寥几个字：**我就是莲花，对不起。**

~

回到老家，父母很高兴，忙进忙出的，我还被迫走亲戚，"相亲"的事也被正式提上日程，尽管我再三婉谢。

" 教妳初中语文的王老师，大儿子是个公务员，刚死了老婆，没有小孩，去吃顿饭认识认识。"

" 河对岸的铁工厂老板很有钱，年纪不大，只有四十多岁，无婚史，这个好，嫁过去就是老板娘。"

" 妳表哥的邻居的堂弟是大餐厅的二厨，饭做得可好吃了，只是腿瘸了，放心，只有一点点儿不方便，不碍事的。"

……

老天！我才三十岁不到，行情就已如此低迷，这不毛之地还能待下去吗？

就在千辞万辞仍被迫吃相亲饭的情况下，我选择跳上开往县城的公交，并且马不停蹄地赶往机场。

美联售票柜台说最快飞纽约的班机要等到明天早上，也许更晚，因为航空公司员工正在大罢工。

我转而问飞哪里的航班最快起飞？她查看了一下电脑后答曼谷，现在就能check in.

于是兜转了半天，我又回到泰国，那个记忆中永不磨灭的地方。

第五十一章/乍仑先生与巴颂

再次回到曼谷不在我的计划內，所以一下机便犯愁，不知今晚住哪里？

走出关口，碰巧看到文华东方酒店接客的牌子，我想起杰森曾在那里工作过，也好，睹物思人，用来哀悼我逝去的爱情正好。

" Mandarin Oriental Hotel, please."上了出租车，我直接点名这个五星级酒店。

~

前台问我住宿几天？我答两晚。

怀旧伤情只能点到为止，我不是含着金汤匙出生的幸运儿，现有的荣光不过是一时的，哪天慢下脚步，很快会被高额的租金及人工费压垮，我得非常努力才能撑起一个看起来还不太坏的景象，所以还是量入为出吧！

住的是高级客房，有河景，房间內到处是紫色蝴蝶兰，家具是柚木做的，丝绸布艺装饰无所不在，很有泰式风情。

我游了泳、喝了下午茶、打了网球，还参加了瑜伽课，甚至到我以前兼职过的泰国餐厅吃怀旧餐，然而依旧无法排解那隐隐的伤痛。

五年了，不是说放弃就能放弃，何况我还深深爱着他，虽然他可能已不再爱我。

离开纽约已有十多天，除登机前杰森曾拨来电话外，再也无消无息。想必他也无法接受一个"骗子"当女友，尤其这个人还曾经是别人的玩物，对一直活在"无菌"状态下的公子哥儿而言，再肮脏不过，我怎能期待他豁达大度，甚至以德报怨地接纳我？

酒店有四十多种集古代和现代技术于一体的SPA。

走进水疗室，温暖柔和的灯光、古朴的香薰用具、随处可见的佛像、弥漫在空气中的薰衣草香……都那么地令人感觉宁静而舒适，这就是泰式水疗的魅力所在。

昨天在服务人员的推荐下，我泡了中药浴，听说能达到防病调疾、养生延年的目的；今天换做松脂浴，在淡水浴中加入松脂粉剂，能起到镇静神经的作用。

我把热毛巾捂在额头上，然后枕在浴缸边缘闭目养神。

"妳跟了他二十年，孩子都有了，他是怎么待妳的，妳清楚得很，这辈子他是不可能娶妳的，赶快觉醒吧！"

"¥@%t*……"

"我一撩他，他就娶我，他宁愿娶一个满嘴跑火车的陌生女人也不娶妳，妳还在做什么春秋大梦？！"

"£%o#*¥……"

"我们这是代天行道，妳就不想想儿子？难道要他一辈子当仓库管理员？"

……

我无意偷听别人谈话，但那女人的分贝极高，且每个浴缸间只有半面墙壁阻隔，毫无隔音可言。

刚开始我只当是女人间的嚼舌头，况且另一人的声音小得像蚊子叫，只能从单人说话中去拼凑故事，等到听到"仓库管理员"这五个字时，我才大梦惊醒，不会吧？！说的可是巴颂？

想起成年后的巴颂外形，再对照乍仑先生的模样，那两人的确有父子相，莫非……

我匆忙起身，工作人员以为我沐浴完毕准备接受按摩，帮我拿来大浴巾裹身。

" No, wait. Just a moment."

我想到隔壁一探究竟，但那不谙英语的工作人员却将我往相反的方向送，嘴里念叨着，大概是说脚踩按摩没什么可怕之类的话。

等到那个健壮如牛的女按摩师也上前迎接时，我不再挣扎了。

"也许只是另一个悲剧罢了。"我心想，然后躺在柔软的精致小床上任按摩师"踩踏"。

～

退房时，我将行李寄存在酒店，然后信步走出大堂，这也是窝居两天后的第一次外出。

我还没想好今晚住哪里，太便宜的有安全顾虑，太贵的我又消费不起，除非马上有进账，否则还是得有长远的计划才好。

"言言小姐！"

听到有人唤我，我转身，吓得倒退一步。

"妳怎么在这里？"乍仑先生问。

"我……我来泰国度假。"我答，然后对乍仑先生身旁的雪花太太行注目礼，她……怎么也在这？难道昨天听到的对话来自于她？

大概我的表情太惊悚，乍仑先生笑了，问："妳该不会忘了这是我太太吧？！"

"不，没忘，只是太意外同时遇见你们二位。"

乍仑先生解释香港最著名的整形医生正在曼谷度假，住的就是这家酒店，他太太闻讯赶来咨询，大概没多久会飞香港整形……

"别乡巴佬了，去眼袋及打水光针怎能算整形？顶多只是微调。"雪花太太开口，明显感到不满。

我问她是否今天才到酒店？

"我来两天了，这里的餐点太好吃，酒吧、健身中心、游泳池、水疗……应有尽有，不出酒店也能耗上好几天不感无聊。"她答。

我的心因此喀噔了一下，难道……

"我们正要回家，妳也来家里坐坐吧！"雪花太太忽然盛情邀约。

"不了，我得找酒店去，今晚还不知落脚何处？"

"找什么酒店？！我们拔达逢家就是妳家，想住多久就住多久，"她转向乍仑先生，"是不是？老公。"

乍仑先生答是，但看起来有些勉强，我正想拒绝，雪花太太转而问我行李在哪里？并且下一秒唤来门僮，要他把行李取出。

一切发生得太快，让人措手不及。我原先想找家经济型酒店待个十几、二十天，调整好心情再回纽约卖命，这下子全打乱了，我可不想再和乍仑先生有任何瓜葛！

"先住下再找借口离开吧！"望着车窗外的车水马龙，我心想。

和玛妮太太不同，雪花太太不介意我住二楼，但一想到乍仑先生的第三任老婆在房间的浴室内割腕自尽，我忙推辞，说自己住楼下很好、很舒服。

"随妳，有什么需要告诉Ann，她会替妳找来，再不济也会帮妳去买。"雪花太太像个大姐姐似地照顾我，让人很感动。

"谢谢！"我说。

"哪里，我老公很喜欢妳，说妳是身体治愈系不可多得的人才。"她答。

"我老公很喜欢妳，说妳是身体治愈系不可多得的人才。"雪花太太的话一直在耳边回荡。

"治愈系"是日本在1999年开始出现的词语，指能让人感到平静、舒畅，但雪花太太硬是在前面多加了"身体"二字就不免让人想入非非。

我不相信乍仑先生会笨到将我们之间的私情全招供出来，这无异拿石头砸自己的脚，但雪花太太说这话是什么意思呢？

正当我大惑不解时，听到摩托车启动的声音，我往窗外望去，果不其然是巴颂。

"巴颂，等等。"我探出头喊了起来。

第五十二章/大胆假设

“你去哪儿？”我气喘吁吁地跑向他。

巴颂很好奇我会在这里，我简单交待一下。

“原来如此。我今天公休，和女朋友约在 Terminal 21 见面。”他答。

Terminal 21 是曼谷的著名商场，整个商场设计成机场航站楼的样子，每一层配以不同国家城市的特色，其售卖的产品、装修风格，甚至卫生间也有地域之分。

“顺路带我去吧！好久没逛商场了。”我说。

巴颂的哈雷摩托车造型很Fashion，排气量大，声音震耳欲聋，让我们一路成为众人瞩目的焦点。

“下次我得买个耳塞。”我脱下安全帽说。

巴颂笑得很腼腆，大概也觉得自己的摩托车太招摇。

"他真的是乍仑先生的儿子吗？乍仑先生从不这么笑，他的笑总带着些许的不怀好意，世故得很。"我心想。

由于年轻孩子多少乐见自己的新玩具被赞美，我遂说："摩托车很酷啊！多少钱买的？"

他答买的是二手车，二十万铢，母亲帮了点儿忙，自己再凑点儿就成了。

讲到Ann，我问她的普通话能力如何？

"说很不行，但听力还是可以的，她喜欢看台湾偶像剧，没见有任何问题。"巴颂答。

也就是说Ann听得懂普通话，只是不会表达。

我想起水疗室里的对话，一个讲泰语，另一个讲普通话，这是有可能进行的，只要雪花太太听得懂泰语即可。

"讲讲雪花太太吧！她是怎么跟乍仑先生认识的？"我们站在Terminal 21的露天停车场等人，巴颂的女朋友还未到。

巴颂答他不清楚，要我问乍仑先生。

我转而扒乍仑先生的底。

"老板很严厉，容不得一点儿马虎，薪水虽不高，但工作时间短。人生要那么多钱干嘛？享受生活才是最重要的。"他说。

这也是一般泰国老百姓的生活态度—知足常乐。

"巴颂，你爷爷奶奶住哪里？"其实想问他的爸爸是谁，怕踩地雷，所以先旁敲侧击。

他答自己的父亲到英国留学后便失去联系，遑论爷爷奶奶。他是母亲带大的，两人感情很深。

"I am sorry."我说声遗憾，心思却因此活络起来，乍仑先生也曾留学英国，不是吗？

"没什么好遗憾，有个不负责任的父亲倒不如活在单亲家庭里，至少得到一方全部的爱。"

想起某天和Namu 鸡同鸭讲，我猜她的意思是巴颂在陶瓷岛的小木屋里出生……

我借机问巴颂，很高兴我的猜测因此得到印证，他答乍仑先生的画室原来是他家，他和母亲曾在那里住了七年，为了读书才来到曼谷，还好乍仑先生雇用了母亲。

这倒稀奇，难道Ann受雇拔达逢家之前，两家是旧识？

巴颂想了想后说应该不是，他母亲15岁就跟了父亲，当时父亲是一所中学的美术老师，收入微薄，不可能认识像乍仑先生这么有身份地位的人……

说这话时，他的眼光飘向远方，人也有了精神。我转过头去，看到一位身材纤细的女孩向我们走来，脸上带着甜甜的笑容。

"沙瓦迪卡！"她看见我，双手合十，我也礼貌回礼。

巴颂介绍完双方，女孩上了摩托车，不忘戴上安全帽。

"我载女友到华欣吃海鲜，妳能转告我母亲吗？"他问。

我答没问题。

摩托车碰的一声发出好大的排气声，然后呼啸而去，留下一屁股的黑烟。

～

曼谷TERMINAL 21商场一共有9层，从地下层算起，每一层的装饰风格分别是加勒比海岸、罗马、巴黎、东京、伦敦、伊斯坦布尔、三藩市及唐人街。我花了一百泰铢在伦敦层买了对泰迪熊耳钉，玩玩罢了，没真心要。

逛完一圈，我在顶层的Pier 21点了杯鲜榨果汁，坐下来边啜饮边整理思绪。

巴颂的父亲留学英国，乍仑先生也是英国留学生；巴颂的父亲是中学的美术老师，乍仑先生差点儿成了饿死的画家；巴颂的母亲15岁跟了他父亲，而他现在近二十岁，15+20=35，Ann的确就像这个年纪的女人……

于是我做了大胆假设：当乍仑先生在中学教画时，一个15岁少女来到他身边，两人巫山云雨后有了爱的结晶；另一厢家境富裕的女学生也爱上他，不惜与家里决裂，两人逃到英国后，他学画，她读书，直到女方家长勉为其难地接受既成事实……

在这场较力中，Ann无疑成了弃妇，而身在英国的乍仑先生不知自己当了父亲也说得通，这可以解释为什么巴颂只得到薪水不多的仓库管理员工作，毕竟没有父亲会不提拔自己的儿子，不是吗？

如果这是事实，一个等待二十年仍无名分的女子，其委屈与愤怒不难想象，但Ann的目的是什么？她真的要联手雪花太太进行一场可怕的阴谋吗？

我陷入迷思当中。

~

"下午想找妳喝下午茶，可惜妳不在。"雪花太太说。

我答自己上Terminal 21逛逛，还趁着Ann端来清蒸鲈鱼时，顺便转告她巴颂和女友上华欣吃海鲜了。

Ann显得老大不高兴，嘴巴念念有词，说的是泰语，没想到女主人也回了几句。

"雪花太太，妳会说泰语？"我太惊讶了。

"当然，我的童年在泰国度过，一直到上小学五年级才到马来西亚。语言就是这样，久没用难免生疏，我的泰语听力还好，说就不怎么流利了。"

拼图一张张地拼上，我感到兴奋非常，那两个女人肯定是发小。

没想到待Ann走了之后，雪花太太却表达心中不满，她说留Ann在家是个隐患，她看她老公的眼神就像野狗看到了油汪汪的肥肉，再说巴颂那孩子也不讨人喜欢，整天骑摩托车进进出出，吵死了！……

我又犯迷糊了，难道之前的种种猜测是错的，那两人是敌对关系而非合作关系？

"那妳想怎样？"乍仑先生放下即将到口的干贝，"他们母子待在这个家可比妳长得多。"

雪花太太待口中的山药咀嚼完毕才慢条斯理地答："她是你的大红人，我怎么动得了？不过是嘴上说说罢了。"

看那对夫妇暗潮汹涌地比划着，我识时务地作壁上观。

晚餐过后，意外发现拔达逢夫妇竟然没有夜生活。雪花太太邀我到客厅看小三撕逼原配的毁三观电视剧；乍仑先生则默默上楼闭关，这个家作息改了，倒让人有些许的不适应。

Ann为我们端来水果盘，上面五颜六色，煞是好看。

"krob khun."雪花太太道谢。

Ann点了点头后走了，她手上的另一个水果盘肯定是给楼上男主人的。

"Masosopoly！小三还那么理直气壮，人家是明媒正娶的妻子，偷吃也就算了，还想整盘端走，简直天理何在？！"雪花太太很是气愤。

我不爱看肥皂剧，要不是盛情难却，我宁愿在房间里数蚊子，这个季节蚊子最多，尤其是一楼。

"对，就该这么打，打死那个不要脸的骚货！"雪花太太乐不可支。

我看了半天，终于搞清楚那个短头发，看起来精明能干的是原配；那个长头发，一脸无公害的小红帽是小三；至于外表成熟稳重但临事退缩的大老板则是掀起千层浪的男主角Pong。

不知怎的，我更倾向保护弱者，跟是不是小三没多大关系。

"别看小香楚楚可怜的样子，那是装的，她和Pong天天乱来。哎！她也可怜，被Pong当成棋子，甚至还参加'换妻俱乐部'，太好笑了，又不是妻子，顶多只能算姘头。"

我听得冷汗直流，乍仑先生说得对，雪花太太仿佛有一双窥视的眼睛，能洞悉过去发生的事，然后轻易地找到痛处鞭答人，好比现在，我被打得体无完肤，只想羞愧地掩面而逃……

"言言，妳还好吧？！怎么像生病似的？"她关心地问。

我答自己的确不舒服，想回房躺躺。

"去吧！我把下半场看完，回头告诉妳剧情。"

老天！她以为我在追剧吗？我恨不得眼不见为净。

离开客厅，经过长长的走廊，我发现Ann的踪迹，她刚从楼上下来。

这是怎么回事？泰剧出名的会拖，从两个女人的战争延伸到男主角出国避风头，少说已过去三十多分钟，Ann怎么这时才下楼？她在楼上做什么？

Ann看见我，怔了一下，随即笑开来，她将衣领拉开，我看到一个硬币大小的吻痕。

这是干嘛？示威吗？原配还在同一个屋檐下，她竟如此大胆，看来雪花太太说得对，Ann是个隐患。

"Ann～"客厅忽然传来雪花太太的呼唤声。

那个脖子上有吻痕的女人应了一声，很快将衣领拉好，然后若无其事地走进客厅。

第五十三章/意外的访客

不知为什么，Ann脖子上的吻痕在脑中挥之不去，我的身体开始蠢蠢欲动，人也感到焦躁不安。

"不行，季言言，妳得想点儿别的，要不，运动运动也成。"我的理智提醒我。

可是大半夜能上哪儿运动？想来想去，也只能在庭院内做做柔软体操。

"妳去哪儿？"乍仑先生在我背后问，吓得我差点儿惊叫出声。

"睡……睡不着，打……打算到庭院做运动。"我答。

乍仑先生说这么巧？他也睡不着，所以下楼喝杯水。

我注意到他的手上拿着水杯，已经喝了一半，自己忽然感到口渴，遂咽了一下口水。

"想喝吗？"他摇晃着手上的半杯水。

我答不想，但他仍向我走来，将杯子递上。

"我说了不想。"

"我不相信妳嘴巴说的。"他将杯口压住我的下嘴唇，再将杯身往上提，当水溢出来时，我张口吸吮。

不知为什么，乍仑先生的水特别甘甜，好像琼浆玉液，很快便杯底朝天。

"好喝吧？！"他问，顺便划去我唇边残留的水印。

"平淡无奇，就是一杯普通的白开水而已。"我作违心论。

乍仑先生说那真可惜，水来自喜马拉雅山的冰川，要价五美元一瓶，是他托清迈的合作厂家买的。

"你被当凯子了。"我取笑他。

他答只要能得到快乐，即使是短暂的、昂贵的，他也甘之如饴。

呵呵！也只有富人才有底气说这话，普通老百姓光应付日常开支都捉襟见肘，哪有余钱喝五美元一瓶的水？

"离开我之后，妳快乐吗？"乍仑先生忽然感伤地问。

我快乐吗？不，我依然不快乐，他在我身上留下的耻辱未去，让我背负沉重的包袱前行，最后还因此失去一生挚爱，可谓损失惨重。

"我很快乐，你呢？快不快乐？"我逞强着。

他答刚开始还不错，觉得终于有了变化，然而新鲜感一过就感到乏味，原来她们都不如我可口，所以……

"停！"我后退一步，"我正开始过正常的生活，别又来捣乱。"

"言言，我愿意付比以前更多的钱，十倍、二十倍，只要回到从前……"

我嘴巴喊不，夺门而出。

我在小小的庭院里跑了不下五十圈，才把自己出闸的性欲给压下去。

"明天一早就搬，乍仑先生太可怕了，他是我身上的毒瘤，必须将它遏止在摇篮里！"我边跑边想。

回到房内，恰巧接到安卓的Skype请求，屏幕那端的他正在大啖热狗。

"你在哪里？"我问。

他答正在中央公园里，本来想邀我一起吃午饭，无奈助理说我飞中国拓展业务了，他只好一个人孤零零地野餐。

我告诉他自己不在中国，离开纽约为的是避开一场可能会有的尴尬场面……

"I am sorry."他表同情，接着问我在哪里？

我答曼谷，但明天一早会离开。

"去哪儿？"他又问。

其实我还没决定好去处，但想到一个小时前乍仑先生提到清迈的厂家替他代购饮用水，便冲口而出："清迈。"

"清迈好，连空气都有度假的味道。"

既然安卓说那是个好地方，我便把清迈正式列为下一个落脚处，并且主动交待自己顶多在那里待十天，因为这个月下旬我得回母校演讲，和学弟学妹们分享成功经验。

"厉害啊！已经是成功人士了。"

我要他别笑话我，这条路仿佛在走绳索，一个不小心，马上跌得粉身碎骨，其中的辛苦只有自己清楚……

"妳说到我的心坎里，也只有同行才能感同身受。"他把最后一口热狗吞下肚。

看他吃得津津有味，我问他吃的可是"脏水"热狗？

在曼哈顿，几乎每隔一个街区都能看见一把蓝黄条纹相间，印有Sabrett字样的大伞，在这里你可以找到纽约最具代表性的街边小吃—Dirty water Dog。2010年，英国首相来访，当时的纽约市长招待他吃的正是此物。

"脏不脏我不知道，但的确好吃，还想再吃一个。"他答。

安卓答脏不脏他不知道，但的确好吃，还想再吃一个。

"你去吃吧！曼谷已经近凌晨一点，我该睡了。"

打发走安卓，我脱下运动服钻进凉被里。还好夜凉如水，经过一天的酷热，终于等来最佳的室温。

就在迷迷糊糊当中，我一步步地走入梦乡……

隔天一早用过早餐，趁着乍仑先生去上班，而美容师正在楼上替雪花太太护肤之际，我拿起早已打包好的行李偷偷摸摸地溜出屋外。

"妳去哪里？"Ann难得说了一句完整的普通话。

"我……走了，不会再回来。"

Ann笑了，像甩走一个穷追不舍的竞争者。

哎！一个控制不住自己老二的中年男人有什么好抢的？

我转身步出拔达逢家，连再见也没说。

清迈是仅次于曼谷的泰国第二大城，也是泰国北部的政治、经济、文化中心。市内风景秀丽，遍植花草，尤以玫瑰花最为著名，有"北国玫瑰"的雅称。

不到一个半小时，飞机已抵达清迈机场。整个机场不大加上到达的航班不多，我很快就办好入境手续并且上了出租车。

酒店在小巷里，静谧中透着丝丝闲适，到处是雅致的灯笼。办好入住手续后，酒店服务员在前引路，走过长长的竹林道，耳朵不时传来悦耳的泰式四弦琴音乐，偶尔一袭凉风吹来，让人不禁心旷神怡。

我们在一栋兰纳式建筑前停下，服务员打开精致雕琢的木门，我看到了简约雅致的屋内设计、小巧的洗漱用品、清爽洁净的床品……连空气都带有柠檬草及生姜的淡淡香气。

桌上有水果及一封酒店经理写的信，内容要求客人在酒店内保持安静，因为这是一家以安静而闻名的酒店……

我没想到在等待登机的空档随意订下的酒店如此之好，大大超出期望，正沾沾自喜时，安卓来电了。

"妳在哪里？"

"清迈的LW酒店。"我答。

"周日夜市就在该酒店门口，很值得逛逛，晚餐就在那里解决吧！"

我问他怎么这么清楚？

"早告诉妳我来过泰国好几次，其中也包括清迈，只是当时穷，住不起LW酒店，而是住在附近的背包客旅店里。"他答。

难怪他未卜先知。

我们又拉拉杂杂地谈了近况，我才忽然想起长途电话不便宜，要他挂了，改用Skype视频。

"不用麻烦，待会儿就能见上面。"

我当他开玩笑，纽约到清迈少说也要二十几个小时的航程。

没想到当我在夜市里吃饱喝足，还买了手工香皂及皮雕，奕奕然走回酒店时……

"买了什么好东西？"他问。

我太惊讶了，莫非安卓插上了翅膀？

他解释打电话给我时，人已在曼谷机场。

"怎么一声不响就来了？工作呢？"

"人不是机器，总得休息，知道妳在清迈，赶紧过来找妳玩。"

我太高兴了，原以为这是一个人的孤独旅行，这下好了，有安卓陪伴，至少假期还不致于"凄凉"。

我们在酒店大堂坐下，叫了两杯咖啡话家常。等咖啡喝完，我问他今晚落脚何处？莫非还是背包客旅店？

"太小看我了，我现在是有钱人，再也不租床位了。"

一问，原来他住C区，离我住的A区相距不到一百米，我自然而然地约他明天一起吃早餐。

"Deal.早餐是自助式的，一定得吃到扶墙而出才行！"他答。

第五十四章/恶耗

我和安卓不急着加入游客的队伍里，而是充分享受起清迈的慢生活。

通常早餐过后，我们会参观附近的庙宇，偶尔也坐TuTu车到远一点儿的地方，但会控制好时间，在太阳大发威前赶回酒店，然后泡泡游泳池、到健身房活动一下筋骨，或者什么都不做，只是静静地躺在小屋外的躺椅上，等待风吹过树梢时带来的一丝凉意……

适逢清迈的夏季，白天天气能达到36度以上，比人的体温还高，为了不被晒成黑炭，我和安卓选择清晨或傍晚出门。

那么漫漫长夜能去哪儿呢？平日夜市当然会去，但最常去的地方是宁曼路。

在清迈，这是最出名的一条路（其实是主干道加上延伸出去的巷子，自成一区），它介于古城与清迈大学之间，那里有大大小小的咖啡馆、餐厅、酒吧和特色小店。

这一天，我说想吃清淡点儿，安卓便带我来到宁曼路上的一家清新小店，有花瓷砖、吊灯、木桌椅、小绿植……等，能让我不停地拍拍拍。

卖的是沙拉，我点了香肠、吞拿鱼加五种基本配料，酱汁选了焙煎芝麻沙拉酱；安卓则点了烤牛肉及其他，酱汁选了蜂蜜加千岛酱。

"其实吃这个不一定能减肥，因为沙拉酱的卡路里很高，我的模特儿几乎都'啃草'，一点点儿的酱汁都不加。"安卓说。

我答还好自己不是模特儿，还能享受一下吃的乐趣……

此时饮料送来了，我的是酪梨牛奶，他的是鲜榨橙汁。

"酪梨又叫牛油果，是水果中能量最高的一种，脂肪含量约15%，比鸡蛋和鸡肉还高。每100克牛油果的热量约160大卡，是苹果的3倍、牛奶的2.7倍……"

我问他大学修的可是营养学？否则怎么这么清楚？

他答因为他带领的是一群必须严格控制体脂率的人，所以了解吃什么容易堆积脂肪及引发肥胖很重要。

"想必你未来的另一半也得有魔鬼身材才行。"我下结论。

"不必，像妳这样挺好的。"

我因此抬头看了他一眼，他起身到柜台跟服务员要纸巾，恰好避开我询问的眼神。

～

宁曼路上到处充满萌萌哒的感觉，一个信箱、一面涂鸦的墙、一扇可爱的小窗、一个伫立在店门口的大公仔……都能让人会心一笑。

我和安卓悠闲地漫步着，沿路的三角梅及凤凰花正开得茂盛，他的手指几次碰到我的手指，让人有些迷惑。

"大概是不小心碰到的吧？！"我心想。

此时一辆摩托车呼啸而过，我甚至还能感觉到排气管排出的热气，安卓趁机握住我的手，将我拉向他。

"怎么回事嘛！骑那么快，撞到人怎么办？"安卓很生气。

我答没事了，并抽回自己的手。

"言言，我……"

我赶紧制止他发言，说前面就是网红店，我想吃芒果糯米饭。

"好吃吗？"他问。

"嗯！好吃。"

芒果糯米饭是将微酸的芒果加上用椰浆蒸煮的糯米，最后淋上勾了芡的甜椰浆而成。在泰国，我没吃过失败的芒果糯米饭，大概由于用料新鲜的关系，只有"好吃"、"很好吃"以及"好吃得不得了"三种等级，不同的是我们去的这一家还多了一个挤上鲜奶油的芒果布丁，成了名副其实的甜品了。

安卓没点甜品，而是要了一杯樱桃汁，杯口有一颗红得发亮的樱桃，我看着它好一会儿，想起杰森曾经对我唱的一首英文歌，歌词里说恋人应该有樱桃般的小嘴及天使般的眼睛……

"想吃吗？"安卓把樱桃取下，在我眼前晃动。

"不想！"我把脸撇向一旁。

安卓只好自己吃下，还频频说好吃。

我说他刚吃了小嘴，又解释杰森曾经为我唱的英文歌歌词……

"妳还在想他？"他问。

我点头，心里酸酸的。

"自从……他联系过妳吗？"他又问。

我答在纽约机场时杰森曾打来电话，我没接，从此杳无音讯。

安卓听了沉默许久，眼看周边的吃客走了一批又来了一批，是时候离去……

"言言，等等。"安卓终于开口，但说的却是我最不想听到的，世界一下子全黑了。

我将浴缸装满水，再洒入酒店提供的沐浴盐，然后将整个身子埋入水里，直至再也无法闭气才露出水面。

"杰森，你不爱我了。"我趴在浴缸边缘不停地流泪。

时间往前推两个小时，安卓在甜品店里要我别走，然后把惊天动地的消息告诉我。

"你是说……杰森订婚了？"我困难地问，心中仍拒绝相信。

"嗯！一个礼拜前的事，华文报上登的，好大一幅照片，订婚宴设在万福楼，纽约副市长也来了。"他答。

这么说，我们"分手"还不到一个月，他马上找到替代人选并且仓促订了婚，仿佛怕我会回来粘上他，做得可真绝呀！

"听说……听说新娘子已有身孕，所以才这么赶。"安卓附带说明。

有了身孕？哈！交往五年，我竟不知他脚踏两条船？！

我笑出声来。

"妳还好吧？"他小心地问。

我答好得不能再好，并且在"留下来"还是"走人"之间徘徊，最后选择留下，因为我知道今晚注定会失眠，不想早早回酒店煎熬。

"怎么办？肚子又饿了。"我站起身走向柜台，点了椰子派、巧克力薄饼、西瓜蛋糕、千层蛋糕以及雪糕红豆冰。

望着桌上满满的甜品，我好满足，像把自己空虚的心灵也填满了。

"吃！"我将西瓜蛋糕递给安卓，"很甜的。"

他接过后迟迟未入口，反而用同情的眼光看着狼吞虎咽的我。

知道他在看我，我吃得更凶，好像在参加大胃王比赛似的，一口接一口……

~

果然一夜无眠。

"嘟……嘟嘟……"我拿起座机，是安卓打来的，他说怎么不见我过来吃早餐？

"不吃了，每天的早餐都差不多，早吃腻了。"

他又问我今天打算干嘛？

我答睡大头觉，哪里也不去。

"好，反正再过两天就回纽约了，正好趁现在养精蓄锐。"

安卓没勉强我，倒让人有些许意外。

我果真躺回床上去，并且像死人似地躺了好几个小时，直到血红色的夕阳余晖洒了进来，我才知道一天即将过去。

"嘟……嘟嘟……"我拿起座机，还是安卓。

"不吃，别烦我！"

他顺着我的思路说："不吃饭，纯喝酒，怎样？"

想到用酒精麻痹自己也是宣泄的一种方式，遂答应了，并且问他在哪里喝？

"妳出来，得走一小段路。"他答。

第五十五章/清莱

安卓带我来到古城护城河附近的这家酒吧，熟门熟路地直上二楼。坐在木制的秋千椅上，我往下探去，刚好正对着半圆型的小舞台，琴师正在调音箱。

服务员过来问我们要点些什么？安卓答"金汤力"，又点了几样下酒菜；我则要了"龙舌兰日落"及一打的象牌啤酒。

"一打？"安卓咋舌，"我可没力气背妳回酒店。"

我要他放心，泰国是佛教国家，不喝酒为戒律之一，正因如此，本地的啤酒偏淡，酒精含量皆不高，保证喝不死人。

也许因为户外微雨的关系，酒吧内只有我们两位客人，感觉像包场似的。

此时歌手也上台了，是个皮肤黝黑的泰国人，他对着麦克风说桌上有纸笔，接受客人点歌，然后唱起七〇年代的经典情歌《Yesterday Once More》，声音低沉而富磁性。

我拿起笔刷刷刷地写，转身将纸交给服务员。

舞台上那个帅气的小哥看了之后，抬头对我喊：" Sorry, I can't read Chinese characters."

听他说看不懂中文字，我乐不可支，将手围成话筒状，回喊：" Never mind.My boyfriend passed away yesterday. Please sing something sad for me."

那歌手一脸茫然（也许想着：男朋友昨天死了，怎么还这么高兴？），不管怎样，他转头和琴师耳语几句，接着唱起惠特尼.休斯顿的《I will always love you 》。

搞什么嘛！为什么偏偏唱《我将永远深爱你》这首？太讨厌了，踩到我的痛处。

想起自己明明被甩了，还很没志气地爱着杰森，那个"只见新人笑不见旧人哭"的负心汉……

"妳还好吧？"安卓问。

我说还行，为了不继续在悲伤里打转，我问他和前女友分手时痛不痛苦？

他答刚开始肯定会有不舍，尤其当女友问他要不要一起回中国时，他犹豫过，还好当时坚持下来，否则也不会有"守得云开见月明"的时候。

想到安卓的事业已渐成气候，听说还签下几名初露锋芒的模特儿，的确有资格说这话。

谁知他马上否认："我的坚守不是为了事业，而是……"

见 他 一 副 吞 吞 吐 吐 的 样 子 ，我 问 他 是 不 是 看 上 了 哪 个 模 特 儿？

他答也是也不是。

"我也想守得云开见月明，偏偏月亮被天狗吃了，就算等死了，也等不来月光。哎！你说投胎算不算一门技术活？想当初如果睁大眼睛诞生在好人家家里，现在看见优秀的男孩子也无需自惭形秽了。"我自怨自艾起来。

"我不一样，我选对象不看出身，只看两人合不合得来。"

我嗤之以鼻，说男人个个都是大话王，刚开始也许会不在乎，一旦谈到结婚就不好说了，谁不想少奋斗几年？

"对我来说，妳已经够好的了，在纽约市中心有自己的工作室，眼看就要在时尚圈站稳脚跟、引领风潮……"

呵呵！我笑得眼泪都出来了，什么工作室？没有乍仑先生的帮忙，我还是个四处寄简厉的小设计师……

看安卓一脸茫然，我遂把自己做过的龌龊事全交待了，包括画室幽会、换妻俱乐部、性病……

"瞧！我是多么糟糕的女人，杰森离开我，一点儿也不冤枉我，连我也想离开自己，但不行呀！灵魂被圈在躯壳里，一步也离不开，除非我死了重新投胎，否则这辈子就这样了，呜呜呜……"

我又哭又笑，把酒像白开水似地猛灌个不停。迷迷糊糊中，只感觉昏黄的灯光忽明忽暗，歌手的歌声时大时小，安卓的脸孔也时而清楚时而模糊，倒是雨水打在铁皮搭建的酒吧屋顶时特别响亮，像日本的传统太鼓表演。

"言言，妳醉了，我们回去吧！"

安卓扶我一把，我甩了他，任性地跟服务员又要了杯伏特加。

果然喝完烈酒我就不醒人事，因为接下来的记忆全无。

～

我是被泰国国歌给唤醒的。

在泰国，每天早上8点和晚上6点都会定时定点播放国歌，歌名叫《泰王国歌》。当国歌奏起时，所有人都要停下来，赶路的立即站好，聊天的不再谈笑，打电话的马上挂机，甚至连吵架都要暂停谩骂，大家一致肃立，面容严肃地聆听国歌，直至结束。

我所住的酒店以安静闻名，即使播放音乐也是轻音乐，像潺潺流水似的，但也阻挡不了国歌播放，因为播放国歌的地点就在酒店紧挨着的小公园内……

闭着眼睛将泰国国歌从头听到尾，我发现该曲很像进行曲，不难听而且很短，比学校课间操的时间还短。

"哈啾～"这打喷嚏的声音好比杜比音效，简直身临其境。

我猛一张开眼，看到安卓的大脸，停了几秒钟后，我赶紧爬起，这才发现自己枕在他的手臂上。

"谢谢！"安卓揉了又揉他的右手臂，"我以为这只手要废了。"

虽然我们两人衣着整齐，我睡床上，他坐地上，但瓜田李下，加上昨晚我醉酒，什么事都有可能发生。

"你……你怎么在这里？难道昨夜你……"

"天地良心呀！昨晚扶妳就寝后，妳拉着我的手，把它当枕头。为了让妳安心入睡，我就坐在冰冷的地板上半梦半醒着，妳若还入我罪，我连想死的心都有。"

听他这么一解释，我感到万分羞愧。

"对不起，我不知道自己这么霸道，现在……现在你可以回房睡了，我不吵你。"

安卓说都八点了，还睡什么睡？倒是他的手臂没了知觉，不知该不该看医生？

听到他的手臂没知觉，我赶紧左右拍打它，问："有感觉吗？"

安卓无奈地摇头。

完了，完了，他该不会需要截肢吧？！我又用力打了两下，见他还是摇头，遂张嘴……

"停！"安卓把两只手都藏在背后，"妳这个女人太恐怖了，不过是开个玩笑，妳当真要咬我？"

知道他的手臂没事，我松了一口气，也有心情糗他："不是没感觉吗？让我咬两口有什么关系？昨天一整天没吃饭，今早饿得前胸贴后背。"

我还配合着舔了舔嘴巴。

"那么赶紧起床梳洗一下吧！我带妳去个好地方吃早餐，吃完我们去看天堂与地狱。"他说。

安卓同意酒店的早餐吃腻了，他带我来到巷尾转角处，一个带有黄色遮雨棚的小店。

"你简直就是地头蛇，什么都知道。"我边翻菜单边说。

"别忘了我是老游客，当然知道这附近哪里有好吃又不贵的餐厅。"

他说的没错，这家店虽然看起来很一般，但食物的选择性却很多，而且价格都不贵，有很多本地食客，差不到哪里去。

由于看不懂泰文，我只能看图想像，东西端上来后，才发现鸡蛋上面的蔬菜完全是生的，而且没有沙拉酱，我吃得很不习惯，倒是安卓点的蜂蜜谷物看起来非常可口。

"想吃吗？"他问。

我答不想，但他还是把一勺淋上蜂蜜的谷物递上来，清甜的口感非常适合小女生（为什么别人点的总是特别好吃？真气人！）

见我喜欢，安卓没经我同意，迳自和我对换早餐，还说他喜欢吃不加酱的苦苣。看他皱着眉头吃东西的样子，我想笑又笑不出来，没人比他更傻的了。

接着端上来的黄油炼奶土司及香蕉蜂蜜土司都被我们很有默契地一分为二，还好两者都很出彩，没失分，连泰式冰咖啡也浓得恰到好处。

"那个……昨晚我们是怎么回酒店的？"我问。

安卓答酒吧经理帮忙叫了辆出租车，到了酒店，有一大段路是他背我过去的，还问我难道没印象？

我摇头，真的完全失忆了。

走出早餐店，一个泰国人样貌的出租车司机下车将后车座的门打开，并对我们做了"请进"的动作。

"这是去哪里？"我问安卓。

"清莱。"他答。

第五十六章/再见杰森

在泰国，佛寺总是金碧辉煌，惟独在泰北有两座庙，一反常态地以黑白对比色闻名于世。

"有人认为白庙辉煌璀璨，看起来像天堂，其实代表的是地狱；黑庙阴森恐怖，看起来像地狱，实为天堂。"安卓说。

"太诡异了，完全不同的两种说法。"

"这就是为什么我要花往返六个钟头的时间去搞清楚的原因所在。"

由于路途稍远，到达白庙时已是中午时分。

这座大型的白色建筑与水池倒影相映生辉，大殿是典型的泰式庙宇风格，外层覆以繁复的白色手贴马赛克，受光时反射出耀眼的光芒，仿佛圣光般奇丽绚烂。你可以在此体会生与死、希望与绝望，其中最震撼的场景是通向主殿的奈何桥，桥周边是地狱万象图，景象非常恐怖，有很多骷髅头及伸出来的一只又一只的手，姿态都十分扭曲，那是地狱里堕落灵魂的挣扎、哭喊与忏悔。

结束白庙的参观后，我们马不停蹄地前往黑庙，那里更像是"黑屋"，而非"庙"。

正殿是巨大的原木结构屋子，主体为黑色，顶上铺黄瓦，屋角则以尖长的弯角作装饰，墙体有各种魔鬼形象的雕刻。就在这昏暗的内室里，陈列着兽骨、屠杀工具、祭祀用品、标本、皮毛……等阴暗恐怖的摆设，无疑带来地狱的联想。

然而仔细观察过后，你会发现黑庙并不完全充斥着死亡味道，譬如：憨厚的木佛像、雪白的瓷观音、莲花佛手、大象神石雕、女神窗雕、捕猎工具及各种夸张的生殖器雕刻品等，与其说是展示死亡，不如说是用死亡证明曾有过的生生不息。

参观完两座庙，安卓问我到底是"白庙代表天堂，黑庙代表地狱"，亦或反之？

我想了许久还是没有答案，也许地狱中有天堂，天堂中也有地狱，两者互为存在又交替出现吧！倒是奈何桥下那只中指涂上红色指甲油的手让我印象深刻，我说那是我的手，挣扎着想从罪恶中逃脱，奈何不可得……

"谁说不可得？"安卓三两步跳上小山丘，然后回头对我一伸手，我踌躇了一会儿，将手递给他，他用力一拉，我上了山丘。

"瞧！妳不是上来了？"他对我微笑，然后眺望远方，"看这里的风景多美呀！"

我顺着他的目光往外探去，穹苍下好一片郁郁葱葱，果真风景如画。

"我一直想和心爱的人一起坐看云起时。"他有感而发。

我说那也是我的愿望，又问他，那个和他一起看云的幸运女孩是谁？

他答那女孩泪点低、喜欢吃肉、爱幻想……

"安卓～"

他截断我的话："我们认识时，各自有男女朋友，即使喜欢妳，也只能把情愫埋在心里。知道妳只身去泰国后，我甚至想过到泰国留学算了，但我女友没做错事，对我又是一心一意，我开不了这个口，想着就这么庸庸碌碌过一辈子吧！但越不去想妳就越想妳，我猜小敏也觉察到我心中有人，所以当我说不回中国时，她哭得很伤心，以为我看上房东的女儿，为了拿绿卡想和蕃。"

对于安卓的小心思，我不是完全没感觉，但自己的身体已经肮脏了，他值得拥有更好的……

没想到他表示我就是最好的，如果当初他能更有勇气些，乍仑先生也不会有机会伤害我，说到底是他的错，没尽到保护的责任。

面对安卓的表白，我有些无措，把他从"男的朋友"变成"男朋友"，我还没准备好。

"你的心声我听到了，我会慎重考虑后给你答复，也许一、两周，也许更久。"我打算先采拖延战术。

"没关系，妳慢慢考虑，八年都等了，还差那么点儿时间？"他答，然后整理我被风吹乱的头发。

～

回到清迈刚好赶上吃晚饭。

"明天下午我们就要返回纽约，所以最后的晚餐一定要吃好吃的。"安卓说。

他带我来到猫途鹰推荐过的餐厅，店面装修得非常复古、典雅，给人一种吃法餐的感觉，但其实吃的是道地的泰北菜。

安卓点了好几样招牌菜，其中我最喜欢的是炸猪肉丸及河粉卷，前者的表层炸得酥脆，里面的肉却很嫩，口感令人惊艳；后者的内馅除了蟹肉还有香茅叶，搭配绿色甜蘸酱，非常清新爽口。

饭后甜品则是"红宝石荸荠椰汤"，粉色的荸荠吃起来香香脆脆的，再喝几口冰凉香浓的椰奶，在炎炎夏日里，不啻是消暑圣品。

"谢谢！"我说。

"谢什么？我没说这餐我买单。"

其实我想说的是这次泰北行因有他而增色不少，他却以为我想占他便宜。

"就得你买单，我还没要你付美女陪吃的费用呢！"我耍起流氓。

安卓听完捂住胸口，像被箭射中红心，我呵呵呵地笑得很开心。

～

回纽约的班机上，我还在写演讲稿。

"随便讲讲得了，那种场合是锦上添花的多，没人真心听妳讲什么。"安卓说。

我也知道那是实情，但就是无法放下心来，面对群众总让我无来由地感到紧张。

安卓要我放轻松，他会坐在第一排的位子上为我加油打气！

～

诺大的礼堂挤满了学弟学妹们，我被校长介绍为下一个 VERA Wang, 那个当今最杰出的华裔婚纱女王。

我接过麦克风，不忘谢谢校长的抬爱，说自己还有很多不足之处，若不是学校给予我成长的土壤，我恐怕还是一颗未发芽的种子……

安卓说的对，这种场合的确是锦上添花的多，很少有人真心听我讲什么，但场面话还是要说的，所以在不恶心人的状态下，我尽量做到宾主尽欢。

五分钟的演讲一结束，换来如雷的掌声。我深深一鞠躬，忽然记起安卓说过的话，他说会坐在第一排的位子上为我加油打气，于是我快速瞄了一眼，这一瞄非同小可，我竟然看到……杰森及一位黑头发的女人。

"杰森竟然带着他的未婚妻来听我演讲？"我的心中顿时五味杂陈。

第五十七章/新恋情

杰森和他的未婚妻等围在我身边"锦上添花"的人都离去后才走上前来。

"演讲很精彩。"没想到杰森也成了吃瓜群众一员。

"谢谢！"我礼貌性回礼，并且将目光投向他身边的女子，她有一头及腰的青丝。

"这是 Nancy，我告诉她，如果想穿中式新娘服，找妳准没错。"

听到杰森要我替他的未婚妻设计结婚服，我的眼泪差点儿夺眶而出。

"当然，"我强颜欢笑，"由我亲自操刀，绝对做到满意为止。"

杰森不忘提醒我，新娘子有了身孕，礼服得做宽松点儿。

第二刀捅得比第一刀还深。

我要他放心，来我这儿订做新娘服的，有一半是带球走，早有经验了，然后转身跟准新娘约了时间讨论细节。

Nancy虽是中等之姿，但很有大家闺秀的风范，说话轻声细语，非常有礼貌也很好沟通，的确是唐家会喜欢的儿媳妇人选。

"嘟……嘟嘟……"趁着Nancy走开去接听手机，我和杰森终于有机会单独面对面。

"妳……好吗？"他问。

我答很好，刚从清迈度假回来，又问他婚礼何时举行？

"Nancy已经有三个月身孕，当然是越快越好，我父母已经预约了圣约翰大教堂举办婚礼，到时会发请帖给妳，欢迎前来观礼。"

噢！杰森，你还要捅我几刀才肯罢手？我的心已经血肉模糊了，你感觉不到吗？

"前男友的婚礼哪有不参加的道理？即使下雪落雹也得去！"我打落牙齿和血吞。

"前男友？什么前男友？"

虽然我们没正式提到分手，但他都要步入结婚礼堂了，不算前男友算什么？

杰森听了笑岔了气，立马澄清自己不是新郎，他弟弟才是。

"得文目前正在服勤，只好由我带着弟妹准备结婚前的各项事宜。"他解释。

我一时犯迷糊，难道订婚照是假的？

"妳大概指的是《侨报》上刊登的那一张吧？！其实是拍摄角度的问题，我遮住了得文，加上喜讯内容写的是唐家少爷订婚，的确很容易让人误会是我办喜事，已经有几名友人抱怨我深藏不露了。"

杰森的弟弟是美国西点军校毕业生，后来被分派到伊拉克当军官，在少许的几次家族聚会中我曾和他打过照面，两兄弟是完全不同个性的人，弟弟一板一眼又不苟言笑，的确是特工人选。

" 我……我以为你订婚了，并且即将当爸爸。"我说。

" 还没和妳正式分手，怎么可以跟别人开始？这是不道德的。"

通常我对"道德绑架"嗤之以鼻，但这次却真心感谢杰森是"道德促进会"会员。

" 那么……你打算正式提分手吗？"我小心地问。

" 这件事不是三言两语能说得清的，我们能约个时间详谈吗？"他答。

~

助理替我租的二居在曼哈顿城中，位居高层，能俯瞰180度的哈德逊河全景，拥有全套智能家居系统及专属的私人管家服务。周边生活机能齐全，离我的工作室约二十分钟车程远，有车位，月租金没超过我的预算，不得不佩服助理的办事能力。

我和杰森约了晚上八点在我的新居见面，因为这个月他被排晚班，十点上班。他预留了一个半小时的谈话时间，不长不短，我拿不准他是想复合还是想分手，心里七上八下的。

为了这场"世纪会谈"，我特意打扮了一下，做了头发不说，还化了无懈可击的妆容，心中有个想法：男人不好向美丽的女人说不，即使答案依旧是**No**，我也要在他心中点燃一把火，日日夜夜地撩他。

可想而知，当杰森坐下来时，面对的会是怎样一个"春情荡漾"的女人！

"今晚的妳很美。"他目不转睛地看着我。

"当然美，"我为他斟了一杯香槟，"女为悦己者容嘛！Cheers."

我先干为敬。

杰森低下头去，手指抚着高脚杯的杯身，却没喝的行动。半晌，他说酒店有规定，上班时间不准饮酒。

我遂起身为他倒了杯果汁。

"言言，告诉我，莲花的故事是假的。"他终于谈到主题。

我说我也宁愿它是假的，但……抱歉，它真实存在着，他若不信，我可以给他乍仑先生的联络方式，对方会巨细靡遗地把偷情的过程全交待了。

杰森痛苦地捂住脸，我不知他哭了没。

趁着他不出声，我掏心掏肺地承认自己的沉沦是错误的，我也承受了相应的苦果，过去的已然无法改变，只能向他保证，从今而后，我只对他一人忠贞。

杰森放下手来，我看见他的眼睛红红的，不知怎的，看男人哭总让人无来由地心软。

"妳把我的世界全搞乱了，虽然我未必坚持另一半得是处女，但不代表我可以接受人尽可夫之人，这有本质上的差异，妳懂吗？"

我说我懂，如果让我重新选择，断不会如此愚蠢，但如今已没有回头路，我希望得到他和唐爸爸、唐妈妈的谅解。

"哈！我都过不了自己这一关，我爸妈怎么可能接受？妳的不告而别，我找了个借口含糊其辞带过，并且千方百计阻挠他们去杏花楼会恋恋夫人，所以在他们心目中，妳依旧是那个完美无瑕的季言言。"

呵呵！好个"完美无瑕"，对照如今的"千疮百孔"，真他妈的讽刺！

"所以……你的决定是分手吗？"我困难地问。

"我……我不知道，有时觉得自己是爱妳的，不管过去如何不堪，我还是要妳；但有时又愤恨难消，想亲手掐死妳，尤其想到那些养眼画面。言言，告诉我，我该怎么办？"

杰森的纠结让我心灰意冷，他问我该怎么办？其实是不想当"坏人"，从某方面来说是懦弱的表现。

我叹了口气，无力地祝他幸福。

"答应我，一定要好好的。"他语气温柔地说。

"我会的。"我凄然一笑。

"言言，搞什么？再过两天就要走秀了，妳的衣服还没全出来，难不成要我的模特儿光着身子彩排？"安卓一见我，劈头就问。

"快……快好了，最近纽约暴发大规模流感，我的设计师有大半都中招，你没看到我的红眼睛吗？我已经两天没合眼了。"我急得快哭出来。

"过来，"他转换口气，然后大手一揽将我拥入怀里，"眼睛闭上，小睡三分钟。"

果然在安卓的体味中，我安静了下来，像小船找到了停泊的港湾。

"好点了没？"他问。

我答好很多了，只是肚子饿得慌，已经有两餐粒米未进。

"这怎么可以？走！我陪妳去吃。"

我说正赶工着，没时间哪！

"就吃公园大道旁的龙虾卷，走路要不了五分钟。"他答。

自从有了Big Red，纽约人再也不用为了吃不到正宗的新英格拉龙虾卷而发愁。这家龙虾小屋既有缅因州风味（冷食，搭配蛋黄酱），也有康乃迪克州风味（热食，搭配黄油和柠檬），无论哪一种口味，都在面包里塞进足足四分之一磅的新鲜龙虾，让人能心满意足地大快朵颐。

我和安卓站在户外，顶着秋风吃最接地气的街边美食，四周是行色匆匆的人群。

"我的房东对我行苦肉计，说再不腾地，他们就要离婚了。"安卓边吃边说。

他住的房最近换了新屋主，是一对新婚夫妇，他们想提早入住，愿意付违约金。

"那就腾呗！"我答。

"可是……现在是租房高峰期，很难找到合适的租处。"他说。

自从和杰森分手后，这半年来，安卓一步步地抢滩掠地，前几天他提出和我住一块儿，每月付我房租，被我给否决了。

我不是没感动过，尤其刚被甩时，人生陷入前所未有的低糜之中，甚至有过轻生的念头，要不是安卓时不时拉我去看电影、听音乐会、吃好吃的东西，又像小丑似地逗我开心，恐怕忧郁期会拉长很多。

"那个……如果连续十天不下雨，你可以搬来和我一起住。"我红着脸说。

杰森带给我的阴影还在，但我总不能一直紧闭心扉，是时候接受新的感情。

"真的？"他笑了。

"真的。"

纽约是温带季风气候，雨季集中在七、八月，现在已是秋天，可以断定不下雨的机率非常高，难怪安卓喜形于色。

吃完龙虾卷，安卓陪我走回工作室，就在转角处，他自然而然地牵起我的手，而我……没有拒绝。

第五十八章/有情有义

昏天黑地赶了两天的班，终于在走秀前交出三十件结婚礼服，人也累瘫了。当助理进来时，我正躺在办公室的沙发椅上无法言语。

"要不要喝杯咖啡？"她问。

我答不必，休息一下后，我打算提早收工，已经两天没洗澡，在发出恶臭前得遁逃。

"季老板，有句话憋了两天，看妳忙，一直没敢开口。"

我要她直言。

"有个流浪汉这两天在我们工作室附近徘徊，探头探脑的，我猜他正意谋不轨，但又无法报警，毕竟对方没做什么出格的事，只是他那肮脏的身影实在有碍观瞻，我怕客户会望而却步，不敢上门来。"

纽约有很多流浪汉，他们多数聚集在地铁站或街头，有的表演才艺换取温饱；有的捡破烂卖钱；有的标榜越战老兵唤起同情心，但更多的是什么也不做的乞讨行为。到了晚上，好一点儿的有帐篷睡，差一点儿的就只能睡在纸箱里或找几张报纸盖在身上了事。

助理一提到流浪汉，我便自然而然地联想起这些，心里一阵嘀咕："可别在店前聚集啊！我还得做生意。"

短暂休息过后，我匆忙交待了几件事，然后转身拿件薄外套披身上。秋天到了，已有微微的凉意。

走到屋外，我果真看到助理提到的流浪汉，他有未修剪的头发及胡髭，不同的是身上穿着的是看起来还不太脏的西装，人虽坐着，但不是无意识的发呆，而是拿着石块在地上画画。

我走了过去，发现他正在画纽约街头，画得真好，惟妙惟肖。

本来想给流浪汉几块钱，请他到别处"流浪"，但看在对方是不得志的画家份上，话到嘴边又咽了下去。

我自己也是搞艺术的，知道这行要嘛富可敌国，要嘛穷无立锥之地，想当初若没有乍仑先生的资助，难保现在我不是流浪汉其中一员。

将心比心，我从口袋掏出十美元（这钱够他吃一顿热的），这才发现眼前的流浪汉很特别，他既没写一些祈求同情的字句，也没在面前摆个纸盒，我拿着钞票不知该搁哪里，只好弯下身将钱放在他腿边，还不忘压上石头，以防风吹。

"言言～"当我准备离去，背后传来久违的声音。

我瞬间石化，慢慢转身过去，尽管物换星移，但那双眼睛依旧精神着。

"你……"我惊讶地说不出话来。

～

我带乍仑先生去理发兼刮胡髭，然后在一个小时的空档中，迅速到优衣库采买他的一身行头，没人比我更了解那男人的衣码。

然而带"流浪汉"回家还是出了点儿麻烦，我得费尽唇舌解释这是我的演员朋友，他刚下完戏，来不及换衣服……这才在管家的狐疑眼神中获准入内。

"你先洗个热水澡，我帮你叫外卖。"我把新买的一袋衣服交给他。

他对我点个头，走进浴室……

本来想叫中式外卖，但考虑到乍仑先生也许会怀念家乡味，于是叫了中国城的"暹罗屋"外卖，有咖喱吓、泰式炒面、炸虾饼和甜辣小丸子。

我给饿坏的人一杯热茶，看他狼吞虎咽的样子，心里一阵悲凉。

"我不应该来找妳，太丢脸了，但钱包、证件皆被偷，我已经喝了两天公厕里的自来水。"当盘底朝天后，他喃喃自语。

"没事，我帮你买张返程机票，到了曼谷，一切会好的。"

乍仑先生答不可能的，他老婆和Ann联手掏空他的公司，连房子、车子也变卖了，他成了十足的穷光蛋，连到美国的机票及路费还是借来的。没想到下机没几个小时就遇到扒手，证件没了，钱也没了，就这样流浪街头好几天，如果不是走头无路，他断不会来找我……

"真的一点儿都不剩？"我问。

"除了我的才气，一点儿都不剩。"

我早有预感那两个女人在进行一场阴谋，但没想到如此绝情，简直不让乍仑先生有活路。

"别担心，你暂时在我这里住下，其他……我们想想办法。"
我安慰他。

～

"什么？！妳把乍仑先生带回家了？"安卓扬起声。

我也不愿在刚举行完一场大秀，人虚脱到不行的状态下告诉他这个恶耗，但能怎么办？面对曾经的金主，我做不到"见死不救"。

安卓没考虑多久，立马决定带乍仑先生回他家。

"可以吗？你们两人又不熟。"

"不然能怎样？难道让你们孤男寡女共处一室？"

乍仑先生被带走时，那眼神像极了被主人抛弃的宠物，可怜巴巴的。

"放心，我不会吃了他。"安卓对我俏皮一眨眼。

他们走后，我才认真思考起这件棘手的事。

能不能把被卷走的钱要回来，这是警方的问题（估计短时间内不可能解决），燃眉之急是乍仑先生需要一笔钱自立，或者说重新开始。

想当初若不是金主为我在市中心租下两百平米的商铺当工作室，又给了不菲的启动资金，我的创业之路不会走得这么顺遂，加上那些年从他身上捞的也不少，是时候回馈了。

～

"妳不必如此。"
当我把一张花旗银行支票交给乍仑先生时，他有些尴尬。

我说就当我把他的股份买下，单独拥有工作室吧！

他想了一下还是收下支票，说："等我东山再起！"

此时的我们正坐在Hudson Terrace屋顶酒吧内，超宽的视野将曼哈顿的繁华与哈德逊河的宁静尽收眼里。

乍仑先生已没有两天前的落魄样，印验了"佛要金装，人要衣装"那句话，现在的他已恢复往日"君临天下"的气势。

"我的情人当中，就妳最有情有义，妳等着，哪天功成名就了，我一定风风光光地回头找妳！"

乍仑先生的话让我五味杂陈，我的"雪中送炭"不是为了让他回来找我，而是不想再和他有任何瓜葛。

"我希望……你拿着钱，到远远的地方重新开始，把我……忘了。"我慢慢地说。

乍仑先生有些意外，随即控制住自己的情绪。

"得，女大不中留。"他苦笑，"我看出来了，那个有点儿娘的模特儿经纪人对妳有意思，妳该不会也喜欢他吧？！"

我答安卓人不错，别人对我的过往如鲠在喉，惟有他愿意接受"残花败柳"的我……

"啧啧啧！瞧妳把自己说成了什么？妳若是残花败柳，我岂不是辣手摧花？"

我正想问难道不是？此时天际闪过一道寒光，随即传来几句低吼的雷声，乍仑先生忍俊不禁，我问怎么了？

"希望今晚下大雨，这样一来，有人要哭了。"他答。

我想起不久前曾对安卓说："如果连续十天不下雨，你可以搬来和我一起住。"

不知怎的，竟然被乍仑先生知道了，他的揶揄让我很不舒服。

我告诉那个不怀好意的人，他现在有钱了，应该尽早搬离安卓的家，又说看样子就要下大雨，我还是先走一步为佳……

"言言～"他唤住已起身的我，"谢谢！"

面对旧情人的感谢，一时千言万语涌上心头，但我只字未提，只是对他点了个头，然后快速离开。

第五十九章/杰森来电

回家后洗了个热水澡，头发还是湿的就听到手机响。

"Hello."我胡乱裹上浴袍赶去接听。

"天气不太好，希望待会儿别下雨。"安卓说。

我望向窗外，虽然漆黑一片，还是能感受到厚重的乌云压顶。

"下点儿雨好，最近天气有点儿闷。"我答。

安卓问我是不是不愿意他搬进来？他连行李都打包好了，就等后天一大早搬家。

"没有的事，A promise is a promise. 如果老天爷都同意让你搬进来，看不出我有反对的理由。"

手机那端的他听起来很高兴，他说从现在起他要每分每秒地祷告千万别下雨，相信上帝不会那么狠心，让念兹在兹的人功亏一篑。

我提醒他搬进来后房租照付、厨房用过马上清理、保持好室友间的适当距离……

"没问题，我向来很好相处。"

我们又拉拉杂杂地谈了一些，安卓忽然提到乍仑先生搬走了，走得很仓促，说是奉我之命。

走了？这么快？

我解释自己给了他一笔钱，算是买下他的股份，从此独自拥有工作室。

"也就是说那老家伙从此在妳的生命中彻底消失了？"

听安卓这么一提起，我才惊醒。没错，我和那孽缘连最后的交集也不存在了，从今往后，我们已是没有任何利害关系的陌生人，不禁悲喜交加。

"言言，妳怎么了？"大概他听出了不对劲。

我说没什么，刚洗完澡，头发还是湿的，有点儿冷……

"哎呀！怎么不早说？我挂了，妳赶紧将头发吹干。"

挂上手机，我听话地找来大浴巾，就在这时候，手机又响了，我看了一眼来电显示，像被雷击中，等我再有知觉，铃声早停了。

"杰森为什么打给我？是不小心按到的吗？"我心想。

等我擦干了头发，又为自己泡了杯玫瑰茶，杰森第二次来电，我踌躇了一下，还是接了。

他问我最近好吗？我答好，然后他便自顾自地讲起自己和家人的近况。

原来这半年来发生了很多事，他去了一趟瑞士，受训三个月；唐爸爸唐妈妈搬到洛杉矶另辟战场，打算在那里再开个华语电台；Nancy 回新加坡娘家待产，弟弟得文仍在伊拉克出生入死……

"也就是说你们全家分散各处。"我总结。

"没错，现在列克星敦大道的家只剩我一人，连刘阿姨也跟着去了洛杉矶，还好我请了小时工，五居的大房子收拾起来挺累人的。"

我同意住大房子有大房子的困扰，还好我只租了小二居，暂时还不需要请人打扫。

杰森又告诉我哪家的家务服务比较实诚，把关严，少了将罪犯请回家的风险……

我不了解他打电话来的用意，难道只为了推销家务助理？

"听说今晚会下雨，已经是秋天了，雨再一下，温度马上骤降好几度。"杰森竟然又扯上天气。

"嗯！看样子的确像要下大雨了，谢谢你告诉我这个有用的信息，还有事吗？我有别的电话进来……"

杰森阻止我挂机，他说他买的墨西哥食用仙人掌很快就要开花，不知会开出什么颜色的花，问我要不要过来见证历史性的一刻？

"你怎么知道即将开花？"我很好奇。

他答片状茎的顶端鼓得圆圆的，明天肯定开。

我早听说仙人掌不仅会开花，还会结果，但一直没有亲眼目睹过，如今杰森一邀约，让我很纠结。我们已经分手了，而且大半年没有来往，忽然又开始联系，怎么说都有些怪。

"不了，也许明天会下雨。"我找了个借口。

"那么……如果明天不下雨，妳来？"

我望向窗外，黑暗中隐约还看得见几道闪电的寒光，加上空气中漂浮的湿气，我判断这场雨将不小，纽约恐怕要成为沼泽之地。

"好，如果明天不下雨，我来。"

挂上手机，我的心有些忐忑，好像下了不该下的决定。

"嘟……嘟嘟……"这次是安卓的来电，他问我刚刚和谁通话？他打了好几通都占线。

我答我爸妈打来的，问我中秋节回不回去？（爸妈的确问过我，只是那是好几天前的事。）

"妳的答案是什么？"他问。

想到故乡那些对我的婚事过度关心的七大爷八大妈，我的兴致瞬间冷却。

"如果找到另一半就回去一趟。"我答。

"那么我得加油了！"

面对安卓的"明示"，我选择"顾左右而言他"，再一次接受感情，我需要慎重以对。

～

实在太诡异了，昨晚明明雷声大作，硬是没下半点儿雨。今晨一起床，屋外依旧乌云密布，但地是干的。

"也许待会儿会下。"我心想，所以出门没忘了带把伞。

～

开完晨间会议，我和助理又讨论了一下巴黎的服装秀行程，转身再对新进人员呈上的设计草图提供意见，很快便到了中午用餐时间。

"季老板，今天要帮妳叫外卖吗？"助理问。

想到工作堆积如山，我说叫"唐山"的叉烧饭及鸳鸯奶茶吧！

助理走后，安卓来电话，问我晚上能约了一起吃饭吗？

"不一定，工作多，也许要加班。"

他说没关系，如真要加班，他会送外卖给我，然后陪我一起加班。

"你大可不必如此。"

"我喜欢、我高兴，妳奈我何？"

我说他太霸道了！他却表示只要能和我在一起，就算当流氓头子也无妨……

没想到才刚挂上电话，手机又响，这安卓到底有完没完？

我边犯嘀咕边按下接听键。

"快来看，仙人掌就要开花了。"杰森在手机那端喊。

我有些意外，差点儿忘了这事。

"不了，工作做不完，我快过劳死了。"我说。

"那不行，今天没下雨，妳不能食言而肥。"

是没下雨，但……老天！怎么今天碰上两个霸道的人？

"可是……"

"我不管,我在家里等妳,不见不散。"

说完,他匆忙挂机。

"好个没礼貌的家伙!"我边说边想着该不该把外卖带到杰森家吃？

第六十章/愿赌服输

管家通知杰森有访客，他下楼来接我。

半年不见，他的发型变了，是利落的偏分头；皮肤晒成古铜色，油亮油亮的；裸露的四肢则像健美先生一样精壮。已是秋天，他仍穿着带领的短袖衬衫、卡其五分裤、脚踩运动板鞋，闲适得不得了。

"妳来了。"他对我微笑，露出洁白的牙齿。

我告诉他中午休息时间只有一个小时，现在已经过了二十分钟。

"别紧张，我是来解救妳的天使，防止妳过劳死。"他说。

我翻了个大白眼，杰森不知道压力在背后追赶的滋味，我有十多名员工要养，工作室的租金一个月要六万美元，每天一张眼，好几张钞票已悄然飞走……

"上来吧！等妳很久了。"他率先走向电梯。

~

杰森的家看起来有些不一样，但又说不上哪里不同。

"沙发换成乳白色的，窗帘也换了，母亲说黄色看起来有朝气一些，其他没变。"他主动交代。

我噢了一声，表示知道了。

"Tea or coffee ?"他问。

我答茶，想着喝完茶大概可以告别了。

杰森动作麻利地烧水、沏茶，嘴里也没闲着，他说今天公休，是二十多天连续工作以来难得的休假，因为有位经理离职，而替补的人还未报到……

"这是台湾的冻顶乌龙茶，"他递给我一个陶瓷杯，"一斤要两百多美元。"

不用他说，我已闻出茶香，入口后果然回甘浓郁且持久，的确是好茶。

"仙人掌在哪里？"我问，没忘了此行目的。

他答在房里，待会儿再看，不急。

啥？不急？不急干嘛十万火急将我唤来？这不是捉弄人吗？

杰森说他没想捉弄我，而是……他想我了。

我一时语塞，这叫我如何回答是好？

"我们已经分手了，不应再有瓜葛。"我冷冷地说。

"分手是我没经过深思熟虑的结果，这半年来，我无时无刻不在后悔，尤其相了几次亲后，才发现曾经沧海难为水，兜转了一圈，还是觉得旧人好。"

面对杰森的表白，我犹豫了，迷途的羔羊回来，我不知该敞开双手迎接还是转身拂袖而去。

"半年能发生很多事，你难道就没想过我有人了，甚至已谈婚论嫁？"我问。

"我已经调查清楚妳未婚，只要还没走进婚姻殿堂，一切都有反转的可能。"

"你太自信也太无礼，半年无消无息，我凭什么等你回头？"

"凭妳依然爱我。"

我冷哼一声，问何以见得？

他默默站起来走向开放式厨房，然后从刀架上取下一把水果刀，在我来不及反应前，快速在自己的手腕处划下一道口子，顿时血流如注。

我惊叫一声，像箭一样冲向他，手忙脚乱地拿起厨房纸巾捂住伤口，但止不住，血水一直往外流。

"搞什么？有病啊你？"我对他吼。

"我……我没想到用力过猛，纯属意外，真的。"他像个做错事的孩子。

我帮他做了简单包扎后，开车送他上医院缝针。

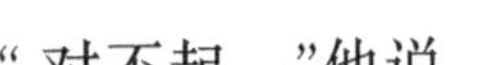

"对不起。"他说。

看杰森的手腕处缠上白绷带，真是既好气又好笑，怎会有人如此不分轻重？医生说砍的深度都见骨了。

他再次表达歉意，说现在知道轻重了，下次下手会轻一点儿。

我笑他犯二，还有下次？

"是犯二呀！不过因此看出妳还是紧张我，所以受点儿皮肉伤不算亏。"

"你也太脸上添金了，即使是路人甲，我也不会见死不救。"

他沉默了一会儿后说知道了，谢谢我送他上医院，路人甲现在自行回家，不再讨人厌。

看他离去时孤独的背影，我狠不下心来，赶紧小跑步跟上。

"那个……我送你回去。"

"不用了，妳回工作室忙吧！"

我答再忙也要送……朋友回家。

听到自己从"路人甲"变成"朋友"，杰森显得很高兴。

"我肚子饿了，能不能顺路到第五大道的19街外带美式甜甜圈，我要巧克力及坚果口味的。"他说。

第五大道很难停车，兜兜转转好几圈才找到一个停车位，此时离19街已经有好几个Blocks远。

我要杰森在车内等，自己跑步买外卖。

等那个胖得几乎让人喘不过气来的黑女人将综合口味的六个甜甜圈摆进纸盒内，雨适时滴落下来。

"妈的，真是狗屎好运！"我心想。

跑回车内时，毛毛雨已成中雨，我边将悉心保护的纸盒塞给杰森边说："得赶紧上路，我有预感马上会成倾盆大雨。"

果不其然，不到两分钟，中雨成了大暴雨，我的车子顿时卡在车流里，只能以龟速前行，让我欲哭无泪。

"吃！"杰森将甜甜圈递过来，"下雨天开车急不得。"

"我也知道急不得，但我得赶着回办公室处理堆积如山的工作呀！"

"妳就是这样，把自己逼死了倒好？晚个一、两天，地球照样运转。"

杰森不是老板，不知当老板的压力，但他说对了一件事，有时就算急死也无济于事，这不，下大雨还发生交通事故，现在车流完全不动了。

"今天出门忘了看黄历，才会遇上这等好事。"我边说边去拿甜甜圈，要了草莓口味的。

杰森说他不一样，他是看过黄历的，黄历上说今天是与前女友复合的最佳日子。

我啐他一脸，说黄历上才不会写这些七七八八的事。

"是真的，我想……跟妳复合。"

我听了闷不吭声，专心吃起甜甜圈，太甜了，不好入口。

"世上如果有后悔药卖，我肯定买来吃，以前的我太愚蠢也太孩子气，妳若生我气，我一点儿也不怨妳，因为我真的不是东西！"

其实我完全不怨他，换作任何一位男人，都不会接受像莲花这样的女子，杰森的反应很正常。

"想过没？你父母那里要如何交待？"我问。

杰森答那的确是个问题，目前能想到的只是隐瞒，老人家的脑子像石头一样坚硬，不适合正面撞击。

想到以后又要"谎话连篇"，我没了力气。

"别担心，一切有我。"

看到杰森的笑容，我迷惑了，自己是否该接受前男友的回头？

～

回到列克星敦大道的家，雨仍淅沥沥地下，我把车开到地下车库，打算放下杰森后原车返回。

"别走，"他转头向我，"看完仙人掌花再走。"

～

这就是仙人掌花？

深绿色的片状茎上有好几个褐色花苞，的确鼓得圆圆的，有两、三个已经开花，黄花红蕊，每个都有巴掌大。

"听说结的果像梨，是肉质浆果，味道酸中带甜，过几天妳来尝尝，嗯？"他说。

我答不了，不该再给自己添麻烦。

"言言，我到底该怎么做，妳才肯原谅我？"他掏心掏肺地问。

我仍摇头，请他别逼我。

～

室內停车场已满，我只好停到室外，雨仍滂沱，我撑伞走回工作室。经过一下午的折腾，我不知今晚要加班到几点才能收工？

"妳终于回来了。"看我推开玻璃门，安卓马上起身。

我问他怎么来了？

"约了妳吃晚饭，妳说可能需要加班，我看下雨了，直接到犁记买了外带锅贴和酸辣汤，还热着，就放在茶水间。"他答。

茶水间有个两人座的小桌，摆上锅贴和酸辣汤后再也塞不下任何东西。

"吃！"他捡了一粒到我盘里，"犁记的锅贴是出了名的好吃。"

我咬了一口，里面的肉汁马上溢出来，皮薄肉嫩，的确好吃。

"再喝口汤，包管妳回味无穷。"他继续打广告。

不用他说，光看色泽及汤料，这绝对是碗好汤。

"喜欢吧？！"他问。

我答喜欢。

"明晚换我煮好吃的给妳吃，让妳尝尝安大厨的厨艺。"

明晚？我问为什么明晚他要煮东西给我吃？

"因为明天一大早我就要搬去和妳同住了。"他喜滋滋地答。

噢！不，不能是现在，杰森才刚和我提复合……老天！我该不会还深爱着前男友吧？！

"怎么了？"安卓见我脸色有异，遂问。

"那个……今天下雨了，所以……你不能搬进来。"我低下头去，不敢看他的眼睛。

"可是……言言，我……"

我匆忙站起身，不带感情地说愿赌服输，我最讨厌不守信用的人，希望他好自为之，然后在他受伤的眼神中逃回自己的办公室。

"对不起，安卓。"我趴在紧闭的房门上内疚不已。

第六十一章/复合之路

杰森的忽然闯入的确吹皱了一池春水，我的心开始浮动起来，最明显的改变是对安卓的态度，我开始有意识地和他保持一定的距离。

"柏林芭蕾舞团将在林肯中心上演天鹅湖，女主角由POLINA SEMIONOVA担纲，她是当今ABT的首席，有'世纪舞神'的美誉，我们一起去看吧！"

"抱歉，这几天都得加班。"

"中国城新开了一家兰州拉面馆，中午一起去尝鲜？"

"真不巧，和客户约了吃饭。"

"赏枫季节到了，周日去史坦顿岛上逛逛吧！"

"这周日不行，我的脏衣服得送洗。"

……

. . .

不论安卓如何邀约，我总有各种理由推脱，他算好脾气，被拒绝照样不动声色（我是说没在电话中追根究底）。

~

这一天其实和平常的日子没什么不同，下午三点我接待了VIP客户，她是某州长的女儿，想穿异国风的结婚服又不想穿大红的颜色，我们讨论了一下，决定用金黄色为基调，表现出金碧辉煌的气势。

VIP走后，助理来敲门，神情有些不自然。

"What?"

"妳的前男友来访。"她答。

我花了几秒钟才反应过来。

"跟他说我忙。"

助理离开后没五分钟又来敲门。

"季老板，唐先生说他买了两张'天鹅湖'芭蕾舞剧的门票，不去可惜，硬要拉我去，妳知道我家Kara今晚上台吹横笛，我得到场支持。"她面有难色。

"知道了，让唐先生进我办公室。"我揉了揉眉心，"妳可以下班了，替我亲吻Kara."

~

"芭蕾舞剧八点开场，我们还有近两个小时的时间吃晚饭，听说中国城新开了一家拉面馆，要不要吃碗面再走？"杰森坐在副驾驶座上问我。

十几分钟前我们还在办公室里唇枪舌战，我要他离开我的生活圈，别再打扰我；十几分钟后他却坐在我的座驾里，由我带着往五光十色的夜景开去（杰森的手还缠着绷带，当然由我当司机）。

我说不出个所以然，千辞万辞为什么还是败北？只能归咎杰森的油嘴滑舌兼死缠烂打，偏偏不肯正视自己的软弱和仍旧在乎他的事实。

"随便，你想吃就吃。"我答。

停好车又走了一小段路，我们来到兰州拉面馆，店门口的花篮和花圈还在，布告栏上写着：试营业，点拉面送凉菜。

我点了牛肉拉面，杰森点了羊肉泡馍，店家还送了凉拌木耳及油炸花生米。

"要不要加点儿辣椒油？"他问。

我的心喀噔了一下，杰森竟然忘了我不爱吃辣？！

"不了。"我答，心里感到悲凉。

吃完拉面，我们上林肯中心看表演，这不是我第一次看芭蕾舞演出，却是第一次对舞者钦佩不已。Polina Semionova的舞姿已达出神入化，无论从哪个角度看都臻于完美，说是仙女下凡也不为过。

"好看吧？"散场后，杰森问我。

我同意好看。

"赏枫季节到了，周日我们一起去史坦顿岛上逛逛吧！"他乘胜追击。

我想起安卓也说过同样的话。

"这周日不行，我的脏衣服得送洗。"我给出同样的借口。

"脏衣服交给管家送洗即可，一通电话的事。"

杰森住的公寓也有管家服务，他太清楚服务内容，不像安卓，他住的是老小区，只有一名管理员。

"反正不行，你说什么都没用。"我斩钉截铁地答。

没想到星期日一大早，当我还在床上睡大觉，管家就打电话上来说有访客。我看了一眼床头柜上的电子钟，08:20，妈的，谁那么讨厌，一大早扰人清梦？

"The visitor is Mr.Tang. He said he has an appointment with you this morning."管家解释。

唐先生？噢！不。

本来想找个借口打发他走，谁知管家突然插话进来，说唐先生的手疼，很疼的样子，问我该怎么办？

" Let him go upstairs. I have aspirin."我只好答让唐先生上楼来，自己有止痛药。

～

我穿着睡袍去开门，杰森连演戏也不屑演，一副优哉游哉的样子。

"听说你手疼。"我揶揄他。

"进电梯后就不疼了。"

我说不带这样玩的，好不容易自己有个休息天，他不应该来搞破坏。

" 我不是来搞破坏，知道妳日理万机，特地带妳出外散心。晚上十点我还得赶回酒店上晚班，妳以为我吃饱撑着？"他答。

～

史坦顿岛是纽约市的五个区之一，和曼哈顿岛、爱丽丝岛遥遥相望，有很多旅游胜地、体育场馆及美丽的自然风光。

行程 20 分钟的免费渡轮每天往返曼哈顿岛和史坦顿岛，从

373

岛上可以一览无遗地观看纽约港和自由女神像，然而今天我们不是来看大型雕像的，而是到绿林保护区赏枫。

绿林保护区内天然林木遍布，品种繁多，入秋之后，这里的红枫林像着了火似地摄人心魂，温暖着已略显寒意的凉秋，而那落下来的枫叶像翩翩起舞的舞者，散发出光与热。不仅如此，空气中还弥漫着淡淡的树叶芳香，抬头能看到老鹰、猫头鹰以及各种迁徙的鸟类身影，在这样一个动静皆有的大自然生态中，我体会到神圣与奥妙，桎梏的心灵因此得到解放。

"送给妳！"杰森把一个巴掌大的枫叶递给我。

"这里多的是，不需要你送。"

他说这里的确枫叶处处，但只有手中这一片是经过他的手传递给我，是爱的传承……

"少恶心人了，如果是真爱就不会说走就走。"我仍心中有气。

"言言，我说了，我错了，请别再对我冷冰冰的，我受不了了。我宁愿妳捅我一刀，也好过被打入冷宫。"

"怎么便宜都让你占尽？当初走得绝然就不该吃回头草，我也有尊严，不是招之即来挥之即去的女人。"说着说着，我的眼泪就掉下来了，反倒像在撒娇似的。

"别哭。"他划去我的眼泪，然后拥我入怀。

我挣扎了一下，还是臣服在他的柔情里，谁让我依旧爱他？

从史坦顿岛回来后，我和杰森的复合之路无疑踏出了第一步。

"回去的路上小心点儿。"

我在瑞吉酒店大门口将杰森放下，他对着车内的我叮嘱。

"知道了。"我说，然后脚踩油门，往回家的路上驶去。

我转了个弯打算驶进地下车库，一个人影从路边的一辆白色轿车内下来，我提高警觉，将车门反锁。纽约的夜晚不太安全，虽说我住的是高级小区，难保不会有宵小混水摸鱼闯入。

那人戴着鸭舌帽向我走来，我放慢了车速，怕对方是来碰瓷的。

然而越驶近感觉越熟悉，等那人将鸭舌帽摘下后，我终于松了口气。

"原来是你，怎么这时候来？都夜里十点多了。"我摇下车窗问。

"因为这时妳才有空，"他看了看四周，"能和妳讲会儿话吗？"

虽然感觉唐突，但我还是让他上了车。

第六十二章/心口不一

将车子停妥后，我问他有什么话要说？

"我……搬家了，搬到皇后区，离机场近，方便我来往各国。"

"很好呀！那里的租金应该便宜些。"

"是便宜多了，加上原房东付了违约金，所以不算亏，只是离市中心远了些，开车得近一个小时。"

我说不一定非得住市中心不可，什么都贵也不好停车，何况他的工作地点不固定，总是游走各地……

"可是妳住市中心呀！我就想……如果可能的话……想每天都看到妳。"他吞吞吐吐地说。

我开始感到压力山大，得赶紧制止洪水泛滥才行。

"安卓，我没你想得那么好，那些不堪回首的往事，你不是不知道。我配不上你，真的，把精力和时间放在其他的好女孩身上吧！"

气氛顿时一下子紧张起来，安卓问我为什么情势大转变？一个星期前还好好的，我甚至为他敞开大门，没想到下过一场雨之后什么都变了，他被摒弃在门外，明显还能感觉到我的冰冷，他想不透是什么原因，问我能不能明示？

"没什么原因，你想多了，我们还是朋友，很好很好的朋友。"

"妳知道我要的不只是朋友。"

没想到今晚成了批斗大会，早知道就约在公共场所，有他人在，安卓应该不好提私人感情。

"那个……我忽然想喝酒，隔壁栋底层就有酒吧。"我作势下车。

"言言，"他抓住我的手，"别走，妳今天和前男友赏枫去，我看到了。"

啥？安卓竟然跟踪我？我感到头皮发麻。

他解释不是跟踪，而是走秀老板送给他一篮阿巴拉契亚山的黑樱桃，颗颗饱满，听说黑樱桃补血，就想送给我吃，没想到刚抵达公寓楼下就看见我离去的身影。他一路尾随到码头，结果看到不愿看到的事……

我看着他半天说不出话来。

"这就是妳放弃我的原因吗？"他停顿了一下，"大户人家要求多，妳确定应付得来？我自认条件不差，长得可以，家境虽不如唐家，但也算殷实，而最最重要的是……我爱妳，能为妳做任何事，杰森能吗？他已经抛弃过妳一次，难保不会再有第二次，妳想过没？"

安卓说的不无道理，但恋爱中的女人是瞎子、聋子、哑子兼傻子，今天被杰森再次攻陷后，我的心已完全向他靠拢。

我告诉那个痴心的人，即便注定是悲剧，我也得忠于自己的内心，因为没有爱情的婚姻是不道德的……

他因此吞了好几口口水，像在压抑什么。

"好，祝妳和唐先生幸福美满！"说完，安卓默默下车走人。

我在车内又多待了几分钟，直至能再度思考才离开驾驶座，此时地下停车场早已没了那人的身影。

失去一个真正关心我的人，让我心情微快，毕竟若没有杰森，我极可能和安卓走在一起。

过去的我已做过太多错事，希望这次的决定是对的。

～

我和杰森又恢复了往日的交往，他会在街头为我买一束最盛开的花，我们也会合吃一块蛋糕、共喝一杯饮料，然后在雨天继续齐撑一把伞……

安卓仍与我见面（为了工作上的事），但沉默了许多，对我也不再嘘寒问暖，严守一个"普通朋友"的本分，倒是我很想对他"嘘寒问暖"，因为他的气色越来越坏，人也瘦了不少。

"你有没有吃饭？"趁着和他讨论冬季婚纱秀，我关心地问。

"当然有吃，只是吃的不多，刚好替模特儿做表率，示范如何瘦得精准。"他干笑几声，让我更心疼。

我推说肚子饿，想吃火锅，让他陪我去吃。

"妳不是不爱吃辣？"

听安卓这么一问，我的心被撩拨了一下，他还记得这个？

"火锅也有不辣的汤底，何况我也不是一点儿辣都不能吃，偶尔吃一回还行。"

安卓考虑再三，还是决定不去，他说已跟朋友约好饭局了。

"什么朋友？"我起身拿车钥匙，"让他和我们一块儿吃。"

～

我说我可以吃微辣，安卓还是点了清汤口味的。

水开了之后，他涮了一下牛肉片，然后放进我碗里："牛肉片不宜久涮，涮久就老了。"

我看着他，感动得说不出话来，他却误会了。

"对……对不起，"他把牛肉片拿回，"我太自作多情了。"

"不是这样的，"我把牛肉片抢回，沾了酱塞进嘴里，"你涮的，我爱吃。"

约安卓出来吃饭是为了他的身体着想，没想到因为我的"鼓励"，他为我涮得多，自己却吃得少。

几次"抗议"无效后，我只好也帮他涮，在外人眼里，我们无疑成了一对甜蜜的恋人。

"唐先生对妳好吗？"安卓突然问。

"好……很好。"我小声地答。

"那就好……那就好……"他喃喃自语。

吃完火锅，我们信步走到迪威臣街与包厘街的会合处，那里有座青铜铸造的孔子像。

"冬季婚纱秀结束后，我打算回中国一趟，那里的模特儿市场已臻成熟，如果找到合适的工作就不回来了。"

听到安卓有意离开纽约，我无来由地感到悲伤。

"能不走吗？"我问。

"给我一个留下来的理由。"

我支吾了半天，的确给不了。

"那么我们再下一盘赌注，从现在起到冬季婚纱秀结束，如果纽约一直没下雪，我就留下来，好不？"他说。

再度把决定权交给老天爷，我苦笑了。

冬季婚纱秀排在一月中旬，是一年当中最冷的时候，不下雪的机率几乎为零，安卓以一种含蓄的方式向我告别。

"好，一言为定，咱们打勾勾，"我伸出手来，"毁约的是小猪。"

安卓果真伸出手和我打勾勾。

我太清楚了，这是一场注定好的离别曲，只能暗自祈祷今年是暖冬，这样安卓就不会离我而去。

纽约高耸入云的摩天大楼无情地遮住灿烂的阳光，经过挤压的"过堂风"在街道呼啸穿行。尽管如此，仍然阻挡不住人们对这个城市的热爱，成千上万的游客从四面八方涌入，不同肤色、不同服饰、不同语言的人流给这个城市增添了动感的色彩。

"你说每家的小小孩为什么都这么胖？"我问。

此时的我和杰森正坐在曼哈顿南区的这家米其林餐厅吃Brunch，，也就是将早餐与午餐合在一起吃，通常只有周末才提供，而窗外已走过好几对怀抱娃娃出行的夫妻。

"听说小小孩只要一生病就会瘦得很快，所以平常要囤积脂肪。"杰森正吃着用培根，鸡蛋，瑞士芝士做成的汉堡，是这家餐厅的明星产品。

"好想赶快有小孩，我已经接近31岁了，听说超过32岁，孕妇得做羊膜穿刺检查，想起来就怕。"我说。

"妳……可以吗？"

我愣了一下，方才了解他的话中意，我冷冷地答："我已经许久不做爱了，跟修道院里的修女差不多，最近的一次在半年前，还是……跟你。"

"言言，我……"

"别解释了，快吃你的薯饼，冷了就不好吃了。"说完，我率先咬了一口夹入松露蛋黄的牛角包，蛋液嗞的一声往外溢出去。

本来约着吃完Brunch到中央公园走走，但经过那场不太愉快的对话后，我的兴致全无，只想快快回家舔舐伤口。

"言言，妳还好吧？！"杰森问。

"很好，只是有些头疼，大概睡眠不足，我躺躺就好。"

杰森手腕上的白绷带已取下，如果不细看，很难发现有条蜈蚣伤疤在。当然，他也已经可以驾车，所以今天由他载我回住处。

"明天一起吃中饭？"他摇下车窗问。

"如果不忙的话。"我给了个模棱两可的答案。

看杰森走远，我很快跌入忧伤之中。

一句话能杀人，大概指的就是这个，那么杰森反复说他不在乎我的过往，是真的不在乎吗？

我想起了安卓，他会不会也心口不一？我打算调查清楚，遂拨打了他的手机号。

第六十三章/冰释前嫌

安卓很惊讶我会在周日打给他。

"妳的唐先生呢？"他问。

"他头疼，大概睡眠不足，回家躺躺就好。对了，我想上中央公园走走，你能来我家接我吗？"

我从未邀请安卓到我家，显然他再次被惊吓到，所以说话有些不利索。

"那……那好吧！要……要不要我带点儿东西过去？"

"什么都不需要，人来了就好。"

挂上电话，我开始收拾杂乱无章的窝，被子折了、碗洗了、马桶刷了、随地乱扔的杂志归位了……当我正要把垃圾往外扔时，管家通知我有访客。我看了一眼时间，不到40分钟，安卓开的可是特快车？

" Let him go upstairs, please."我给了通行证。

没多久，安卓便来敲我房门，我请他在客厅坐下，转身为他泡水果茶，用的是苹果、梨、橙、柠檬以及红茶包，还加了一小匙的草莓果酱。

"好喝。"他呷了一口后赞赏，接着问，"为什么忽然想去中央公园？"

我答每天像只陀螺不停地打转，就想放松一下，不是非得上中央公园不可，而是其他的景点都太远了，不想舟车劳累。

"那好，喝完茶我们上中央公园走走。"他说。

中央公园号称纽约的后花园，坐落在摩天大楼耸立的曼哈顿正中，是纽约最大的公园。园内的所有设施都是人造的，包括森林、草坪、溜冰场、露天剧场、小型动物园、美术馆、可以泛舟的湖以及各类运动场地，甚至有专门供骑马及散步的小径，是繁忙都市中惟一的一块净地，每天吸引着大量的本地人及游客前往。

在动物园的表演区看完海狮表演后，我们信步走向极圈区，那里有个仿真的北极区，小企鹅们正摇晃着圆滚滚的身躯行走，可爱极了。

大概看到小动物触发了安卓的心弦，他主动报料小敏生了儿子，有八斤重，母子平安。

小敏是他的前女友，我说如果当年两人一起回国，搞不好他现在也当爹了。

"要当爹很容易，随便找个女的就行，若不是有所追求，也不用等到现在。"他答。

这恰恰给了我测试他的材料。

"你喜欢小孩吗？想生几个？"我问。

"我很喜欢孩子，觉得他们个个是天使，既然是天使，当然越多越好。"

我万分懊恼地表示自己大概连魔鬼也生不出来，因为跟乍仑先生那一会儿玩太High，得过脏病，医生说恐怕以后很难受孕，还有，得妇科癌症的机率也会比别人高，我怕下半辈子会疾病缠身，拖累他人……

"这是确诊吗？"他问。

我答看过几家大医院，每位专家的说法不尽相同，但都推断我是高危人群。

安卓听完后陷入沉思。

"没有孩子很寂寞，一生不知为谁辛苦为谁忙……照顾癌症患者很辛苦，完全没有生活质量可言。"我继续将自己往死里整。

"别再钻牛角尖了，要说得癌症，每个人都有机会，不光是妳。"

"话说的没错，但我是高危人群呀！"

我还没加油添醋够，已被安卓架起，他说想去公园内的戴拉寇特剧院看表演，今天演出的剧目是莎士比亚的《奥赛罗》。

~

对安卓的测试没有成功，我仍不知他是否"心口不一"，倒是杰森察觉到我的不悦，隔天中午不请自来，而不是像往常一样先电话预约。

"不行，我订外卖了，而且下午一点半有工作会议。"

听我这么一说，杰森推开我办公室的门往外喊，大意是工作会议时间往后延一个小时，季老板的外卖，谁想吃可代劳。

"嘿！你太没规矩了，到底谁是老板？"我很不高兴。

"我是妳的老板。"他强拉着我出门。

我以为杰森会带我去某家餐厅吃饭，没想到车子一调头往中央公园开去。

"在台湾，这种放在盒子里的食物被称为'便当'，也就是日语中的'Bento'，比盒饭精致多了。"说完，他将两个扬木盒子摊在野餐布上，再将一瓶冰镇过的可乐丢给我。

我说他真有情调，竟吃起野餐来了。

"那么好的阳光，躲在室内多可惜？而且为了弥补昨天没来公园的遗憾，再怎么也得走一遭。"他答。

其实我也有同感，坐在树下边吃午餐边欣赏风景，乃人生一大乐事，可惜这种机会不常有。

我在蓝色的野餐布上坐了下来，一打开木盒盖子，香味马上扑鼻。

便当里的饭菜被压得严严实实的，但不像日本便当那样分格，而是由下而上层层铺放，最底部是寿司米饭，上面压着炸猪排、滷肉、高丽菜、滷蛋以及豆腐，米饭吸收了菜汁和肉汁的精华，味道反而更好。

吃完台湾便当，杰森给了我一个橘子，说是买便当赠的，我就地剥起橘子皮。

"昨天……妳好像误会了。"他说。

我问误会什么？

"这就是问题所在，我不知道妳为什么突然沉下脸来，也许谈话当中有让妳误解的地方，其实当时我想问的是妳愿意未婚先孕吗？毕竟我父母那一关还没通过。"

我把昨天的会话内容在脑中过了一遍，的确有可能"说者无心，听者有意"，看来我真的误会他了。

"怎么不早说？害我生了一整天的闷气。"

"是妳要我别解释，接着冷若冰霜，一副拒绝交谈的样子，我也不确定妳到底在气什么。"

误会一解开，我顿时神清气爽，心情大好地将剥好的橘子塞进杰森的嘴里，说："吃完赶紧收拾一下吧！也许还来得及看一小会儿的青少年棒球比赛。"

中央公园内有不下15个棒球场，每块场地无时无刻不在进行着比赛和训练。

"我不知道妳还是个棒球迷。"他说。

哈！我哪是个棒球迷？只是助理说她家Kara正在中央公园受训，我打算拍张照片，好回工作室卖个好价钱。

第六十四章/休年假的杰森

我正和VIP客户面谈，对方是土豪之女，非常骄纵无礼，一副趾高气扬的样子，沟通起来非常不顺畅。

"钱不是问题，别给我俗丽的设计，若不是父母有古板的脑子，想在婚宴上看我穿中式新娘服的样子，压根儿我是不会上妳这儿来。"

若不是旁边那位温吞的男人忙着打圆场，我肯定喷她几句。

"妳有什么想法？说来听听。"我耐着性子问。

"我想要衣服上有很多蕾丝和花卉设计，这样才浪漫。"她答。

中式结婚服的面料多用丝绸或香云纱，连扎染布都少用，因为要表现出华美及贵气，如今那个目中无人的女子却要我用蕾丝制作中式新娘服，简直幼稚得可以，也太强人所难了。

"如果妳想吃T骨牛排，不该到拉面店找，那是缘木求鱼。"我冷冷地说。

"对不起，Tiffany 太没概念了，我们想听听专家的意见。"那女人的未来老公讨好着说。

我望向Tiffany，她翻了个大白眼，没反驳。

"我不是什么专家，只是在礼服设计上有一点儿心得。中式结婚服若加上蕾丝只会引来讪笑，同时也显得不伦不类，不过新娘子提到的花卉倒不难植入，牡丹、荷花、蝴蝶兰等的寓意都很好。颜色方面如果不喜欢大红，可以选金黄或玫红，同样有喜庆的效果。"答完，我顺手将设计过的图片册递了过去。

那对新人马上翻阅起来，我看见新娘紧皱的眉头终于舒展开，遂放下心来。

"什么味道？"Tiffany又皱起眉头，并且用手捂住鼻子，"臭死了！"

我也隐约闻到中药味，遂打开房门一探究竟，恰好看见助理向我招手。

"Excuse me."我道了声抱歉后，往外走去。

"季老板，法拉盛的同仁堂送来煎药，说是受客户委托，还附上了一张纸条。"助理解释。

法拉盛（Flushing）位于皇后区，是纽约乃至全美最大的华人聚居地，北京的同仁堂飘洋过海而来，也就不足为奇。

我拿出手提袋里的4A纸，上面是龙飞凤舞的字，像是临时写下的。

言言：

中医师说妳的身体需要调理，吃完二十帖应该会有明显的疗效。我开伙不易，中药味又浓，怕引起其他住户抗议，所以由同仁堂代为煎药并外送，请趁热喝。

. . .

老天！安卓怕中药味引来住户抗议，怎么不想想我的员工和客户？这味道一天都去不掉。

我赶紧拿上中药罐往大街上冲，并且拨打安卓的手机号。

"别再给我送这个鬼东西，我不会喝的！"我没好气地说。

安卓在手机那端苦口婆心地解释调理身体的重要性，防范胜于治疗，味是苦了点儿，他让同仁堂又给了甘草片，吃完药含在嘴里能压住苦味且不影响药效……

"谢谢你的好意，但我的身体不需要调理，别再浪费钱了。"

"言言，妳看不出我关心妳吗？若不是心中有妳，我何苦找罪受？生不生得出小东西不重要，但妳的身体很重要，有句话'留得青山在，不怕没柴烧'，这是亘古不变的道理。"

话都说到这个份上，再怎么铁石心肠，我也做不到冷默以对。

"好啦！收下你的心意，只此一次，下不为例，也不想想中药味把我的客人都吓跑了？"

他乐呵呵地挂上手机。

望着手中500cc容量的中药罐，我很想随手丢进路边的垃圾桶内，但一想到安卓关爱的眼神，我踌躇了。

"哎～上辈子肯定欠他来着。"我边说边打开盖子，然后捏紧鼻子一饮而尽。

～

"明天起，我休一个礼拜的年假。"杰森宣布。

此时的我们正坐在时代广场的一家餐厅大啖海鲜，桌上有苏格兰鲑鱼配羊肚菌、软壳蟹搭配黄辣酱、蛤什配鱼子酱、清蒸虎头虾、综合寿司以及新鲜牡蛎。

"为什么现在才说？接下来的一个礼拜，我每天都会很忙，根本抽不出空来。"我很懊恼。

杰森说没关系，我忙我的，他不吵我。

我闻出了不寻常的味道，问他临时休年假为哪桩？

"我妈……我爸……要我上洛杉矶一趟。"

我的心纠了起来，赶紧问是否有紧急的事？

"也不算紧急，就是……他们又看上了几位姑娘，如果我不飞过去相亲，他们就要飞来押我过去。"

其实我早该料想得到迈过三十岁大关的杰森，家里肯定拉警报。

"妳放心，我去去就回。"他对我微笑。

我忽然想到自己和杰森分开有大半年，问他是怎么向父母解释我的"不告而别"？

"我说妳的父母强迫妳和更有权势、财力的人交往，他们听了很失望，伤心了好一阵子。"

想到唐爸爸唐妈妈待我如同亲生女儿，我却攀高枝去了，实在不可原谅！

"难道这辈子我们都得偷偷摸摸地交往？"我问。

杰森没马上回答我，反而一心一意地剥起虎头虾，虾壳堆成一座小山。

"吃！"他把剥好的一盘虾肉递给我，"沾点醋，味道会更好。"

"杰森～"我干巴巴的声音透露自己早已失去耐心。

他叹了口气说："听着，这次飞洛杉矶，我会把妳的情况酌情禀告父母，包括贫寒的出身，但乍仑先生的那一段得隐瞒起来，一旦说了，注定连最后的一点儿希望之火也灭了。"

杰森说得没错，任何一个家庭都不会接受曾经放浪形骸的女人，我不能要求唐爸爸唐妈妈像圣人一样地原谅我肮脏的过往。

"谢谢！如果没有你，我可能要单身一辈子。"我有感而发。

杰森听完苦笑，他说我把自己贬低了，如果没有他，我照样能找到好归宿，只要不捅破那层窗户纸就行。

是呀！为什么如此之傻？世界上的谎言何其多，多我一桩又何妨？说穿了，一切都是自卑感在作祟。在我狭隘的想法里，如果某人看了我的伤疤仍然要我，代表丑小鸭真正被接受，我才可能得到救赎。

"到了洛杉矶，你会不会被父母软禁起来？"我问。

知道杰森带着使命远行，我太不放心了，开始想像那些狗血电视剧会有的情节。

"哈！太好了，那我就待在美国西海岸等着妳飞来解救我。"他笑说。

～

不知为什么，自从杰森飞洛杉矶后，我一直心神不宁，设计图怎么画都不满意，字纸篓里早已堆满无数张被揉成团的纸球。

安卓进来时，好不容易我才画好一张。

"怎么样？还可以吧？"我把设计稿举起来给他看。

他端详了一会儿后，说我功力退步了。

我又再次审视手中画，的确，"福"字的设计太一般，想用玻璃珠和胶闪片表现的线石设计也差强人意，不明说的话，还以为这是实习生的稿子。

我气馁地再次将纸揉成团扔进字纸篓里。

"怎么了？"他关心地问。

我心情低落地表示杰森今天飞西海岸探亲去，不知为什么，我的眼皮直跳，好像会有什么不好的事情发生……

"啧啧啧！都什么时候了，还以眼皮跳卜吉凶？这在西医上称为眼睑痉挛，是过劳或血虚所引起的。Well, 既然唐先生不在，跟我出去散散心吧！累积疲劳可不是好现象。"他说。

想到自己目前的确画思枯竭，再画下去只会更糟，何不出外走走，也许放松心情后能激发灵感。

"好，等我一下。"我站起身拿外套，再把脚伸进高跟鞋里。

第六十五章/唐妈妈来访

杰森到洛杉矶已经三天了，我问他事情进展得如何？他总是支支吾吾地表示还在找适当时机。

知道此事急不得，我转而将心思摆在冬季婚纱秀上。安卓建议我也设计几套中式新郎服，因为他刚签下几名男模特儿，得找事让他们做。

我的工作室一向只做新娘服，已经有很多客户表示另做的新郎服看起来不搭，经安卓这么一建议，正好让我试试水，只是如此一来，人手肯定不够，我又得多雇人。

正当我焦头烂额地处理接踵而至的琐事时，助理来敲门，说外头有人找。

"是客户吗？我只接待VIP，其他客户请转交给小钟他们。"我头抬也不抬地说。

"不是客户，是……唐先生的母亲。"

我的脑子转了两下才反应过来，唐妈妈来了？杰森呢？

"快请她进办公室。"我说。

～

"妳确定这是谈话的好时机？我可以等妳下班后再谈。"唐妈妈说。

我答没事。

助理送来茶水，我特别叮嘱若无重要之事，谈话期间请勿打扰。

再次面对唐妈妈，我很忐忑，她倒气定神闲，慢悠悠地喝着茶，又仔细打量了我的办公室。

"生意很好呀！我进来时后面还跟着两家人。"她说。

我答工作室已经做出口碑，很多都是客户拉着客户过来，所以生意还不错。

"起点高当然跑得比别人快，这是妳的乡下父母给不了的。"

杰森说过他会把我的情况酌情禀告父母，包括贫寒的出身，想必他们已经知道我显赫的家世是胡诌的。

"是的，他们给不了我这些。"我无奈承认。

"所以妳转而向uncle求助，是吗？"

唐妈妈这一问把我给问傻了，杰森是怎么形容乍仑先生的？

"妳该不会忘记那位陪妳入学的大恩人吧？！"

我答没忘，怎么可能忘？若不是他，我在纽约的事业不会走得那么顺遂……

"是无偿帮忙吗？这年头就算亲兄弟也得明算账。"

唐妈妈一刀砍过来，我只好找空隙闪躲，说这几年工作室营运状况良好，我已经把……uncle的股份买下，算是两清。

"两清？"唐妈妈笑得好大声，"有些事能两清，有些事却不能，妳确定两清了？"

我抬起头来看着杰森的母亲，思忖着她到底知道了些什么？怎么话中有话，让人摸不着头脑？

唐妈妈又喝了口茶，似乎在为接下来的谈话做准备。

"我那个傻儿子说妳爱他，怕我和他爸看轻妳，所以编造了一些谎言。我听了当然不高兴，问他既然妳家穷，昂贵的学杂费又是怎么来的？他一下子说跟亲戚借的，一下子又说是妳在泰国打工攒的，我一听知道有事不对劲，稍一布个局，他的谎言便不攻自破。"

噢！可怜的杰森，我着急问他的去向。

"他现在待在洛杉矶被他父亲24小时监控着，没有我的允许，哪儿也去不了？"

没想到我一语成谶，杰森果然被软禁起来了。

"请不要为难杰森，是我不好，不该欺骗在先。"

"妳也知道妳不好、不该欺骗在先？总算还没泯灭人性。"她放下茶杯，"Well, 我的宗教要我宽恕敌人，放心，我宽恕妳了。"

没想到事情急转直下，这么容易就解决棘手的事，我衷心感谢圣母玛利亚的帮忙，哈路利亚！

然而下一秒，我又被打入万劫不复的地狱里。

"只要妳答应离开杰森、离开我们的生活圈子，我原谅妳曾有过的欺骗。"她说。

Oh no! 我赶紧掏心掏肺地表示自己无时无刻不在后悔曾有过的放荡，我爱杰森不假，有句话"宁娶妓作妻，不娶妻作妓"，从今往后我会严以律己，做好自己的本份，不给唐家丢脸……

"妳知道罪犯再犯的机率比平常人都高吗？我们唐家这座小庙供不起妳这位大神，"唐妈妈忽然握住我的手，很苦口婆心的，"言言，妳貌美，吸金能力又强，肯定很快能找到接盘手，我家杰森真的很不适合妳，放过他吧！算我求妳。"

我知道想让唐爸爸唐妈妈接受"真实的我"有难度，但没想到会这么难，顿时大失方寸，只是一再强调我爱杰森，不能没有他……

见我顽固不化，唐妈妈变脸了，她用力甩开我的手："妳什么时候想清楚，杰森什么时候重获自由，如果真不行，我让他从此留在洛杉矶也不无可能，反正酒店的工作哪里都有，犯不着在一棵树上吊死。"

美国的东岸和西岸相距近4800公里，日夜不停地开车也要48个小时，我真的不想和爱人相隔1/4个地球。

"唐妈妈，一定还有其他的解决办法，只要能和杰森在一起，什么事我都愿意去做、去改变，拜托妳别这么狠心！"我几乎要跪了下来。

"那么重新投胎吧！"她冷冷地说，"我们唐家只接受圣洁的心灵及……行为。"

~

我仍日夜忙碌，但已没了干劲，像机器无意识地运转着。

"言言，妳怎么了？"安卓和我开例行的周会，看我意兴阑珊，遂问。

我答没什么，问他场地确定了没？

"还说没什么？十分钟前妳才问过我同样的问题。"

噢！是吗？我怎么不记得了？

"妳现在的工作状态不佳，一定得暂停。"说完，他拿上我的包，又将我从座位上拔起。

"干嘛？"

"我们出去走走。"

车子开到第59街时，安卓把方向盘一转上了皇后区大桥，它横跨东河，连接曼哈顿和皇后区。

"你这是要去哪儿？"我问。

他答我还没到过他的新家，所以带我熟悉一下。

安卓搬到皇后区，该区是纽约的五个行政区中最大的一个，人口多元，房价及房租较低，所以颇受曼哈顿城中白领的欢迎。

车子左拐右绕后，我们来到一栋灰扑扑的大楼前。

"别看它不起眼，里面别有洞天。"安卓说。

果然进入后令人眼前一亮，大堂有大理石地板及时尚复古的墙面涂饰，楼上则是翻新后的宽敞住宅，楼里甚至还有健身房。

"周边有咖啡馆、酒吧、连锁店和小商铺，搭地铁到曼哈顿岛很方便，非交通高峰期，开车到拉瓜迪亚机场也只需十几分钟。"他介绍完毕后，掏出门钥匙。

我在有落地长窗的客厅坐下，安卓忙着煮开水泡茶。

"妳的唐先生呢？"他边递给我一杯热腾腾的铁观音边问。

我答我的唐先生探亲去了，一时半会儿不会回来。

"那他的工作怎么办？"

"反正酒店的工作哪里都有，犯不着在一棵树上吊死。"连我都听得出话中赌气的味道。

安卓问我到底怎么回事？

也许是他温柔的语气，也或许是自己压抑太久，我把事情的始末都告诉他了。

"妳现在打算怎么办？"

"能怎么办？所有的联系方式都中断了，总不能死皮赖脸地找上门去，不被轰出来才怪！"

安卓停了半晌后，问我杰森哪里好？

不知为什么，听他这么一问，我好想哭。

"杰森就是好，他懂我、惜我，会在我得意时送上一束花，也会在我失意时为我加油打气。如果我的家庭不那么卑微，如果我不曾遇见乍仑先生，我肯定有足够的底气和勇气去争取他，但现在……一切都太晚了，唐家嫌弃我很正常，我有什么资格再讹上人家？"说完，我真的掉下几滴伤心泪。

安卓起身去拿面纸，我胡乱擦了，心情down到谷底。

"别难过，一切都会好转的。"他安慰我。

事情真的会好转吗？我苦笑。

第六十六章/圣诞礼物

"都十二月了，纽约怎么还不下雪？看来白色圣诞节恐怕难以实现。"助理边递给我面料册边说。

"的确啊！今年大概是暖冬。"我打开面料册，思忖着该用哪一块绸缎，它们的光泽、厚薄、软硬、飘垂、乃至纹路肌理皆有不同。

趁着我在思考，助理拉拉杂杂地说着琐事，原来她家Kara想要一款户外军靴当圣诞礼物，又说来到美国被迫过圣诞节，亲戚、朋友、上司、孩子的老师、有交情的邻居……凡认识的都得送，害她大出血。

"妳想要什么圣诞礼物？说了吧！省得我猜。"上海女人果然直接。

其实我想要的礼物是见到杰森，我们已经近一个月没联系了，不知他过得好不好？

然而话到嘴边却成了："给我来盒巧克力吧！有坚果的。"

助理笑眯眯地说我是全世界最好侍候的主子，胃口真小，不过巧克力还是由男友送比较好……

她话音刚落，安卓就来敲门，虽然门没关。

"我走了。"助理很识时务。

我看见她经过安卓身边时说了几句悄悄话，后者的嘴角出现一抹难以解释的笑容。

"她说什么来着？"助理走后，我问。

"没什么。"

"该不会你们合计谋杀我吧？！"

安卓答天地良心，助理不过是提醒他买圣诞礼物，最好是巧克力，带坚果的。

看得出在两个男人之间，助理更偏向安卓，也许跟他的经常到访有关，我真正的男友可没那么鞍前马后。

我笑说自己不偏爱巧克力，而是这个东西到处都有，价格又不贵，助理问我想要什么礼物，为了不给她添麻烦，随口说的。

"我想也是，巧克力太一般了，要送就送到心坎里。"他走向窗口，望着窗外好一会儿，"都十二月了，还没下雪。"

"嗯！希望一直到冬季婚纱秀结束都不下雪。"

安卓曾和我有过约定，如果直至冬季婚纱秀结束，纽约都没下雪的话，他就留下来不回中国了。

"不下雪的圣诞节很没意思啊！"他有感而发。

"没有你的纽约很……"话说到此，我住嘴了。

安卓问我怎么不说下去？

"有些话还是搁在心里好。"我答。

再两天就是圣诞节了，到处都是赶着做最后一分钟购物的人群，上我店里来的客人反而没有，那是因为圣诞长假市政厅不上班，很多餐厅也关门，加上天气冷，选在这时候结婚的人少之又少的缘故。

然而我的员工依旧在加班，直到今天下午五点过后才能正式休假一个礼拜。没办法，冬季婚纱秀安排在一月中旬，意即元旦假期过后没多久就得上场，我们必须赶在放假前把大部分的工作都完成。

安卓在员工都走得差不多的时候进来，我因为和厂家通了电话，所以留到最后。

"衣服制作得差不多了吧？！"他问。

我答差不多了，只是我要的那款珍珠白亮片还卡在海关出不来，厂家说不是他们的错，被抽检到总不能说不吧？！只是这一来，恐怕得等到元旦过后才能拿到，我很担心时间上来不及，因为我的结婚服都是人工一针一线缝上去的。

"没事，船到桥头自然直，妳也累了，到我家吃饭吧！走秀老板给了我一打的北海道毛蟹，我们提前庆祝圣诞节，嗯？"

日本北海道的毛蟹肉质饱满而鲜嫩，蟹身虽小，但蟹味鲜甜，独有的浓郁蟹膏更是老饕的大爱。

我喜欢吃蟹，听安卓这么一提议，立马点头同意。

"真厉害！会做寿司及蟹刺身。"看着一桌子的菜，我好兴奋。

安卓谦虚地表示没什么了不起的，箱寿司有木制模具帮忙，只需把米饭和材料摆上一压即成；制作蟹刺身也简单，先把活毛蟹的蟹盖打开，取走肺叶，再放入蒸笼蒸熟，待凉后速冻五至十分钟，然后用强力吸水纸包裹，放入雪柜冷冻即成。

我吃着以鲷鱼、星鳗、虾为食材的箱寿司，再将蟹刺身沾点儿柚子醋入口，疲惫的身心立即得到最大程度的抚慰。

"不知道你的厨艺原来这么好，真令人甘拜下风。"吃完，我忍不住赞美。

"妳若喜欢，以后天天煮给妳吃。"

听安卓这么一说，有什么东西撩了我两下，我将目光打在他身上。

他干笑两声，尴尬地解释："我是说如果唐先生不反对的话。"

想到已许久不见杰森，安卓哪壶不开提哪壶，让我陷入隐隐的忧伤之中。

见我又皱起眉头，那个老实人自责自己不会说话，甘愿自罚三杯，并且剑及履及，拿起白葡萄酒咕噜噜地连喝好几口。

"你大可不必如此。"我也拿起酒杯一饮而尽，"一切都是命运的安排，没啥好埋怨的。"

"但……妳想他。"

我的心因此刺痛了一下，我是想杰森，但想有什么用？如果人间事都能心想事成，这世上就没有可遗憾的事了。

"不，我不想他，真不想，想他干嘛？想又不会是我的，唐爸爸唐妈妈怎么可能让我们相见，别做梦了，洗洗睡吧！呵呵！"我又连喝好几杯，直到安卓把杯子抢了去。

我气急败坏地指责他不是好主人，哪有不让客人喝尽兴的道理？

"走！"他将我拉起，"送妳回家。"

我不肯，还想找酒喝，他遂将我扛起，将半醉的我送出门。

隔天我在自己的床上醒来，阳光已洒满一地，看来今年注定没有白色圣诞节。

打开冰箱，里面除了两个鸡蛋、一根葱，啥也没有。

我草草给自己弄了盘蛋炒饭（用的还是超市卖的即食米饭），加上番茄酱，总算还可以入口。

想到今晚是圣诞夜，这样的大日子，我却连只火鸡腿也没准备，把节过得如此惨淡，也没那个谁了。

"对了，"我忽然灵光乍现，"五星级酒店的附设餐厅今晚肯定开，否则投宿的客人怎么办？何不把安卓叫出来一起吃圣诞晚餐？一个人过节很辛酸哪！"

手机响了好几声，安卓才接，我问他在干嘛？

"在给妳准备圣诞礼物，昨晚送妳回家时，妳开口要的。"

我想不起自己曾说过的话，一定是迷迷糊糊当中随口乱说的。

"我不要了，你别折腾，今晚我们上希尔顿吃火鸡大餐，我请客。"

安卓答太迟了，他已经买到礼物，会替我送过去。

想到今天就能见到安卓，我很放心地挂上手机。

我正在看《THE BIG BANG THEORY》，一个有名的美国情景喜剧，管家来电说我有访客，我让他放行，然后赶紧整理凌乱的头发，再为不见血色的唇涂上口红，省得吓坏安卓。

"扣、扣、"

他来得可真快，我三、两步跑去开门，然而看到来者时，我惊呆了。

"言言～"那久违的人唤我。

我的眼泪不争气地流了下来。

"扣、扣、"

他来得可真快，我三、两步跑去开门，然而看到来者时，我惊呆了。

"言言～"那久违的人唤我。

我的眼泪不争气地流了下来。

第六十七章/意外之旅

杰森拥住我，我抱着他流泪，千言万语已化为绵绵的情意，好想时空永远定格于此，让我完完全全拥有这个牵动我情绪起伏的男人。

"别哭，"他划去我的泪水，"我来了，应该高兴不是吗？"

"对不起，太激动了，我也不想哭呀！"看着他，我高兴地又流下两行泪。

"还是进屋吧！省得邻居以为我欺负妳了。"他说。

原本还担心待会儿安卓一来恐怕很难解释，没想到杰森正是安卓送我的圣诞礼物，几分钟前他才驶离我的公寓。

"这是怎么回事？"我问。

在接下来的谈话中，我才明白事情始末。原来昨晚安卓载我回家后马上搭机前往洛杉矶，也不知是从哪里得来的地址，反正隔天一早他便去敲唐家的大门，表明自己是杰森的大学同学，出差顺路过来拜访他。

唐爸爸一听是儿子的同学，立马领进门，还让刘阿姨切盘水果招待他。

突然的会面并没有露出马脚，因为杰森在电视采访中看过安卓，而安卓在一次不小心的"跟踪"中意外见过杰森，所以双方能将戏演得有模有样。

"哈！你来了，好久不见。"

"是好久不见，如果不是Jack提起，我不知你也在洛杉矶。"

"Jack？噢～那个Jack，他好吗？老婆生了几个？"

"老婆？噢～那个老婆，生了，早生了，手上一个，另外两个在地上爬。"

"呵呵！太好了。"

"是很好。"

……

唐爸爸看他们谈得尽兴便自行回房，把诺大的客厅交给两位年轻人。

见监督的人离去，安卓赶紧表达来意，说出租车正在巷口等，动作快一点儿还能赶上三个小时后起飞的航班，我正在纽约等他……

噢！安卓，我该说什么好？

"没想到你的Partner这么为妳两肋插刀，结婚时可别忘了请他坐主桌。"

那个蒙在鼓里的男人不知我差点儿和安卓走在一起，若真请他坐主桌，那才叫个尴尬。

"结不结婚还是未知数，以目前情势来看并不乐观。"我答。

杰森说他也没想到父母比想像中还要顽固，但非常时期有非常作法，若真不行也只能先斩后奏，回头再做修复的工作。

我和杰森已是成年人，随时可以做结婚登记，市政厅甚至还提供小教堂让拿到"结婚许可证"的双方在牧师和第三方的见证下成为合法夫妻。

"可是……我还是希望在那个神圣的时刻里得到双方家长的祝福，而不是偷偷摸摸，像做贼似的。"

"这个需要从长计议，眼前最重要的是赶紧打包走人，纽约对我们来说已经不安全了，我父母随时会赶到，以他们神通广大的媒体人伎俩，把整个纽约翻过来找也不无可能，我们还是快快上路躲开风暴吧！"

杰森说的不无道理，还好现在放圣诞长假，我可以心无旁骛地出走。

～

等我打包好已是黄昏，我的敞篷跑车开出去，一路畅行无阻，大概因为过节，大家都待在家里享受天伦之乐的缘故吧？！

车子上了公路，原本往南开，想着南方比较温暖，但电台忽然播报费城正迎来前所未有的暴风雪，为了躲开自然灾害，我们只好沿着87号公路往北行，路标显示离美加边境尚有四百多公里。

"去加拿大也行，我父母大概猜不到我们出国了。"杰森说。

～

我和杰森换手开，饿了、渴了，就在加油站或路边小店解决，就这么走走停停，终于在午夜前过了美加边境，抵达加拿大第二大城—蒙特利尔。

"累了？"杰森抚着我刚洗完澡，尚未干透的头发问。

连续坐在车里八个小时，任谁都会累坏，一看见汽车旅馆的闪亮招牌，几乎不做考虑便开了过去。尽管卫浴狭小，床垫也不舒服，但我们只想洗过热水澡后快快上床。

"嗯！累坏了，眼皮快睁不开。"我答。

杰森提醒我今天是圣诞夜，我们没吃火鸡肉，也没为对方准备礼物……

"So？"

"我想送妳礼物，妳也送我，好不？"他将嘴凑上来，顺便将我压在底下。

"不行，今天不是安全期。"

杰森答那更好，有了孩子多了个筹码，谈判更有优势。

有那么几秒钟我想到了安卓，想到他受伤的眼神，但被唤起的性欲很快压过理智，当杰森进来时，我能感觉到沉睡的身体～苏醒了。

~

蒙特利尔是典型的英法双语城市，闲适的生活情调多次被评为全球最适宜人类居住的城市之一。

白天我们在旧城区、圣母大教堂、植物园、昆虫馆、地下城、唐人街……流连，到了晚上，我们便疯狂做爱，像要把过去的空白全给补上似的。

"让我们在这个城市生对双胞胎吧！一个叫唐蒙特，另一个叫唐利尔。"杰森说。

我答那是男孩的名字，万一生的是女孩呢？

"万一是女孩，一个叫唐美加，另一个叫唐加美，纪念我们两地奔波，"他扑过来啃我脖子，"最好一次生四胞胎，两男两女，哪个名字都没落下。"

我笑他把我当成母猪了。

"谁说不是？妳是我最丰满、最可口的猪夫人。"说完，他将我翻转过来，再一次让我沉浸在美妙的性爱里不能自拔。

"为什么非得赶回去？我可以待在这个城市好几个月不感无聊。"杰森很不满。

我解释冬季婚纱秀不久就要上场，我得回去赶工。

"那我怎么办？瑞吉酒店的工作早辞了，我又不能回列克星敦大道的家。"

我想了想，这几天只能让杰森暂时住我家，等忙完婚纱秀再坐下来想想未来的路该怎么走。

主意一打定，我们开始整理行囊。

"秀禾服"为清末民初女子所穿的袄裙，其特征是上衣为立领或圆领、采对襟或右衽，下服为马面裙。现在的新娘子穿秀禾服结婚的不少，但新郎穿长衫马褂又显夸张，我想了想，惟有改良后的中山装能与新娘的裙褂相匹配。

就在我和设计师讨论中山装的暗花与刺绣时，安卓来了，我听见助理在办公室外和他寒暄的声音。

"就这样吧！你回座位思考一下，今天一定得出稿，否则来不及。"我说。

那个有些不自信的小男生唯唯诺诺地走了。

他一走，安卓正好进来。

"Happy New Year! "他说。

我答元旦已经过去了。

"Happy Chines New Year! "他转而祝福我中国新年快乐。

中国新年在二月，他提前祝福，我无法反驳。

"圣诞假期去哪里玩了？"我问。

他答哪里也没去，待在家里闭门思过。

我问他什么意思？

"一送妳圣诞礼物我就后悔，天天后悔、无时无刻不在后悔，我真傻，是不？"他问。

"你不傻，我很感动。"

"让妳感动不是我的初衷，我很希望听到妳说在过去的一个礼拜里，终于发现杰森不是妳的菜，是不是这样的？快告诉我！"

哎～我该如何告诉他，在过去的七天里，我和杰森过着"有实无名"的夫妻生活？

"你和杰森都是我生命中重要的人，我乐见你们两人也能成为朋友。"

安卓听了很失望，但没再旧话重提，我们两人很快讨论起公事，直到助理来敲我门。

"What?"

"季老板，妳最好听听电台是怎么说的。"助理拿着手机，一脸慌张地对我说。

第六十八章/谈判

我早注意到助理有偷听手机音乐或电台的习惯，也当面说了她几次，毕竟我雇用她不是为了让她神游在自己的世界里。

她唯唯诺诺地承认错误，但偶尔还是会犯，尤其当工作室无一位客人时……

"妳听！"助理慌忙按下播放键。

花了我一分多钟才搞清楚电台在说啥，原来这是个谈话性节目，邀请了心理专家坐镇，听众若有任何问题想提问，可拨打电话到电台咨询。

显然节目已经进行有一段时间了，心理专家正在做总结，他说A小姐不仅私生活紊乱还满嘴跑火车，是华人之耻，请大家共同抵制……

"谁是A小姐？"我问。

"在曼哈顿开工作室，做的又是中式新娘服，毕业于NY服装学院，这个月还有婚纱秀的人不会再有第二人了。"助理答。

敢情A小姐是我？我赶紧要助理把电台的谈话内容原原本本、一五一十地全告诉我。

原来有个妇人打电话到电台求助，哭诉她的宝贝儿子被A小姐迷得神魂颠倒，现在家也不回，人也失去联系。

心理专家问她A小姐有哪里做不对？会不会是她的个人偏见？此话一出，激起妇人的愤慨，她答不是她的个人偏见，而是A小姐的道行太深，家里是社会最底层，却被她吹嘘成显赫又多金，欺骗他家多年，这不打紧，她在泰国打工时还和雇主的老公搞七捻三，把原配活活气死。还有还有，她的大学学费及开工作室的本金还是这个泰国男友给的，现在看到更好的就甩了人家另拣高枝，死死抓住她儿子不放，想飞上枝头当凤凰……

"我很少听到心理专家这么不中立，节目成了批斗大会，竟然号召全美的华人到A小姐的工作室外拉横幅抗议，这是什么跟什么？搞得像政治活动似的。"助理说。

我听了心里一沉，完了，什么都没有了。

"一定是有人看季老板生意红火所以恶意中伤，别当一回事。"安卓赶紧粉饰太平。

"就说嘛！季老板怎么可能是这样的人？抢人家老公不说，还把原配气死，简直大逆不道！只是人言可畏，我怕流言会对工作室造成不利的影响。"

助理说的没错，小三很少被同情，几乎人人喊打，我做的工作又是针对婚姻当中的原配，这下子死得更惨。

"别担心，听广播的人不多，就算听到了，各人自扫门前雪，不会有人吃饱撑着。"助理走后，安卓安慰我。

～

一回到家，杰森便洋洋得意地说他的"水果忍者"打了１３００多分，不赖吧？！

"你一整天都在打游戏？"我没好气地问。

"不打游戏干什么？"他一副莫名其妙的样子，"对了，中午煮泡面没留意，把锅子烧坏了。"

我的眼光往垃圾桶望去，果然里面躺着一个烧焦的尸体。

"那是我最喜欢的Fissler牌子，花了我一百刀。"我大冒肝火。

杰森像没事似地说周末上第五大道，他买整套的Fissler锅送我……

"我不要，我就喜欢那一个，你还我！你……还我！"说完，我泣不成声。

"这是怎么了？"他赶紧扶我坐下，"大姨妈来了？"

我哭哭啼啼地说没来例假，而是他父母的华语电台把我曾做过的丑事全给掀了，现在全城的人都在议论纷纷，把它当成茶余饭后的谈资，我苦心经营的事业眼看就要化为乌有……

杰森要我别钻牛角尖，纽约州听电台的人越来越少，否则他父母也不会另起炉灶，放心，媒体的力量没那么大。

"告诉我，你抵得住压力，即使我成了过街老鼠，你仍然站在我这边。"我握紧他的手，像握住最后一根救命稻草。

"当然，我当然站在妳这边，我们已经是实质上的夫妻了。"他答。

～

杰森错了，媒体的力量很大很大，工作室刚打开大门营业，门外就有一行人拉横幅，上面写着：**多行不义必自毙，小三赶出华人圈。**

我把交头接耳的员工全赶去工作，自己则佯装镇定地指挥大局。

"太可恶了，他们竟然游说我们的客人别上门。"助理愤愤不平地指着门外说。

我往外探去，果然看到我的VIP客户，她约了十点半试礼服，还有五分钟就到约定时间，没想到在店外被拦下，而且成功被洗脑，我看见她离去时愤怒的眼神。这是她的二婚，前任就是被小三夺走，让她如鲠在喉，现在一听帮她设计新娘服的正是可恶的小三，怎不让她义愤填膺？

"去工作吧！缝线快没了，茶水间的咖啡包也得添，把正事办了要紧。"我对助理说。

她答知道了，转身往茶水间走去，我也默默回到办公室。

~

送外卖的小弟好奇地问："谁是小三？"

助理没好气地答："你妈。"

那小伙子放下盒饭，面色铁青地走了。

"这年头到底是怎么回事？太喜欢挖人隐私了。"助理边把我要的滑鸡饭递给我边说。

"知道不对就别跟随魔杖起舞。"我冷默地答。

其实也难怪送外卖的好奇，店外那群人好像是有组织的团体，已经喊了两小时的口号，任谁都会好奇谁是小三。

"还是报警吧！这很影响我们做生意。"助理提议。

我想想也对，遂允许了。

果然吃完饭已听不到口号声，算是得到片刻安宁，我也能静下心赶工，直到……

助理说有我的电话，我拿起座机，刚说了声Hello, 对方像发射连珠炮似的，一连丢给我好几道问题：

· · ·

"有人报料妳被包养十年，赚的钱可以打一座金山，是真的吗？"

"妳的泰国情人据说是黑道大哥，还让妳接待他的兄弟，此事是否属实？"

"被妳气死的原配家人指控妳已破坏了好几个家庭，是累犯，应该就地正法以正视听，妳怎么看？"

"听说妳父母在放高利贷，是地方上的恶棍。"

"妳的新男友好像是小鲜肉，能不能提供照片？"

······

这个自称《XX报》的记者，所提的问题都是蜚短流长的小道消息，有很多不属实的地方，真怀疑他是狗仔非记者。

"No comment."我答了句"无可奉告"后挂上电话。

没想到每隔一段时间就有报社来电要求做采访，甚至有不认识的女人劈头就给我一顿好骂，让人不堪其扰。

我要助理别再转电话进来，除非是旧识或客户。

原以为高烧的人总有退烧的时候，没想到越演越烈，而且成精了，警察来作鸟兽散，警察一走又聚集，堪比猫鼠游戏。

"这是什么时候的事？"安卓去了一趟欧洲，他不知道才几天的功夫就已风云变色。

"你刚走就这样了，动作非常神速，可见策划人很有行动力。"我答。

"不行，我出去轰走他们。"

我忙拉住他，说没用的，警察都赶不走，他一个人能有多大能耐？

"这么下去生意还做不做？尤其后天就要走秀，他们该不会转移阵地继续胡闹下去吧？！到时各大媒体都会前往采访，流言若因此上了国家新闻，那就惨了。"

安卓的担忧不无道理，我考虑了一下午，决定主动打电话给唐妈妈求见面。

"行，把我那个傻儿子也带过来，我在列克星敦大道的家等你们，只等一小时，逾时不候。"

挂上手机，我毫不迟疑地拿上车钥匙。

"季老板，妳上哪儿？"助理问。

"谈判去。"我答。

第六十九章/告解

"咳、咳、"我边开车边捂住嘴。

杰森问我怎么了？

"这几天压力大，加上天气不稳定，我感觉喉咙发痒，怕是感冒了。"

"那么找家店喝点儿热的吧！"

我答不，他母亲还在家里等我们。

"我就是不想那么快面对母亲，妳不懂吗？"

结果我们磨磨蹭蹭，直到约定时间快到了才上楼。

杰森用指纹启动电梯，电梯门一打开，我就看到唐妈妈，整个23层都是唐家的，等于一跨出电梯就来到玄关。

"回来就好，你这个孩子就是这么不让人省心，外面坏人多，还是自己的家安全，知道不？"唐妈妈指桑骂槐，让我很不舒服。

"唐妈妈好！咳、咳、"我不忘打招呼，但那个昔日对我疼爱有加的长辈却充耳不闻，迳自拉着杰森走向客厅。

"咳、咳、"被人忽视很凄凉，我的感冒好像又加剧了。

"我给你倒杯水吧！"杰森起身。

回来时他的手上除了热柠檬水外，还多了条印花丝巾，黄配蓝，非常大胆的配色。

"天气冷，还是围着好。"说完，他在我光裸的脖子上绕了两圈丝巾，再随意打上个蝴蝶结，顿时感觉温暖许多。

"那是Nancy的。"唐妈妈冷冷地说。

Nancy是杰森的弟妹，现在在新加坡，怕已生了小宝宝。

"不是Nancy的，是我买来打算送给言言当圣诞礼物的，只是阴错阳差没送出去。"杰森解释。

"谢谢！咳、咳、"知道是自己的圣诞礼物，我更钟爱它了。

杰森要我别说话，赶紧把热柠檬水喝了吧！见我不积极还主动喂我喝。

"适可而止吧！季小姐的四肢健全着呢！"唐妈妈制止自己儿子的撒狗粮行为，然后转身面向我，"见面是妳提的，有什么诉求请讲，五点钟我预约了洗头。"

知道谈判的时间已到，虽然喉咙不舒服，我还是把来意说清楚，请求唐妈妈放过我，别再落井下石，尤其我们的团队为了冬季婚纱秀已经忙了好几个月，不想被绯闻喧宾夺主，模糊了焦点……

"行，我把人员撤了，让妳的人马能安心走秀。"

"谢谢！太感谢了，咳、咳、"

唐妈妈要我别高兴得太早，她还没提条件呢！条件就是杰森跟她回洛杉矶，而且永不踏足纽约，除非我离开纽约。

"那么……我能跟着杰森一起去洛杉矶吗？咳、咳、"

唐妈妈问我要以什么身份跟随杰森？是妾还是保姆？两者都太委屈我了。

"妈～妳怎能这么说话？言言当然是我的老婆，这还用说吗？"

杰森的妈嗤之以鼻："用二手货还嫌寒碜，这不知经过多少男人蹂躏的身体，你也不嫌脏？"

"唐妈妈，我……"

那个一脸高傲的女人要我闭嘴，她在跟自己的儿子讲话，没我插嘴的份。

我望向那个爱我至深的男人，把所有的希望都押在他身上，期待他能表示一下立场。

"咳、咳、"他清了清喉咙，"结婚是两个人的事，只要我不嫌弃，别人……别人也不好说什么，是不是？"

"别人？"唐妈妈扬起声，"我是别人吗？我怀胎九月、把屎把尿把你带大的，你竟然将我归为外人？好，你走，带着你的狐狸精走，我们的母子情份到此为止。"

见自己的母亲真动了气，杰森赶紧说好话，又是揉胸口，又是按摩肩膀的，总算唐妈妈不豫的脸色才稍有缓和。

"也罢，儿大不中留，既然你们彼此相爱，只要言言答应一件事，我便不再阻挠。"

没想到事情竟然有了转机，我当然点头如捣蒜。

"要进唐家大门，诚信很重要，把妳的情史一一都交待了吧！不能有一丁点儿隐瞒。"她说。

杰森知道我曾有过荒唐岁月，但我们一直小心翼翼地避开它（或者说不愿正视），如今唐妈妈要我当着爱人的面坦白，无疑是想测试杰森的接受度和忍耐力，这是非常下作的行为。

"言言，如果不愿意，妳可以不说。"他握住我的手，"还是不说吧！咱们回家。"

杰森的善良与体贴让原本想"隐恶扬善"的我汗颜，我再次陷入无可救药的自卑里。

"我怎么配得上他？我这只丑小鸭！"我心想。

要谈我的初恋并不困难，就是一般的情侣关系，但说起乍仑先生……

"刚开始是他强暴我，后来……我和他做了交易，让他替我的留学梦买单，我则成了他的情人。"

说完，我沉默了近一分钟。

"就这样？季小姐还是不够坦白呀！"唐妈妈显然不满意。

知道唐家接纳我的条件是诚信，我索性放开来讲。

"他……他还带我参加'换妻俱乐部'，有时床上有多人同时进行……"

杰森痛苦地捂住脸要我别说了，然而'真心话'像开了闸的洪水，止了止不住，我甚至表示自己得过性病，乍仑先生还一度把我当成礼物送给工作上需要疏通的人……

"Shut up!"杰森大喊一声，继而甩了桌上我喝过的水杯，陶瓷片碎了一地，"丢不丢人呀妳！"

我吓到了，嘴巴久久无法合上。

此时最开心的莫过于唐妈妈，她呵呵呵地笑了起来："季小姐的过去真精彩，老的时候应该可以拿出来回味一番。我没别的事要问，儿呀！送送现代豪放女。"

唐妈妈下逐客令，我正恨不得离开这个鬼地方，好回到我安全的窝。

"杰森～"我站起身，并且呼唤爱人。

然而与我的一厢情愿不同，杰森似乎不愿离去，他选择不看我，让我的心跌至谷底。

我独自走向电梯，按下G键，他仍然纹风不动，直到电梯门即将关上，才终于见他起身，心中不禁一阵狂喜，然而唐妈妈以迅雷不及掩耳的速度一把抓住他，我知道完了，依然没能守住那个男人。

" 还好闹事的人没跟过来，真是谢天谢地！"安卓在后台忙活着，看见我来，很高兴地说。

"是很好，咳、咳、"我捂住嘴。

"感冒还没好？妳就是这样，不懂得照顾自己。"安卓撇下模特儿到茶水间给我倒了杯温开水，"等走秀完毕，回家好好养病，这些日子累坏妳了。"

安卓不知道走秀完毕，我打算"人间蒸发"一阵子。

从列克星敦大道回来后，我无时无刻不在等待杰森归来，哪怕只是一通报平安的电话也好，但两天过去了，他依然无消无息。

我知道任何男人在听到我的过往后都会选择退出，但我以为杰森不一样，他说过我是他的老婆，无论如何都能抵得住压力，即使成了过街老鼠，他仍然站在我这边，然而……

不得不说"姜还是老的辣"，唐妈妈稍微一挑拨就成功让我和杰森起内讧，得来全不费功夫。

" Andrew, it's a show time."那个高高的节目制作人对安卓喊"演出时间到了"。

他回答这就来，然后随手抓来人台上的一条黄蓝相间印花丝巾，快速在我的脖子上打了个结。

真是太巧了，后台竟然也有一条丝巾，和杰森送的一模一样。

"Andrew, what are you doing?"制作人失去耐性了，声音粗巴巴的。

安卓不理他，仍回头对我说："好好保护妳的嗓子，喝口水，坐着等，妳只需在最后一刻现身。"

他的体贴无疑温暖了我那早已千疮百孔的心

"别自作多情了，安卓对妳好是因为没听妳告解过，一旦知道了，跑得比谁都快。"一个声音提出忠告。

瞬间我又跌入万丈深渊，觉得这辈子再也不会有男人爱我，一切都没了盼头。

第七十章/私奔（完结篇）

由于这次婚纱展首次有新郎服，所以音乐特别选择有男女对唱的民歌，其嘹亮、悠长、亲切、接地气的曲调正抚慰着海外游子的思乡情。

我边喝着温开水边闭目养神，四周是来来往往奔跑的模特儿，就在此起彼落的呼喊声中，我的手机响了。

"是我。"

那声音化成灰我都认得。

"我没钱了，你还是找别人吧！"听到乍仑先生的声音，我赶紧喊穷。

他哈哈大笑，说谁不知道季大师随便画几笔就有不菲的收入？又问我在哪里？我答在做出走前的冥想。

"既然要出走，来曼谷吧！那两个Bitch被警方抓到，我的钱很快就会回笼，呵呵！天道酬勤，皇天不负苦心人，阿弥陀佛，善哉善哉！"

听到Ann及雪花太太被抓，我反而开心不起来，为什么祸害总是遗千年？真令人不解。

"恭喜了，咳、咳、"我言不由衷。

"宝贝儿，怎么了？生病了？我这就飞过去看妳。"

我赶紧阻止，说纽约正在经历有史以来最大的暴风雪，他还是待在四季如夏的曼谷为宜……

"看过那么多莺莺燕燕，就属妳最重情义，到现在还关心我，妳等着，我坐最早的班机来看妳。"

在我做出"严正声明"前，乍仑先生早已先一步挂机了。

"还好曼谷到纽约不是一蹴可及，我还来得及遁逃。"我心想。

"嘟……嘟嘟……"

没五分钟又有来电，我愤而按下接听键，没好气地要对方别来，来了也不见！

"言言，是我。"

杰森选在这个时候打给我，让人很惊讶，我半天开不了口。

他问我还在吗？我答在。

"在哪里？"

"在婚纱秀现场，咳、咳、"

"感冒还没好？我现在就过去看妳。"

多少次魂牵梦萦就想见上杰森一面，一旦他要来，我反而退却了。

"分手的话不用当面说，在电话里说也一样，咳、咳、"

"不，不是分手，我想过，只有私奔才能成全我们的爱情，当我们领着唐蒙特、唐利尔、唐美加、唐加美回来时，我的父母不看僧面也会看佛面，总不能让孙子、孙女没母亲吧？！"

听他这么一说，我知道他打算向北行。

"你……难道不在意我的过去？咳、咳、"我问。

他答在意，那也是他踌躇多天的原因，但……他还是要我。

"约翰福音8.01-8.11写道：文士和法利赛人带着一位妇人来见耶稣，说摩西在律法上吩咐用石头把行淫的妇人打死，问耶稣该怎么处置她？耶稣答你们当中谁没有罪就可以拿石头打她，结果从老到少一个个都出去了。"杰森拿宗教故事替我的罪行开脱，让人很感动。

"你想好了吗？"我不确定地一问。

他答想好了，问我何时能动身？

其实为了逃避情感上的挫败，我早买好到迈阿密的机票，就等着婚纱秀一结束立即启身，行李已经摆进后车厢内。

杰森答那好，他现在就过来。

～

我跟着日本超模富永爱及中国超模何家穗上台，没错，现在的我已非吴下阿蒙，办起秀来连超模也趋之若鹜，再也无"临阵脱逃"的现象发生，但这样的成功对我而言已不再具有吸引力。

"婚纱秀得到很大的反响，《Beauty for wedding》、《EllE》及《Wedding 21》都想做专访，等妳感冒好了，我陪妳一起去，嗯？"安卓兴奋地说。

"我……不去了，突然觉得累，想休息一阵子。"

"也好，这场婚纱秀的确让人身心俱疲，休息一阵子也好，转眼夏季婚纱秀又要开始了。"

安卓以为我只是处于职业倦怠期，殊不知我想"全身而退"，至少目前是。

"走，这里结束了，我陪妳回家！"他说。

我要他先行一步，我……还要等人。

安卓问我等谁？我兜了半天，还是决定实话实说。

"不行，妳不能去蒙特利尔。"

"为什么？"

"因为……因为妳已经买好去迈阿密的机票，南方温暖些，妳还感冒着，湿冷的北方不适合妳。"

我说杰森已经上路了，大概马上就到。

"那还等什么？"他拉我起身，"我没去过迈阿密，刚好开开眼界。"

安卓开着我的车，就在收费处和杰森打上照面。

"去哪儿？"杰森按下车窗冲着我喊。

谁知安卓加速离去，不给我回答的机会。

"杰森还在后面。"望着后照镜，我不安地说。

"别理他。"

十几分钟过去了，杰森仍紧咬住我们的车屁股，而且频频call我。

"别接，言言，他只会再次伤害妳，就像过去一样。"

安卓提起往事，让我更加纠结，杰森的确让我心寒过，但互换角色，我不见得做得比他好。

"每个人都会犯错，我不也是？杰森说他原谅我了，与其让一个不明所以的男人重新认识我，倒不如跟着杰森，省得重头来过、浪费口舌。"我说，明显站到杰森那边去。

"那我呢？我算什么？"安卓的唇微微颤抖着。

我告诉他，他不会喜欢品行上有瑕疵的人，我已经是残花败柳，不想拖累他，更何况……我爱杰森。

话一说完，车速从120降到70，再降到30，然后归零停在路肩。

"去吧！我看着妳走。"他说。

"那个男人还跟在后面。"杰森望着后照镜说。

"别理他。"我答。

坐上杰森的车后，车头往相反的方向开去，六个小时过去了，安卓仍紧咬住我们的车屁股，他该不会想一路跟着去蒙特利尔吧？！

"前面就是美加边境了。"杰森提醒我。

六个小时足够让我思考很多事，安卓是个好人，对我一心一意，只可惜我们之间少了点儿火花。

我解下脖子上的黄蓝相间印花丝巾，那是走秀开始前，安卓为我系上的。

"妳干嘛？"杰森问。

"跟安卓道别。"

我打开车窗，将丝巾往外扔去，那方黄蓝相间的色块在空中飞舞三巡过后，再也看不到踪迹。

从后照镜中，我看见我的敞篷跑车因此慢了下来，最后完全停住。

"那可是我送妳的丝巾？"杰森问。

"不是，是安卓给的。"我低下头去，心情很沉重。

此时手机传来声响，我查看了短信，上面写着："祝妳幸福！"

我捂住嘴，想抑制住排山倒海而来的哀伤。

"怎么了？"他问。

我答没事，但心里知道刚错过了什么。

当杰森递上护照及登陆纸时，我下意识回头看，可惜没有那个孤独的影子。

"I wish you didn't leave anything in America."那位美国官员自以为幽默地说希望我们没有遗留任何东西在美国。

"Certainly not."杰森答当然没有。

那官员紧接着将目光打向我。

"I ......I've left something important in America."我答我把某样重要的东西遗留在美国了。

"What's that?"官员和杰森齐问。

看着他们好奇的眼神，我以Never mind打发掉。

离开岗亭，我和杰森算是离境美国，当另一位官员说了句Bonjour时，我知道我们已在加拿大的国土上了。

我又回头望去，黑魆魆的夜吹来一阵凛冽的风，似在述说着一位男子的衷情，如怨如慕、如泣如诉。

"是你吗？安卓。"我的无声问话在空中回荡，久久没有回音。

"来自美国的报导，今天凌晨五点有民众报案，在87公路靠近美加边境处，有位华人倒臥在血泊当中，手中紧握着一条丝巾，不远处有个被压碎的手机。敞篷跑车似乎是死者的，奇怪的是车子与尸体相距两百米。警方已联系中国大使馆，希望尽快找到死者家属，同时调阅附近监控器，也许有助查到撞人后逃逸的车辆……"央视新闻主播说。

《完结》

【看不够吗？B杜的《情定布拉格》正等着您，以下是前三章，先睹为快。】

《情定布拉格》

第一章/查理大桥

我喜欢天朦胧亮的布拉格，古老、静谧，仿佛披上一袭神秘的面纱，让人流连忘返，可惜好景不长，当太阳一露脸，大批游客纷至沓来后，一切就不一样了。

"现在我们来到查理大桥，它被卡夫卡喻为生命的摇篮，建于1357年，是一座极具艺术价值的石桥。大桥横跨伏尔塔瓦河，长520米，宽10米，有16座桥墩，没用一钉一木，全用石头建成。两端分别是布拉格城堡区和老城区，这里还是历代国王加冕游行的必经之路。"我往前走几步，继续侃侃而谈，"这座欧洲最古老、最长的桥上有30尊圣者雕像，都是17-18世纪捷克艺术大师的杰作，被誉为'欧洲的露天巴洛克塑像美术馆'，据说只要用心触摸雕像便会带给你一生的好运与幸福……"

话刚落音，一群人开始伸手胡乱摸着雕像，我早已见怪不怪，迳自走到桥右侧的第8尊圣约翰雕像前，它是查理大桥的守护者，围栏中间刻着金色十字架处就是当年圣约翰被扔下的地点。

"这位红衣大主教因为拒绝向国王透露王后的秘密，被下令扔进伏尔塔瓦河，成为第一位为保护宗教忏悔隐秘权而殉道的人。当他从河中被捞起时，人们发现圣约翰的头上出现五颗星星，之后被教廷封为圣人……"

我的介绍引来七嘴八舌的讨论。

"王后说她有痔疮啦！"一位大叔自以为有趣地喊着，引来讪笑。

"妈的，还五颗星星，那是弹孔好不？"

"哪来的弹孔？火药都还没发明呢！"

"导游，头上那个是戒疤吗？"

"你耳朵聋了吗？导游刚刚才说是红衣主教，信耶稣的……"

我懒得回答无厘头的问话，要他们通通稍安勿躁，从现在起自由活动两小时，想拍照的赶紧拍，想吃饭的赶紧吃，想上厕所的赶紧上，请自觉准时上大巴，下一站是德国的新天鹅堡，周杰伦和昆凌拍婚纱照的地方……

说完，我收起导游专用的小旗子，走向桥一端的老城区，那里有很多餐厅和咖啡馆。

~

"结束了？"米星问。

"嗯！"我给自己泡了杯卡布其诺，上面加了好多肉桂粉。

"怎么不跟老板反映一下？这样急就章，游客根本无法欣赏到布拉格深沉的美丽。"

"妳以为他不知道？"

我的老板当然知道除了查理大桥外，天文钟、布拉格城堡、黄金巷、跳舞的房子……都是很好的旅游景点，奈何中国旅行团比的不是质而是量，能以最少的钱游玩最多的国家才能吸引到顾客，所以当你看见"八天游玩五个国家"的广告时，千万别惊讶，在欧洲团里俯拾皆是。

"待会儿去哪个国家？"米星又问。

我答德国。

她说我可以回那家德国猪肘子店瞧瞧，也许前天晚上赶着上大巴而没吃完的部分还留在桌上呢！

"呵呵！如果还在，我打包回来给妳吃哈！"我啜了一口卡布其诺，上面的奶泡很绵密。

嘻！再这么进步下去，我可以在米星开的咖啡馆对面另开一家与之抗衡了。

～

米星是我的发小，从幼儿园开始，我们便秤不离砣。她的个头娇小，不到一米五，很瘦，留着俏丽的短发，眼睛像漫画里的女孩一样，又大又亮，更别说脸颊了，白里透红，好比陶瓷娃娃。

她曾不止一次地说起她的愿望，那就是开个有品味的咖啡馆及找个身高一米八的老公，因为个头矮小是原罪，她得为下一代负责。

终于在大三那一年，她成功地抓住一位高佻的学长，为了博他欢心，不仅当起免费的住家保姆，还早晚两次溜他家半人高的金毛犬，更不用说买菜钱还是她出的。

"这样好吗？你们两人到现在还没亲嘴，他倒好，不用请阿姨，连狗粮的钱也一并省了。"

米星说我不懂爱情，不是一加一都会等于二。

Well, 爱情的确不是一加一等于二，但也不能一加一等于一吧？！那小子从没正面承认过米星的女友地位，根据我的判断，他肯定是骑驴找马。

果不其然，一毕业他就找到良驹，还一把鼻涕一把泪地表示给不了米星幸福，宁愿放手……

他奶奶的，谁不知道他的新女友是有双大长腿的模特儿，两人站在一块儿那叫个"颜质相当"，米星以为的"小鸟依人"在旁人看来不过是"长短腿之恋"罢了，难怪恋情会告吹。

"没事，生命那么长，总会遇上几个渣男，我不也单着？"我安慰她。

和米星的失恋不同，我爱的那个人从小就是"别人家的孩子"，不仅毫无意外地上了北京的最高学府，还拿到誉为"本科生诺贝尔奖"的罗德奖学金，然而这样优秀的男孩也有过不去的坎，就在一个春暖花开的季节里，他从六楼高的出租屋一跃而下，结束23岁的生命，从此我心如止水，不肯轻易交付感情。

"我的前男友还不坏，把米勒送给我了。"米星说，脸上有淡淡的笑容。

米勒是渣男学长养的金毛，后来我总能见米星像对待恋人般地待狗，给它买进口的狗粮和天鹅绒做的床，连喝的水都来自天山的纯净水。这样如履薄冰、亦步亦趋的照顾，没想到狗还是得了细小病毒，一命呜呼了。

我从没看过米星如此伤心过，她抱着死去的米勒声嘶力竭地哭喊着，有那么片刻，我以为她哭的是逝去的爱情而不是狗。

"难为她忍了那么久，怕有大半年了吧？！"我心想。

日子匆匆又过了数月，某天米星告诉我，她要环游世界去，然后找一个看对眼的地方开咖啡馆，两个人生愿望总得实现一个，不然就太可怜了。

"妳去找，找到了告诉我，我会飞过去当妳忠诚的店员。"

说这句话时，我还是世界五百强企业的其中一员，有大好的前程等着我，可想而知，我的承诺不过是一时兴起开的空头支票罢了。

没想到五百强也有日薄西山的一天，当我走出陆家嘴金融区时，不禁仰天长叹："哈！就这样了，云淡风轻。"

两个礼拜后，当我寄出第十封求职信时，赫然收到米星的邮件，她说她在布拉格开了个咖啡馆，目前不缺店员，但欢迎兼职者。

于是我拿着旅游签证，坐上飞往捷克的班机。

可想而知，我和米星又秤不离砣，她很慷慨地让我住在她的二居室里。

"我不知道妳这么有钱，咖啡馆买在游客如织的老城区，连公寓也那么舒适，任性到一个人也住二居室。"我羡慕地说。

米星的公寓距离查理大桥250米，屋内设计走的是雅致风，非常干净、清爽。厨房采开放式，有个中岛；浴室很大，干湿分离；两个房间，一大一小……还有还有，打开落地窗从阳台望出去就能看见Sicily Café的墨绿色招牌，那是米星的咖啡馆。

想象无疑很美，无奈还得面对现实，现实就是米星没那么有钱。

"我买的不过是十年的经营权，每月还得交商铺租金，十年一到，经营权自动归还原主人，至于公寓……那是此地华侨托我代管的，一旦有人想买，我分分钟得搬。"

"这么说，我们很快会像浮萍一样流离失所了。"我唉声叹气。

米星要我别泄气，捷克人不像中国人那么爱买房，他们更乐于租房，因为可以无牵无挂地随时转移阵地，所以一时半会儿我们还不致于流落街头……

由于米星一早表明她的咖啡馆只需要兼职人员，意即我得另外找份正式的工作，才能长期待在布拉格。

就这么凑巧，某天我在查理大桥闲晃，意外听见大巴司机和导游的对话，那个面容憔悴的女导游说她每带一个旅行团就得跑好几个国家，真不是人干的事，她要回中国结婚，再也不回来了……

"请问……你们公司缺人吗？"我期期艾艾地问。

就这样，我在签证到期前顺利谋得一份"不是人干"的工作。

喝完卡布其诺，我帮米星洗碗盘，又替桌上的瓶瓶罐罐注入新的酱料，转眼两个小时就过了。

"什么时候回来？"米星问。

"大后天的下午，刚好能把妳要的意大利面酱买回来。"

"那好，回来我煮意大利面给妳吃。"

"记得放很多罗勒叶喔！"我边说边推开咖啡馆大门，往查理大桥走去。

第二章/放羊的孩子

从前有个人去布拉格，他在查理大桥上被偷了钱包，又在布拉格城堡被偷了护照，他想掏手机找人帮忙，发现手机也被偷了。无奈之下，他向当地警察局报案，可是他想不起来自己是谁，此时街对面一个大眼睛姑娘冲着他微笑，毫不费力地偷走他的心。

现在的他在布拉格卖烤猪蹄，那个姑娘负责卖啤酒和收钱，顺便为他擦汗。收工后，他将剩余的啤酒全喝掉，然后醉眼朦胧地推着小车回家，沿途给大眼睛姑娘唱情歌……

当我初次听到这个家喻户晓的故事时，觉得实在太扯了，哪来那么多的"巧合"？但在布拉格住久后，我惊觉这个故事真实得可怕！

首先，查理大桥和布拉格城堡的确小偷猖獗，扒手特别多；其次，布拉格的姑娘真如同故事所说特爱笑，分分钟能抓住男人的心，而且不势利，当爱情来临时，没房没车也会嫁；再说饮食，啤酒是捷克人的最爱，餐餐少不了它，至于烤猪蹄，那是布拉格很接地气的国民美食，与德国的烤猪肘不同，他们更热衷食用猪手的部位。

～

"导游，我的钱包不见了，刚刚还在呢！"一位大妈铁青着脸求助。

我要她别慌，是不是只有钱不见？证件还在吗？

她答钱包里有一千多元人民币及五千多捷克克朗，证件和银行卡在另一个包里，还好没丢。

"听着，现在妳有两条路走，一是去报警，但十之八九钱是追不回来的；二是自认倒霉，继续接下来的行程，就当花钱消灾。"我理性分析。

"妳怎能这样推卸责任？"大妈发火了，"丢的不是妳的钱，当然不着急，那可是我儿子的辛苦钱，再怎么着也得找回来。"

最怕遇到这种是非不分的顾客了，钱被扒也怪我？而且她讲错了，刚来布拉格时我也丢过钱，知道丢钱的滋味，正因有此惨痛教训，所以带团前无不一再提醒小心扒手，但"言者谆谆，听者藐藐"，丢钱、丢护照的事反复发生，让我疲于奔命。

没办法，为了不被投诉，我只好把大批游客丢下，陪她去报警，还好查理大桥就有驻地的警察局。

然而一到现场，大妈当下便决定吃哑巴亏，因为排队等报案的人群已经排到警察局外。

"不排了，什么童话王国嘛！简直就是贼窝，再也不来这个城市了！"她气愤地说。

由于旅游团里有人丢了钱包，气氛开始变得不安，我一说下一站是瑞士，大家竟然鼓起掌来，大概瑞士在印象中是个

"夜不闭户"的诚信国家，所以急着想靠拢。

我又想起那则家喻户晓的捷克故事，不禁失笑。谁会想到童话王国也有这些乌烟瘴气的事？它应该只囊括世上所有美好的事物，像活在象牙塔里，不食人间烟火。

"回来了？"米星在厨房里做宵夜，空气中有浓浓的蕃茄味。

"嗯！累死了，"我赶紧躺下，"还好晚上带团员吃了顿好的，要不然这会儿还有人抓住我不放，抱怨某某团吃了米其林一星，而我只喂他们吃草……妈的，这能一样吗？人家是VIP团，缴的团费够在欧洲流浪一年。"

我很少抱怨，大概今天被团员损了几句，心里不痛快所致。

"别想了，一行有一行的难处，吃完宵夜睡个好觉，明天又是崭新的一天。"米星为我捧来一碗蕃茄面疙瘩，上面撒了胡椒粉、香油及细碎的葱花，看了就有食欲。

"男人是不是全瞎了？放着妳这个宜室宜家的女人不追，反倒上相亲节目，那叫缘木求鱼。"我吸溜吸溜地吃着美食，顺便拐个弯赞美厨子。

"话不能这么说，相亲也有好处，至少知道对方是奔着结婚去的，省得浪费大好青春却是为人作嫁。"

知道她和学长的那一段，我闭上嘴。是啊！相亲也没什么不好，"快、狠、准"，看不对眼再换下一个，总有你喜欢的。

"他……还给妳发邮件吗？"

米星口中的他是当我还是导游菜鸟时的一位客人，瘦瘦高高的，一脸的书生相。

"早没了，我要他别再发，发来我也不看。"我故作潇洒。

"葳葳，妳总得走出来，要不然就看不到下一站的风景了。"

我知道米星说的是什么，自己也想走出去，奈何戈墨不放我走，他曾说当北京不再下雪时，我才可以离开他……

"就我所知，2011年的北京整个冬天都没下雪。"米星抓到小辫子。

"不是的，市区没下，但香山肯定下，它的顶峯有2300米。"

"妳亲眼目睹了？"

"目睹倒没有，但那么高的山怎么可能不下雪呢？"

米星说我作茧自缚，爱咋咋地，她不管了。

"妳呢？那老头儿还来吗？"我转了话题。

米星的咖啡馆最近来了个老头儿，一坐就是一整天。

"还来。他说他在布尔诺有个大宅院，太太死了，现在和儿子住在布拉格，如果我愿意，他马上带我回布尔诺，大宅院的草长高了，游泳池的水也该换了……"

我听了笑个不停："他这是要妳去割草还是给游泳池换水？说得好像在找住家保姆。"

米星耸耸肩说当住家保姆也不错，老头儿虽老，但目测身高有一米八。

"米星，"我紧张起来，"妳可别为了后代子孙去和番，况且那人这么老了，能不能生还是个问题。"

这次换米星笑个不停，她说我太没幽默感了，玩笑话也听不出来，若想和番，她会找个年纪相当的，因为带孩子很累，她又挺没耐心的，需要有人搭一手……

"嘟……嘟嘟……"面疙瘩还没吃完，团员就来电，我意兴阑珊地接听。

"导游，我女儿肚子痛，怎么办？哪里有医院？我不会说外国话。"

知道不是洗澡水不热或出门忘带房卡之类的芝麻事，我赶紧问清细节，然后抓起防风衣。

"毕葳葳，妳去哪儿？宵夜还没吃完呢！"米星喊着。

我答有突发事件等着我处理，回来再吃！

小女孩得的是急性肠胃炎，还好其他团员没事，否则今晚的烤肉大餐便首当其冲成了祸首。

我问家长明天还去不去瑞士？若不去，我们从奥地利绕道回来后再去接他们。

那对父母眼神交会一番后，戴眼镜的爸爸发话了："还是去吧！花了那么多钱不去看苏黎世湖多可惜，何况拿了药，应该没事。"

看着脸色苍白的小孩，我无语了，叮咛他们早点儿就寝后，我拖着疲惫的步伐回家。

回到家，米星已睡下，我吃到一半的面疙瘩还在桌上，上面覆盖了保鲜膜。我将它送进微波炉里加热，这一晚折腾下来，我又饥肠辘辘了。

"妳有没有做过被一群人追杀的梦？"戈墨问我。

"有啊！我梦到自己是《射雕英雄传》里面的梅超风，因为盗走半部《九阴真经》而遭师弟追杀，不得不远走大漠，然后就遇见了对我一往情深的蒙古王子……"我拥着男友说稚气的话。

"我的梦不一样，"戈墨一本正经，"我梦见被一群没有五官的人追杀，他们要我的眼睛、鼻子、嘴巴和耳朵，连眉毛也想拔走。"

我听了呵呵笑，说那群人真没眼光，要追杀也应该选杨洋或吴亦凡那样的小鲜肉，选个书呆子有什么好的？

"书呆子的确不好，我都不知过去的二十几年是怎么熬过来的，每天就是读书、读书再读书，没有别的娱乐，真不知这样活着有什么意思？"

我要他别抱怨了，大家还不是这么过来的？但可不是人人都能像他一样拿罗德奖学金，而且获得哈佛大学的青睐......

说这句话时，我有满满的幸福感，男友是人中蛟龙，眼看我就要"妻以夫为贵"，怎不令人雀跃？

没想到几天后他什么话也没交待就往窗外一跳，让我措手不及。

戈墨的父母认为一定是我讲了什么话刺激到他，不然这么优秀的人怎么可能说没就没了？

Well, 也许我曾经描绘过未来的场景，有大房子、大车子还有三位小王子与小公主，但那是女孩们都会编织的梦，怎么就刺激到他了？

话一说完，戈妈妈哭得肝肠寸断："果然是妳，要他买房、买车，还想生三个孩子，戈墨怎么负担得起？只好早早结束生命，让我们白发人送黑发人，呜呜呜......"

有一阵子我苦逼到不行，和戈墨的母亲同一阵线地指责自己爱慕虚荣、见钱眼开、急功近利......体重一度降到八十五斤，成了纸片人，还是王老师看不下去，挺身说出自己的学生有抑郁症，很抱歉没来得及阻止悲剧发生云云。

也许戈墨真的有抑郁症，但我也有错，无形中推波助澜成了压倒骆驼的最后一根稻草......

"不管妳了，爱自责去自责，等到妳也死了，大概我也活不成，别人肯定会说是我这个闺蜜说了什么话刺激到妳。妳想死就快点儿死，学长不要我了，我刚好找到自尽的理由。"

看米星如此生气与绝望，再想到我们两人都是命运多舛的人，不禁与她抱头痛哭。

"哭什么哭？"米星边捶打我边泪如雨下，"不过是些臭男人……"

因为有了革命情感，我和米星的友谊更加坚如磐石。

"葳葳，今天下午有人看房子，妳能四点钟去开门吗？"米星边给客人泡 Espresso 边问。

"没问题。"我答。

三个月后终于迎来第一个看房者，我二话不说地接下任务（虽然心中并不乐见房子被卖掉）。

"一定啊！那人特意从德国飞过来，不能让人等。"

我要她放一百二十个心，我会准时在四点前放我的团员鸽子。

米星对我无力地笑了笑，那样子像是再次看到了放羊的孩子。

第三章/巧合

千万别误会我是个不守信用的人，事实上在成为导游之前，我是尽可能地"言出必行"，奈何旅行团不可预测的成份居多，有时我真是"人在江湖，身不由己"啊！

好比现在，我刚要带领团员走上查理大桥，经过市政厅，不巧塔楼上的天文钟正在整点报时，悦耳的钟声告诉我~三点了。

我之所以说"不巧"是因为这是一座享誉世界的天文钟，每个整点时分，表盘上方的两个玻璃窗会自动打开，让耶稣的十二门徒列队依次在窗口现身。当使徒走完一圈后，玻璃窗会在一声鸡鸣声中关上，接着骷颅左手平举的沙漏垂了下来，报时的钟声响起。

可想而知，来自世界各地的游人都会在此聚集，争睹天文钟的报时表演，让我和我的团员毫无意外地卡在人流里。

"导游，讲讲这个天文钟的故事吧！看起来挺有趣的。"有人喊着。

"可是……"我想起我的四点钟之约。

"讲嘛！要不了多少时间，而且我儿子回去后还有三篇作文要交，总得让他有东西写吧？！"一位望子成龙的父亲说。

此时他身旁的胖小子正睁着无邪的大眼睛，吧嗒吧嗒地看着我，让人狠不下心说不。

"好吧！我快速讲一下，布拉格天文钟也称布拉格占星时钟，建于中世纪，是根据当年的地球中心原理设计。有上下两个钟，上面的钟一天绕行一周，下面的钟一年绕行一周……"

本来可以到此结束，我又情不自禁地八卦一下："传说因为天文钟太过精美，为了防止其他国家出现同样的钟，制钟人的眼睛被活生生地挖了出来。多年后，那个可怜人要求在临死前抚摸这座耗费他毕生心血的钟，从此钟的指针便停在他死亡的那一刻，直到1948年才又重新运转起来。"

"为什么是1948年？"那个胖小子问。

"这个……我也不清楚，只是个故事，听听就好。"我答。

"可是……我得写作业……"

"拜托，后面的故事就别写了，跳过去吧！"我几乎要跪了下来。

然而小男孩的爸爸不苟同，他认为孩子有"追根究底"的精神值得鼓励，话说天文钟在1948年又开始运转起来肯定有原因，也许进到塔楼里便能找到答案……

经验告诉我，遇见死磕到底的人，千万别正面交锋。

"行，我带其他团员去查理大桥，你们随后跟上。"我对胖子二人组说。

坏就坏在这是个亲友旅行团，他们纷纷表示和那对父子共进退。这下好了，当他们从塔楼出来再听完查理大桥上红衣主教的光荣事迹后，时间已经指向16:10。

我气喘吁吁地跑回家，跑得上气不接下气，果然还是没赶上，公寓大门外没有德国佬的影子，只有一张亚洲脸孔，我顿时泄了气。

"请问……"那人开口了，说的还是普通话，"妳是不是房屋中介？"

"不，不是的。"我马上否认。

"真是奇怪，明明跟我约了四点……"那人掏出手机。

"等等，你是不是约了看302房？"我问。

他把手机放下，微愠地看着我。

"很抱歉，旅行团有突发状况，所以来晚了。我不是中介，算是替房东照看房子，你若有意向购买，请和房东接洽，能少一笔中介费。"我开了302的房门，让看房者进入。

今天早上五点不到我就坐大巴到皮尔森接客人，由于先拍拍屁股走人，不知屋内会不会像"浩劫后"，心里很忐忑。还好门开后窗明几净，连挂在浴室里的内衣裤也没忘了收起来，不禁松了一口气。

"这里可以看到伏尔塔瓦河。"男人站在阳台处往外望去，嘴巴喃喃自语着。

现在是傍晚时分，夕阳下的布拉格美得不似人间。

"是的，你若清晨来，景色又不一样了，像素颜的美女。"我说。

"素颜的美女？"他笑了，"好久没看到素颜的美女，听妳这么一说，明天一早我再过来一趟，嗯？"

听到明天得早起，米星把我臭骂一顿。

"我怎么知道他当真了？我也不想早起啊！"我唉声叹气。

隔天天才朦胧亮，我就起床到楼下接买主，他倒精神奕奕，无一丝疲惫。

"果然像素颜的美女啊！"他站在阳台上感叹，"我好久好久没看到素颜的美女。"

那男人再次重申昨天说过的话，殊不知站在眼前的两位女生正素颜着，显然他并不把我和米星视为美女。

"Well, 布拉格最美的两个时间段你都看过了，现在得跟你讲讲这房子的缺点：楼下的糕饼店又贵又难吃；查理大桥小偷横行，警察和他们蛇鼠一窝；这附近一年三百六十五天游客不断，别想清静度日；还有，物业费很贵，你倒不如去买独栋别墅。"

虽然说的都是事实，但我的絮絮叨叨不讳言还是为了一己私欲（不想和米星露宿街头），没想到……

"我买了，"他还是说出残忍的话，"就为了每天能看到素颜的美女。"

我们的事业刚起步，离安稳还有段距离，眼下又要搬家，房租是不小的负担。

由于捷克人倾向租房不买房，所以房价在欧洲大陆算便宜的，但有利就有弊，租房的人一多，租金便水涨船高，好比我们现在住的二居，每月房租就要55000克朗左右，而我的薪水还不到37000克朗。

"谁让妳说素颜美女来着？男人一浮想联翩，当然就拍板定案了。"

"妳这是欲加之罪何患无辞，一个人看对眼了，母猪也会赛貂蝉。"

米星的不开心，我懂，现在她要付两笔租金，一笔是咖啡馆的，另一笔是睡觉用的。

"现在怎么办？妳我都这么忙，谁去找房？"她说。

这是个问句，但听起来像祈使句。

"是呀！谁去找房？"我把烫手山芋又扔回给她。

就那么凑巧，两天后我在老城广场又看见那个熟悉的背影，他正在街头等着他的Trdelink出炉。这是一道捷克的传统小吃，把面团往热乎乎的铁棍上一裹，炭火明烤，吃之前洒上细细的糖粉，分外的香脆可口！

"要我说，吃完Trdelink，转角处的Palacinky也不容错过。"我讨好地说，因为心中有计划。

"我不喜欢吃甜的。"他答。

啥？这不是耍我吗？

"你买的可是卡路里很高的甜食。"我戳破他的谎言。

"我买给女朋友的。"

"妳女朋友人呢？"我边问边四下寻人。

他笑了笑没回答，拿上Trdelink就走，我赶紧跟上。

"房子成交了没？"

"快了，正在谈。"

"你什么时候搬进来？"

"成交了就搬。"

"能不能晚点儿搬？我和室友还没找到住的地。"

"那不是我的问题。"

眼见满怀希望的小鸟已飞走，换来的只是现实的残酷，我放慢了脚步，决定不再惹人厌，就在此时，我看到惊人的一幕：那个冷酷无情的男人把 Trdelink 丢进伏尔塔瓦河里，河面上巡游的天鹅们马上聚集过来，一口一个地吃掉那些好吃到爆的面团。

好呀！竟然把天鹅说成是自己的女友，这是欺负我无知还是捉弄我愚蠢？两者都让我怒不可遏。

"你的女友好幸福呀！吃的还是人吃的食物。"我忍不住损他一句。

"她当然得吃人吃的食物，妳这不是废话？"

呵！谎话还说得上岗上线，得，老娘陪你玩！

"天鹅都是一夫一妻制，你这是白费功夫，在天鹅的国度里，你什么都不是。"我说。

"谢谢妳告诉我天鹅是一夫一妻制，只是我不明白妳为什么要扯上天鹅？"

"你说 Trdelink 是买给女友的，我又看到天鹅吃了你买的 Trdelink，所以……"

"噢！不，天鹅不是我女友。"他哭笑不得，"我的她几个月前来到布拉格，然后往伏尔塔瓦河纵身一跳淹死了，什么话也没交待，到现在我还是不明白她为什么要这么做，我们在慕尼黑住得好好的。"

我仿佛又看到戈墨，他跳上窗口回头对我凄凉一笑……

"妳怎么了？"那男人抓住我，因为我差点儿不支倒地。

"真巧，一年前我的男友往六楼窗外纵身一跳摔死了，什么话也没交待，到现在我还是不明白他为什么要这么做，我们在北京住得好好的。"

半晌，那男人问："妳男友是不是也得抑郁症？"

作者介绍

在异国的背景下加入缠绵悱恻的爱情故事是B杜小说的一大特点，她的文笔清新、笔触诙谐、画面感很强，读完小说有种看完一部爱情偶像剧的感觉，特别适合怀春少女及对爱情有憧憬的女性阅读。

B杜创作了一系列异国恋情N部曲，包括《法兰西情人》、《东瀛之爱》、《新西兰之恋》、《英伦玫瑰》、《爱在暹罗》、《情定布拉格》、《狮城情缘》、《爱上比佛利》、《梦回枫叶国》……等作品，欢迎关注。

ALSO BY B杜

愛在暹羅（繁體字）Love in Thailand （traditional character version）

~

《东瀛之爱》Love in Japan
《法兰西情人》Love in France
《英伦玫瑰》Love in England
《新西兰之恋》Love in New Zealand
《情定布拉格》Love in Prague
《狮城情缘》Love in Singapore
《爱上比佛利》Love in Beverly Hills
《梦回枫叶国》Love in Canada